Bridget Jones
O diário de

O diário de Bridget Jones

Helen Fielding

TRADUÇÃO
Beatriz Horta

paralela

Copyright © 1996 by Helen Fielding

A Editora Paralela é uma divisão da Editora Schwarcz S.A.

Grafia atualizada segundo o Acordo Ortográfico da Língua Portuguesa de 1990, que entrou em vigor no Brasil em 2009.

Título original
Bridget Jones's Diary

Capa
Tamires Cordeiro

Projeto gráfico
Rita da Costa Aguiar

Preparação
Lígia Azevedo

Revisão
Larissa Lino Barbosa e Renato Potenza Rodrigues

Dados Internacionais de Catalogação na Publicação (CIP)
(Câmara Brasileira do Livro, SP, Brasil)

Fielding, Helen
 O diário de Bridget Jones / Helen Fielding ; tradução Beatriz Horta. — 1ª ed. — São Paulo : Paralela, 2016.

Título original : Bridget Jone's Diary

ISBN 978-85-8439-038-0

1. Jones, Bridget (Personagem fictício) — Ficção 2. Romance inglês I. Título.

16-04903	CDD-823

Índice para catálogo sistemático:
1. Romances : Literatura inglesa 823

[2016]
Todos os direitos desta edição reservados à
EDITORA SCHWARCZ S.A.
Rua Bandeira Paulista, 702, cj. 32
04532-002 – São Paulo – SP
Telefone: (11) 3707-3500
Fax: (11) 3707-3501
www.editoraparalela.com.br
atendimentoaoleitor@editoraparalela.com.br

Para minha mãe, Nellie, por não ser igual à de Bridget

Sumário

RESOLUÇÕES DE ANO-NOVO, 9

JANEIRO: Um péssimo começo, 13
FEVEREIRO: O massacre do Dia dos Namorados, 39
MARÇO: Pânico total pré-aniversário, 63
ABRIL: Equilíbrio interior, 85
MAIO: Futura mamãe, 109
JUNHO: Oba! Um namorado, 131
JULHO: Argh, 151
AGOSTO: Desintegração, 167
SETEMBRO: No poste dos Bombeiros, 191
OUTUBRO: Encontro com Darcy, 209
NOVEMBRO: Uma criminosa na família, 231
DEZEMBRO: Ai, Deus, 261

JANEIRO-DEZEMBRO: Resumo, 285

Resoluções de Ano-Novo

NÃO VOU
- Tomar mais de catorze unidades alcoólicas por semana.
- Fumar.
- Desperdiçar dinheiro com: máquinas de fazer macarrão, sorvete ou qualquer outro eletrodoméstico do tipo; livros de autores que nunca conseguirei ler e que só servem para impressionar na estante; lingerie exótica, inútil já que não tenho namorado.
- Ficar andando seminua pela casa; vou sempre imaginar que pode ter alguém olhando.
- Gastar mais do que ganho.
- Perder o controle da papelada.
- Me interessar por qualquer um desses tipos: alcoólatras; workaholics; homens com medo de compromisso; casados ou comprometidos; misóginos; megalomaníacos; chauvinistas; babacas emocionais; interesseiros ou tarados.
- Ficar irritada com minha mãe, Una Alconbury ou Perpetua.
- Ficar mal por causa de homem; vou ser equilibrada e fria como gelo.
- Ficar louca por um cara; vou ter relações com base numa avaliação madura de caráter.
- Falar mal de ninguém pelas costas; vou ter uma postura positiva em relação a todo mundo.
- Ficar obcecada por Daniel Cleaver, já que é patético ter uma queda pelo chefe, tipo a Miss Moneypenny nos filmes do 007.
- Ficar deprimida por não ter namorado; vou desenvolver equilíbrio interior, autoconfiança e a certeza de que sou uma mulher com conteúdo e completa, mesmo *sem* namorado, já que essa é a melhor forma de conseguir um.

EU VOU

- Parar de fumar.
- Tomar, no máximo, catorze unidades alcoólicas por semana.
- Perder sete centímetros de coxa (ou seja, três e meio de cada lado) e fazer uma dieta anticelulite.
- Tirar tudo o que é inútil do apartamento.
- Doar todas as roupas que não uso há mais de dois anos.
- Investir na profissão e encontrar um emprego novo em que possa me desenvolver.
- Abrir uma poupança e economizar. Talvez até fazer uma previdência privada.
- Ser mais segura.
- Ser mais firme.
- Aproveitar melhor o tempo.
- Deixar de sair toda noite, e sim ficar em casa lendo e ouvindo música clássica.
- Destinar parte do salário à caridade.
- Ser mais gentil e ajudar mais os outros.
- Comer mais legumes.
- Levantar da cama assim que acordar.
- Fazer academia três vezes por semana e parar de ir lá só para comprar sanduíches.
- Organizar minhas fotos em álbuns.
- Preparar fitas temáticas para ter sempre à mão as melhores músicas românticas/dançantes/animadas/feministas etc., em vez de me transformar em uma DJ bêbada com todas as fitas espalhadas pelo chão.
- Ter um relacionamento sólido com um adulto responsável.
- Aprender a programar o videocassete.

JANEIRO

Um péssimo começo

DOMINGO, 1º DE JANEIRO

58,5 kg (mas pós-Natal), 14 unidades alcoólicas (na verdade, divididas em dois dias, já que as primeiras quatro horas da festa foram antes da meia-noite), 22 cigarros, 5424 calorias.

Comida ingerida hoje:
- 2 pacotes de queijo fatiado
- 14 batatinhas em conserva
- 2 bloody mary (conta como comida, já que contém molho inglês e tomate)
- ⅓ de ciabatta com queijo brie
- ½ pacote de coentro desidratado
- 12 bombons (é melhor acabar logo com tudo o que é doce e começar amanhã a dieta)
- 13 espetinhos de queijo com abacaxi
- 1 prato do peru ao curry com ervilha e banana de Una Alconbury
- 1 fatia da torta surpresa de Una Alconbury, feita com massa de biscoito, framboesa em conserva, 30 litros de chantili e decorada com frutas cristalizadas

Meio-dia. Londres. Meu apartamento Argh. A última coisa que me sinto física, emocional e mentalmente capaz de fazer agora é pegar o carro e ir até Grafton Underwood, onde fica a casa de Una e Geoffrey Alconbury, que sempre fazem peru ao curry no primeiro dia do ano. Geoffrey e Una Alconbury são os melhores amigos dos meus pais e, como tio Geoffrey não se cansa de lembrar, me conhecem desde que eu vivia correndo pelada pelo jardim. Minha mãe ligou às oito e meia num feriado de agosto do ano passado e me obrigou a jurar que iria. É claro que ela não foi direto ao ponto.

"Oi, querida. Estou ligando só para saber o que você quer ganhar de Natal."

"*Natal*?"
"Prefere que seja surpresa?"
"Não!", berrei. "Desculpe. Quer dizer..."
"Achei que você ia gostar de um jogo de rodinhas para sua mala de viagem."
"Mas eu não tenho mala."
"Então posso dar uma que já venha com rodinhas. Como as que as aeromoças usam."
"Já tenho uma bolsa de viagem."
"Ah, querida, você não pode ficar usando aquela coisa horrorosa de lona verde. Fica parecendo uma Mary Poppins pobretona. Precisa de uma mala compacta, com alça retrátil. Você não imagina quanta coisa cabe nelas. Prefere azul-marinho com vermelho ou vermelho com azul-marinho?"
"Mãe. São oito e meia. É verão. Está o maior calor. Não quero uma mala de aeromoça."
"Julie Enderby tem uma. E disse que é muito útil."
"Quem é Julie Enderby?"
"Você conhece Julie, querida! A filha de Mavis Enderby. Julie! Aquela que tem um emprego incrível na Arthur Andersen..."
"Mãe..."
"Ela sempre viaja com essa mala."
"Não quero uma mala pequena com rodas."
"Tive uma ideia. Jamie, papai e eu podemos nos juntar e dar para você uma mala *grande* com rodas. O que acha?"
Exausta, afastei o fone do ouvido, me perguntando por que todo aquele empenho missionário em me dar uma mala de presente de Natal. Quando voltei o fone ao ouvido, minha mãe estava dizendo: "Parece que tem uma que já vem com um compartimento para colocar o xampu e o sabonete. A outra coisa que pensei em dar para você foi um carrinho de compras".
"Tem alguma coisa que *você* queira ganhar de Natal?", perguntei, ofuscada pela forte claridade do dia.
"Não, não", ela respondeu, sem prestar atenção. "Tenho

tudo de que preciso. Querida", ela sibilou de repente, "este ano você vai ao jantar na casa de Geoffrey e Una no primeiro dia do ano, não vai?"

"Ah, bom, eu..." Entrei em pânico. Que compromisso eu podia inventar? "Acho que vou ter que trabalhar no Ano-Novo."

"Não tem problema. Você pode ir de carro depois do trabalho. Ah, já te contei? Malcolm e Elaine Darcy vão, e Mark também. Lembra do Mark, querida? Ele agora é um dos melhores advogados de Londres. Muito dinheiro. Divorciado. Vai começar lá pelas oito."

Ai, meu Deus. Tomara que o tal Mark não seja mais um fã de ópera com roupas estranhas e cabelo repartido de lado.

"Mãe, eu já disse. Não preciso que me arranjem..."

"Por favor, querida. Una e Geoffrey fazem jantares de Ano--Novo desde a época em que você vivia correndo pelada pelo jardim! Claro que você vai. E assim vai poder usar sua mala nova."

23h45 Argh. O primeiro dia do Ano-Novo foi um horror. Não posso acreditar que estou começando mais um ano numa cama de solteiro na casa dos meus pais. É humilhante demais na minha idade. Será que eles vão descobrir se eu fumar na janela? Fiquei o dia inteiro enfiada em casa, esperando a ressaca passar, mas acabei desistindo e cheguei bem tarde no jantar. Quando apertei a campainha da casa dos Alconbury — que tocou estilo carrilhão-de-relógio-da-prefeitura —, ainda estava me sentindo péssima: enjoo, dor de cabeça, boca amarga. E estava extremamente irritada, depois de entrar sem querer na rodovia M6 e precisar ir quase até Birmingham para fazer o retorno. Fiquei tão nervosa que enfiei o pé no acelerador para descontar minha raiva, o que é um perigo. Esperei, resignada, enquanto o vulto de Una Alconbury — estranhamente deformado através do vidro ondulado da porta — se aproximava num conjuntinho fúcsia.

"Bridget! Já estávamos achando que você não vinha! Feliz Ano-Novo! Íamos começar sem você."

Ela conseguiu me dar um beijo, tirar meu casaco, pendurá-lo no cabide, limpar o batom que ficou no meu rosto e fazer com que me sentisse culpada ao mesmo tempo, enquanto eu procurava apoio numa estante.

"Desculpe, eu me perdi."

"Meu Deus! Você não tem jeito. Entre!"

Fui atrás dela, passando pela porta de vidro fosco que dava na sala de estar, e Una informou bem alto: "Gente, ela se perdeu!".

"Bridget! Feliz Ano-Novo!", disse Geoffrey Alconbury, que usava um suéter amarelo com estampa de losangos. Ele deu um passo longo, como um palhaço, depois me abraçou como se fosse me esmagar. Quem não soubesse que era apenas isso poderia até chamar a polícia.

"Nossa!", ele disse, com o rosto vermelho e puxando as calças para cima. "Que saída você pegou?"

"A dezenove, mas tinha um desvio..."

"A dezenove! Una, ela saiu na dezenove! Você perdeu uma hora com isso! Venha, vou fazer um drinque para você. Como vai a vida amorosa?"

Ai, Deus. Por que as pessoas casadas não conseguem entender que essa não é mais uma pergunta educada? Nós não perguntaríamos para *eles*: "Como vai seu casamento? Continuam transando?". Todo mundo sabe que arrumar namorado depois dos trinta anos não é a mesma maravilha que era aos vinte e dois e que o mais provável é que a resposta de uma mulher dessa idade seja "Olha, na noite passada meu amante casado apareceu de suspensórios e blusa justinha de cashmere, me confessou que era gay/ tarado/ viciado/ avesso a compromisso e me espancou com um vibrador", e não "Ótima, obrigada".

Como não sou boa com mentiras, acabei resmungando meio envergonhada para Geoffrey: "Vai bem".

"Ah, quer dizer que você *ainda* não conseguiu arrumar um namorado?", ele disse.

"Bridget! Você não tem jeito *mesmo!*", exclamou Una. "Vocês, moças ambiciosas! Eu não entendo! Não podem continuar adiando para sempre, sabe? Tique-taque, tique-taque."

"É verdade. Como uma mulher pode chegar à sua idade sem casar?", grasnou Brian Enderby (casado com Mavis, presidente do Rotary Club em Kettering), balançando seu cálice de xerez. Felizmente meu pai veio me socorrer.

"Que bom ver você, Bridget", disse, me segurando pelo braço. "Sua mãe colocou todos os destacamentos policiais de Northamptonshire para vasculhar cada milímetro da região à procura dos restos mortais do seu corpo. Venha mostrar que está viva e me dar um sossego. Gostou da mala?"

"Que exagero. E o aparador de pelos de orelha?"

"Ah, ótimo... Bem *afiado.*"

Correu tudo bem, acho. Eu ia me sentir meio mal se não tivesse ido. Mas quanto a Mark Darcy... argh. Antes do jantar, minha mãe passou semanas me ligando só para dizer: "Claro que você se lembra dos Darcy, querida. Eles nos visitaram quando morávamos em Buckingham, e você e Mark brincaram na piscininha de plástico!". Ou então: "Ah, já contei que Malcolm e Elaine vão levar Mark para a casa de Una? Acho que ele acaba de chegar dos Estados Unidos. Divorciado. Está procurando uma casa em Holland Park. Parece que sofreu um bocado na mão da ex-mulher. Japonesa. É uma raça muito cruel".

Outra vez, sem mais nem menos, ela disse: "Lembra de Mark Darcy, querida? O filho de Malcolm e Elaine? Ele agora é um dos advogados mais bem-sucedidos de Londres. Divorciado. Elaine contou que só trabalha, está muito sozinho. Acho que vai ao jantar da Una".

Não sei por que ela não foi direto ao assunto e disse: "Querida, agarre Mark Darcy, está bem? Ele é *muito* rico".

"Venha cumprimentar Mark", cantarolou Una Alconbury antes mesmo que eu conseguisse beber alguma coisa. Ser jogada para cima de um homem contra a vontade é uma humilhação. Pior ainda é ser literalmente carregada até ele por Una Alconbury quando se está com uma ressaca terrível, numa sala cheia de amigos dos seus pais.

Mark (até que é alto!), o rico divorciado-da-esposa-cruel, estava de costas, examinando livros nas estantes dos Alconbury, a maioria coleções encadernadas sobre o Terceiro Reich que Geoffrey compra da *Reader's Digest* por catálogo. Achei um tanto ridículo um cara chamado Darcy ficar sozinho numa festa, se comportando como um esnobe. É como se alguém chamado Heathcliff passasse a noite inteira no jardim gritando "Cathy" e batendo com a cabeça numa árvore.

"Mark!", chamou Una, como se fosse uma ajudante do Papai Noel. "Quero que você conheça uma pessoa maravilhosa."

Ele se virou, e o que de costas parecia um simples suéter azul-marinho era, na verdade, um suéter de gola em V com losangos em vários tons de amarelo e azul — o tipo favorito dos comentaristas esportivos mais velhos. Como diz meu amigo Tom, as pessoas poderiam perder muito menos tempo e dinheiro no mundo dos encontros se prestassem atenção aos detalhes. Uma meia branca aqui, suspensórios vermelhos ali, um mocassim cinza ou uma suástica são suficientes para informar que não vale a pena anotar um telefone e gastar dinheiro com almoços em restaurantes caros, porque nunca vai dar certo.

"Mark, esta é Bridget, filha de Colin e Pam", disse Una, enrubescendo. "Ela trabalha no mercado editorial, não é, Bridget?"

"É verdade", respondi, como se estivesse participando de um programa de rádio ao vivo e em seguida fosse perguntar a Una se podia "mandar um beijo" para meus amigos Jude, Sharon e Tom, meu irmão, Jamie, o pessoal da editora, mamãe, papai e todas as pessoas do jantar de Una.

"Bem, vou deixar os jovenzinhos a sós", desconversou.

"Vocês devem estar cansados desses velhos bobocas."

"De forma alguma", respondeu Mark Darcy sem jeito, tentando dar um sorriso. Una revirou os olhos, colocou a mão no peito e deu uma risadinha cacarejante, deixando-nos em seguida, imersos em um silêncio mortal.

"Hum... Você está... hum... Tem lido alguma coisa interessante?", perguntou.

Ah, pelo amor de Deus. Tentei freneticamente me lembrar da última vez que tinha lido algo não tão vergonhoso. O problema de se trabalhar com livros é que ler nas horas vagas é meio parecido com ser gari e passear à noite no lixão. Estava no meio de *Homens são de Marte, mulheres são de Vênus*, que Jude me emprestou, mas não tinha muita certeza se Mark Darcy se considerava um marciano, apesar de ser claramente estranho. Então me lembrei de um livro perfeito.

"*Backlash*, de Susan Faludi", respondi, orgulhosa. Boa! Na verdade, não tinha lido exatamente, mas era como se tivesse, de tanto que Sharon falava nele. E era uma opção segura: não tinha a menor chance de o certinho de suéter de losango ter lido um tratado feminista de quinhentas páginas.

"É mesmo?", exclamou ele. "Li logo que saiu. Você não acha que a autora é um pouco extrema nos argumentos em defesa da mulher?"

"Ah, acho que não é para *tanto*...", respondi em pânico, tentando pensar num jeito de mudar de assunto. "Você passou o Ano-Novo com seus pais?"

"Passei", disse, ansioso. "Você também?"

"Passei. Não. Fui a uma festa em Londres ontem à noite. Estou meio de ressaca, aliás." Fiquei tagarelando, meio nervosa, para que Una e minha mãe não achassem que eu era um fracasso tão grande que não conseguia nem conversar com Mark Darcy. "Mas acho que não se pode esperar que as resoluções de Ano-Novo comecem a valer no primeiro dia do ano, não acha? É uma continuação da virada, então os fumantes já estão fumando, não dá para querer que eles parem à meia-noite, com tanta nicotina no sangue. O mesmo acontece com a dieta. Não é uma boa ideia ficar controlando o que come, porque é importante ingerir qualquer coisa sempre que puder para diminuir a ressaca. Acho que seria bem mais sensato se as pessoas colocassem em prática suas resoluções a partir do dia 2."

"Talvez fosse bom você comer alguma coisa", disse Mark, e foi em direção à mesa, me deixando plantada sozinha ao lado da estante, enquanto todo mundo me olhava, pensando: "É por isso que Bridget não se casa. Ela afasta os homens".

Mas Una Alconbury e mamãe não iam desistir fácil assim. Fizeram com que eu circulasse com bandejas de pepininhos em conserva e taças de xerez numa tentativa desesperada de que eu tropeçasse em Mark Darcy. Acabaram ficando tão frustradas que, quando parei a um metro e meio dele com a bandeja, Una atravessou a sala rápido como uma águia e disse: "Mark, você precisa anotar o telefone de Bridget antes de ir embora. Assim vocês podem se falar em Londres."

Foi impossível não ficar vermelha. Podia sentir o calor subindo pelo pescoço. Mark ia pensar que eu tinha pedido para ela fazer aquilo.

"Tenho certeza de que a vida de Bridget em Londres já é bem agitada, sra. Alconbury", ele respondeu. Humpf. Tudo bem, eu não estava a fim de passar meu telefone para Mark, mas ele precisava ter deixado tão claro para todo mundo que não queria? Quando baixei os olhos, vi que ele usava meias brancas estampadas com abelhinhas amarelas.

"Quer um pepino?", perguntei, com a intenção de mostrar que eu tinha um bom motivo para aparecer, mais relacionado a pepinos do que a números de telefone.

"Não, obrigado", disse, com olhar assustado.

"Tem certeza? Que tal uma azeitona recheada?", insisti.

"Cebolinhas? Cubos de beterraba?"

"Obrigado", agradeceu e pegou uma azeitona, nervoso.

"Bom proveito", eu disse, vitoriosa.

No final da festa, vi que ele foi agarrado por sua mãe e Una, que o levaram até onde eu estava e ficaram atrás enquanto Mark perguntava, seco: "Vai voltar de carro para Londres? Vou ficar aqui, mas meu carro pode levar você".

"Seu carro anda sozinho?", perguntei.

Ele piscou para mim.

"Ai, boba, é o carro do escritório em que Mark trabalha, com motorista", disse Una.

"Obrigada, mas não precisa", respondi. "Vou voltar de trem pela manhã."

2h Ah, como posso ser tão desinteressante? Como? Até um homem que usa meias de abelhinhas me acha horrível. Detesto o Ano-Novo. Detesto todo mundo. Menos Daniel Cleaver. Não importa, tenho uma caixa enorme de chocolates e uma garrafinha de gim-tônica. E vou fumar um cigarro.

TERÇA-FEIRA, 3 DE JANEIRO

58,9 kg (rumo à obesidade. Por quê? Por quê?), 6 unidades alcoólicas (excelente), 23 cigarros (muito bom), 2472 calorias.

9h Argh. Não posso nem pensar em ir para o trabalho. A única coisa que me anima é pensar em ver Daniel de novo, mas até isso é pouco aconselhável, já que estou gorda e com uma espinha no queixo. Meu único desejo é me sentar no sofá, comer chocolate e assistir aos especiais de Natal na tevê. Parece errado e injusto que primeiro você seja obrigado a aceitar o Natal, com todos os seus estressantes desafios emocionais e financeiros, e depois ele acabe de repente, bem quando você estava entrando na onda. Eu já tinha começado a gostar do fato de os serviços públicos não funcionarem e de não ter nada demais em ficar na cama o quanto quisesse, comendo o que bem entendesse e bebendo sempre que tivesse oportunidade, mesmo de manhã. E então somos todos obrigados a seguir uma rotina com disciplina, como se fôssemos galgos jovens e esguios.

10h Argh. Perpetua, que tem um cargo um pouco melhor que o meu e por isso pensa que pode tomar conta de mim, estava irritada e mandona, falando sem parar sobre a mais recente mansão de quinhentas mil libras que está pensando em comprar com Hugo, seu namorado rico e superesnobe: "Os quartos são voltados para o norte, mas fizeram uma coisa muito interessante com a luz".

Lancei um olhar triste para ela e para aquela bunda enorme apertada numa saia vermelha, com um colete estranho de listras por cima da blusa. Que maravilha a segurança de ter nascido em berço de ouro. Perpetua podia ficar do tamanho de uma minivan e não dar a mínima. Quantas horas, meses, anos eu já passei preocupada com a balança enquanto ela procurava alegremente um abajur de porcelana em forma de gato na Fulham Road? Mas Perpetua está sabotando a própria felicidade, no fim das contas. Pesquisas comprovam que a felicidade não depende de amor, segurança ou poder, mas de buscar metas atingíveis. E essa não é toda a lógica por trás da dieta?

Na volta para casa, sem conseguir aceitar o fim das festividades, comprei um pacote de enfeites de chocolate para árvore de Natal em liquidação e uma garrafa de 3,69 de espumante da Noruega, Paquistão ou qualquer coisa assim. Depois, com a sala iluminada só pela árvore de Natal, bebi um monte e comi dois pasteizinhos de carne, o restante de um bolo e umas fatias de queijo enquanto assistia a *EastEnders* fingindo que era um especial de Natal.

Mas agora estou com vergonha de mim mesma e me achando nojenta. Quase consigo sentir o excesso de gordura no meu corpo. Sem problemas. Às vezes é preciso mergulhar numa profunda intoxicação alimentar para depois ressurgir das cinzas como uma fênix, transformada numa linda e maravilhosa Michelle Pfeiffer. Amanhã começo uma nova dieta espartana e um tratamento de beleza.
Hum. Daniel Cleaver. Adoro seu jeito meio depravado, embora ele seja um cara muito bem-sucedido e inteligente. Hoje Daniel contou uma coisa hilária na editora: a mãe dele deu de presente de Natal para a tia um porta-papel preto para a cozinha e a mulher achou que era uma escultura de um pênis. Foi superengraçado. Depois ele perguntou, com um jeito sedutor, se eu tinha ganhado alguma coisa interessante de Natal. Acho que amanhã vou usar minha saia preta.

QUARTA-FEIRA, 4 DE JANEIRO

59,4 kg (estado de emergência; como se a gordura armazenada desde o Natal estivesse sendo liberada aos poucos), 5 unidades alcoólicas (melhor), 20 cigarros, 700 calorias (m. b.).

16h. Trabalho Crise. Jude acabou de ligar aos prantos e depois de um tempo conseguiu dizer, com uma voz chorosa, que não tinha conseguido ir a uma reunião da diretoria (ela é gerente de novos projetos na Brightlings) senão ia chorar na frente de todo mundo, mas que agora estava no banheiro feminino com olhos mais borrados que os de Alice Cooper e sem sua nécessaire de maquiagem. O namorado dela, Richard, o Vil (sujeito acomodado com medo de compromisso), com quem ela vai e volta há dezoito meses, terminou tudo porque ela perguntou se podiam tirar férias juntos. Bem típico dele, mas é claro que Jude achou que fosse tudo culpa dela.
"Sou muito dependente. Pedi muito mais do que o neces-

sário só para satisfazer minha carência. Ah, se eu pudesse voltar no tempo."

Liguei em seguida para Sharon e marcamos uma reunião de emergência às seis e meia no Café Rouge. Espero que consiga sair cedo da editora sem que a maldita Perpetua reclame.

23h Noite agitada. Sharon veio logo com uma tese: o que está acontecendo com Richard é um caso típico de "babaquice emocional", que vem se alastrando como fogo entre os homens com mais de trinta anos. Ela garante que, à medida que as mulheres vão passando dos vinte para os trinta, o equilíbrio de poder muda de repente. Até as mulheres mais seguras perdem as estribeiras, lutando contra os primeiros sinais de angústia existencial: medo de morrer sozinha e ser encontrada três semanas depois semidevorada por um pastor-alemão. Ideias estereotipadas a respeito de solteironas, abismos e migalhas sexuais conspiram para fazer com que você se sinta uma idiota, mesmo que passe um bom tempo mentalizando atrizes como Joanna Lumley e Susan Sarandon.

"Homens como Richard", concluiu Sharon, furiosa, "usam qualquer coisa para fugir do compromisso, para não enfrentar a maturidade, a honra e a evolução natural das coisas entre um homem e uma mulher."

Nesse ponto, Jude e eu estávamos tentando nos esconder com o casaco e fazendo "Shh!" para ela falar mais baixo. Não existe nada menos atraente para um homem do que feminismo raivoso.

"Como ele ousa dizer que você estava levando muito a sério o relacionamento só porque perguntou se podiam tirar férias juntos?", gritou Sharon. "Que história é essa?"

Pensando vagamente em Daniel Cleaver, argumentei que nem todos os homens são como Richard. Foi aí que Sharon começou a enumerar uma longa lista de babaquices emocionais envolvendo nossos conhecidos: uma amiga que namora há treze anos, mas o namorado não quer nem falar em morar junto; outra que saiu com um cara quatro vezes e ele terminou o relacionamento porque estava ficando muito sério; outra que foi perseguida por um cara durante três meses com propostas de casamento apaixonadas para três semanas depois de ela ter aceitado ele cair fora e usar a mesma tática com a melhor amiga dela.

"Nós, mulheres, somos vulneráveis porque integramos uma geração pioneira que tem a ousadia de não fazer concessões em se tratando de amor e que depende apenas dos próprios recursos financeiros. Daqui a vinte anos, os homens não vão nem pensar em babaquice emocional, porque nós vamos *rir na cara deles*", berrou Sharon.

Àquela altura, Alex Walker, que trabalha com Sharon, entrou acompanhado de uma loira sensacional, cerca de oito vezes mais atraente do que ele. Veio até a nossa mesa para dar um oi.

"É sua namorada?", perguntou Sharon.

"Bem, ela acha que é, mas só estamos dormindo juntos. Eu deveria acabar com essa história, mas...", disse ele, orgulhoso.

"Isso é sacanagem, seu covarde, seu bundão! Eu vou lá falar com essa moça", disse Sharon, levantando da mesa. Jude e eu a seguramos enquanto Alex, com uma cara apavorada, se afastou de fininho para prosseguir com sua babaquice emocional.

Acabamos inventando uma estratégia para Jude. Ela tem que pensar menos como *Mulheres que amam demais* e mais como *Homens são de Marte, mulheres são de Vênus*. Precisa encarar o comportamento de Richard não como um sinal de que ela é dependente e ama demais, e sim como se ele fosse um elástico marciano que precisa ser bem esticado para voltar depois de solto.

"Certo, mas isso significa que eu devo ligar para ele ou não?", perguntou Jude.

"Não", disse Sharon, enquanto eu dizia "Sim".

Depois que Jude foi embora — ela tinha que acordar às

quinze para as seis para ir à academia e encontrar sua *personal shopper* antes do trabalho, às oito e meia (loucura) — Sharon e eu ficamos cheias de remorso por não termos dito para ela se livrar de Richard, o Vil, simplesmente porque ele é vil. Então Sharon lembrou que da última vez que fizemos isso os dois voltaram, Jude contou tudo o que tínhamos falado num acesso de confissão reconciliatória e agora é extremamente desagradável toda vez que o encontramos. Ele acha que nós duas somos as Rainhas do Pasto — o que, segundo Jude, é um erro, porque embora tenhamos descoberto nossa vaca interior, ainda não a libertamos por completo.

QUINTA-FEIRA, 5 DE JANEIRO

58,5 kg (grande progresso – 1 quilo queimado espontaneamente graças à expectativa de sexo), 6 unidades alcoólicas (m. b., já que teve festa), 12 cigarros (continuo no bom caminho), 1258 calorias (o amor não me deixa beliscar).

11h. Trabalho Ai, meu Deus. Daniel Cleaver acaba de me mandar uma mensagem. Estava tentando fazer meu currículo sem que Perpetua notasse (quero mudar de emprego) quando vi no alto da tela um aviso piscando: VOCÊ TEM UMA NOVA MENSAGEM. Animada com qualquer coisa que não seja trabalho, cliquei rápido no alerta e quase caí dura quando vi que o remetente era Cleaver. Achei que ele tivesse acessado meu computador e visto que eu não estava trabalhando, mas aí li a mensagem:

> Mensagem para Jones
> Parece que você se esqueceu de vestir saia. Creio que está bem claro em seu contrato de trabalho que a empresa espera que, durante o expediente, os funcionários estejam vestidos adequadamente.
> Cleaver

Ah! Só podia ser uma brincadeira sedutora. Pensei um pouco enquanto fingia examinar um chatíssimo manuscrito escrito por um maluco. Nunca tinha trocado mensagens com Daniel Cleaver, e esse sistema tem uma vantagem: você pode ser completamente atrevida e informal até com o chefe. E também pode ficar horas ensaiando. Eis o que respondi.

Mensagem para Cleaver
Senhor, estou surpresa com sua mensagem. Embora minha saia possa ser considerada um tanto curta (mas a economia está sempre em pauta em nossas reuniões editoriais), considero condenável sua avaliação de que estou sem saia e penso na possibilidade de consultar o sindicato.
Jones

Aguardei a resposta ansiosamente. VOCÊ TEM UMA NOVA MENSAGEM começou a piscar. Cliquei.

A pessoa que levou sem querer o original de *A motocicleta de Kafka* da minha mesa queira, POR FAVOR, me devolver imediatamente.
Diane

Argh. Depois dessa, desliguei a tela do computador.

Meio-dia Ai, Deus. Daniel não respondeu. Deve estar uma fera. Talvez ele estivesse falando sério sobre a saia. Ai, Deus. Ai, Deus. Fiquei entusiasmada com a chance de ser informal com o chefe e exagerei.

12h10 Talvez ele ainda não tenha recebido. Se eu pudesse impedir que ele leia... Acho que vou dar uma volta e ver se consigo entrar na sala dele para apagar a mensagem.

12h15 Ah. Tudo explicado. Ele está em reunião com Simon do marketing. Olhou para mim quando passei. Rá. Rá-rá-rá. VOCÊ TEM UMA NOVA MENSAGEM.

    Mensagem para Jones
    Se o fato de passar pela porta da minha sala era uma tentativa de demonstrar que está de saia, só posso dizer que foi totalmente inútil. Não existe saia. Será que ela não veio hoje por motivo de doença?
    Cleaver

    VOCÊ TEM NOVA MENSAGEM piscou outra vez.

    Mensagem para Jones
    Se esse for realmente o motivo da ausência da saia, por favor, verifique quantas vezes isso ocorreu nos últimos doze meses. A natureza espasmódica da presença sugere fingimento.
    Cleaver

    Resposta imediata:

    Mensagem para Cleaver
    A saia não demonstra estar doente nem auzente. Está surpresa com a atitude preconceituosa da chefia em matéria de cumprimento. Interesse obsessivo faz supor que a chefia esteja mais doente do que a saia.
    Jones

Hum. Acho melhor tirar essa última frase, que tem uma leve acusação de assédio sexual, quando na verdade estou adorando ser assediada sexualmente por Daniel Cleaver.
    Aaargh. Perpetua acaba de entrar e ficou atrás de mim, lendo o que eu estava escrevendo. Tentei fechar a janela rapidamente e meu currículo apareceu na tela.

"Quando você terminar me avise, por favor", disse Perpetua com um sorriso afetado. "Não gostaria que você fosse *mal aproveitada* na empresa."

Voltei para minha mensagem assim que ela pegou o telefone: "Para ser sincera, sr. Birkett, de que adianta colocar quatro quartos em vez de três quando é óbvio que o último vai ser do tamanho de um armário?". Eis o que estou mandando agora:

> Mensagem para Cleaver
> A saia não demonstra estar doente ou auzente. Está surpresa com a atitude preconceituosa da chefia em matéria de cumprimento. Considero a possibilidade de recorrer ao tribunal de trabalho, comunicar o fato a tabloides sensacionalistas etc.
> Jones

Ai, meu Deus. A resposta que recebi:

> Mensagem para Jones
> "Ausente", Jones, e não "auzente". "Comprimento", e não "cumprimento". Por favor, tente escrever com alguma correção. Isso não significa que a linguagem seja algo imutável e fixo em vez de uma ferramenta variada de comunicação (segundo Hoenigswald), mas talvez seja útil usar o corretor ortográfico.
> Cleaver

Eu estava arrasada quando Daniel passou com Simon do marketing, deu uma olhada bem sexy para minha saia e levantou a sobrancelha. Adoro o maravilhoso sistema de mensagem por computador. Mas tenho de prestar atenção à ortografia. Afinal de contas, sou formada em letras.

SEXTA-FEIRA, 6 DE JANEIRO

17h45 Não poderia estar mais feliz. As mensagens com referência à presença ou não da saia continuaram. Não consigo acreditar que o respeitável chefe tenha trabalhado um minuto que seja. Situação esquisita com Perpetua (chefinha), que ficou de mau humor desde que soube das mensagens. A verdade é que o fato de eu estar conversando com o chefe supremo me causou sentimentos de lealdade conflitantes — campo de batalha obviamente desequilibrado, onde qualquer um com um pingo de bom senso diria que o chefe supremo deveria segurar a onda.
Última mensagem lida:

> Mensagem para Jones
> Gostaria de mandar um buquê de flores para a saia adoentada no fim de semana. Favor fornecer contato o mais rápido possível, pois, por razões óbvias, não posso confiar na ortografia de "Jones" para procurar na lista.
> Cleaver

Siiim! Siiim! Daniel Cleaver quer meu telefone. Sou maravilhosa. Sou uma irresistível deusa do sexo. Oba!

DOMINGO, 8 DE JANEIRO

58 kg (maravilhoso, mas e daí?), 2 unidades alcoólicas (excelente), 7 cigarros, 3100 calorias (ruim).

14h Como posso ser tão desinteressante? Não consigo acreditar que me convenci de que não faria nada o fim de semana inteiro além de trabalhar quando na verdade estava em estado de alerta para o encontro-com-Daniel. Horrível, perdi dois dias olhando para o telefone como uma psicopata e comendo. Por que ele não ligou? Por quê? O que há de errado comigo?

Por que pediu meu telefone se não ia ligar? Se fosse ligar, certamente seria no fim de semana, não? Preciso ser mais centrada. Vou pedir a Jude um bom livro de autoajuda, de preferência baseado em alguma religião oriental.

20h Alerta. O telefone toca, mas é Tom perguntando se há alguma novidade telefônica. Tom, que começou a se definir de brincadeira como "bicha velha", tem sido um excelente apoio na crise deflagrada por Daniel. Ele tem uma teoria de que homossexuais e mulheres solteiras criam uma ligação natural quando chegam aos trinta, porque ambos já se acostumaram a desapontar os pais e a ser tratados como párias pela sociedade. Me consolou enquanto eu falava sem parar sobre ser desinteressante — questão que, como eu disse a ele, foi deflagrada pelo bosta do Mark Darcy e depois aprofundada pelo bosta do Daniel. Então Tom perguntou, embora não ajudasse em nada: "Mark Darcy? Aquele advogado de direitos humanos?".

Humm. Bom, não importa. O que dizer do meu direito humano de não ter de viver com um assustador complexo de feiura?

23h Muito tarde para Daniel ligar. Chateada e traumatizada.

SEGUNDA, 9 DE JANEIRO

58 kg, 4 unidades alcoólicas, 29 cigarros, 770 calorias (m. b., mas a que preço?).

Dia péssimo na editora. Esperei Daniel chegar a manhã inteira e nada. Lá pelas onze e meia já estava preocupada. Será que eu devia avisar as pessoas?

Então Perpetua berrou no telefone: "Daniel? Foi a uma reunião em Croydon. Volta amanhã". Bateu o telefone e disse: "Essas garotas chatas ficam ligando para ele sem parar".

Em pânico, agarrei o maço de Silk Cut. Que garotas? Como? Por algum milagre consegui trabalhar e voltar para casa. Num momento de insanidade, deixei um recado na secretária eletrônica dele, dizendo (não acredito que fiz isso): "Oi, aqui é a Jones. Queria saber como você está e se gostaria de se encontrar comigo para uma reunião sobre a saúde das saias".

No instante em que desliguei, percebi que era uma situação de emergência e telefonei para Tom, que calmamente disse para eu não me preocupar: bastava ligar várias vezes para a secretária eletrônica até descobrir o código para ouvir os recados. Então eu poderia apagar o meu. Depois de algum tempo ele achou que tinha conseguido, mas infelizmente Daniel acabou atendendo o telefone. Em vez de dizer "Desculpe, foi engano", Tom desligou. Agora Daniel não só ficou com meu recado maluco como ainda vai pensar que eu liguei catorze vezes e desliguei quando ele atendeu.

TERÇA-FEIRA, 10 DE JANEIRO

57,6 kg, 2 unidades alcoólicas, 0 cigarros, 998 calorias (excelente, m. b., uma perfeita santa).

Entrei no escritório discretamente, constrangida pelo recado na secretária. Tinha resolvido manter total distância de Daniel, mas aí ele apareceu absurdamente sexy e começou a fazer graça com todo mundo, me deixando em frangalhos.

De repente, VOCÊ TEM UMA NOVA MENSAGEM piscou na tela.

Mensagem para Jones
Obrigado por ligar.
Cleaver

Quase morri. Meu telefonema sugeria que nos encontrássemos. Se ele responde apenas com "Obrigado" é porque... Depois de pensar um pouco, escrevi:

> Mensagem para Cleaver
> Por favor, cale a boca. Estou muito ocupada resolvendo um assunto importante.
> Jones

Após alguns minutos, ele respondeu.

> Mensagem para Jones
> Desculpe interromper, Jones, a pressão deve ser infernal. Câmbio e desligo.
> P.S. Gostei dos seus peitos nessa blusa.
> Cleaver

E pronto. Mensagens frenéticas a semana inteira, terminando com ele sugerindo que nos encontrássemos no domingo à noite e eu, incrédula e eufórica, aceitando. Às vezes, dou uma olhada em volta para todo mundo digitando no computador e fico pensando se alguém está trabalhando mesmo.

(É besteira minha ou domingo à noite é um dia estranho para um primeiro encontro? Tão errado quanto sábado de manhã ou segunda-feira às duas da tarde?)

DOMINGO, 15 DE JANEIRO

57 kg (excelente), 0 unidades alcoólicas, 29 cigarros (m. m. ruim, principalmente em duas horas), 3879 calorias (horrível), 942 pensamentos negativos (média por minuto), 127 minutos contando pensamentos negativos (aprox.).

18h Completamente exausta depois de passar o dia todo me preparando para o encontro. Ser mulher é pior do que ser fazendeiro, tem tanta coisa para cuidar na plantação e na colheita: depilar as pernas e as axilas, fazer as sobrancelhas, passar lixa nos pés, esfoliar e hidratar a pele, tirar os cravos, pintar a raiz, passar rímel, fazer as unhas, massagear a celulite, exercitar os músculos da barriga. A coisa é tão complexa que basta você abandonar por uns dias e lá se vai a plantação. Às vezes penso como eu ficaria se deixasse tudo por conta da natureza — barba, bigode de pontas viradas, sobrancelhas grossas, rosto cheio de células mortas, espinhas na pele, unhas longas como as de Mortícia Adams, cega como um morcego sem as lentes de contato, o corpo flácido balançando. Argh, argh. É de espantar que as garotas sejam tão inseguras?

19h Não consigo acreditar. Quando ia para o banheiro dar os últimos retoques na plantação, vi que a luzinha da secretária eletrônica estava piscando: Daniel.
"Jones, mil desculpas. Acho que não vai dar para nos encontrarmos hoje à noite. Tenho uma apresentação às dez amanhã e preciso repassar uma pilha de papéis."
Não acredito. Levei um bolo. Desperdício total de um dia inteiro de esforço e energia corporal hidrelétrica. Mas não se deve viver na dependência dos homens, e sim ser uma mulher de fibra.

21h É preciso considerar que ele tem um cargo muito importante. Talvez não quisesse estragar um primeiro encontro preocupado por causa do trabalho.

23h Argh. Bem que ele podia ter ligado de novo. Vai ver saiu com alguém mais magra do que eu.

5h Qual é o meu problema? Estou completamente sozinha. Detesto Daniel Cleaver. Não quero mais nada com ele. Vou me pesar.

SEGUNDA-FEIRA, 16 DE JANEIRO

58 kg (saídos de onde? Por quê? Por quê?), 0 unidades alcoólicas, 20 cigarros, 1500 calorias, 0 pensamentos positivos.

10h30. Trabalho Daniel continua trancado numa reunião. Vai ver que era uma desculpa sincera.

13h Vi Daniel saindo para almoçar. Não me mandou mensagem nem nada. Muito deprimida. Vou fazer compras.

23h50 Acabei de jantar com Tom no quinto andar da Harvey Nichols. Ele está obcecado por um cineasta pedante chamado Jerome. Reclamei de Daniel, que passou a tarde inteira em reunião e só às quatro e meia conseguiu me dizer "Olá, Jones, como vai a saia?". Tom disse para não ficar paranoica, dar tempo ao tempo, mas eu sabia que ele não estava prestando atenção e só queria falar de Jerome, já que está louco por ele.

TERÇA-FEIRA, 24 DE JANEIRO

Um dia maravilhoso. Às cinco e meia, como uma dádiva dos deuses, Daniel surgiu, sentou na beirada da minha mesa, de costas para Perpetua, pegou a agenda e murmurou: "Você tem algum compromisso para sexta?".
Siiim! Siiim!

SEXTA-FEIRA, 27 DE JANEIRO

58,5 kg (mas cheia de comida italiana), 8 unidades alcoólicas, 400 cigarros (sinto como se fossem), 875 calorias.

Hum. Tive um encontro divino num aconchegante restaurante genovês perto do apartamento de Daniel.

"Hã... então tá. Vou pegar um táxi", eu disse, sem jeito, quando saímos do restaurante. Ele tirou delicadamente uma mecha de cabelo da minha cara, segurou meu rosto e me beijou, com urgência e desespero. Então apertou meu corpo e sussurrou com uma voz rouca: "Acho que você não vai precisar desse táxi, Jones".

Assim que entramos no apartamento dele nos enroscamos como dois bichos: sapatos e casacos sendo jogados pela sala.

"Acho que a saia não está se sentindo bem", murmurou ele. "É melhor ela deitar no chão." Quando começou a abrir o zíper da saia, Daniel sussurrou: "Isso é só uma brincadeirinha, certo? Acho que a gente não deve se envolver". E continuou abrindo o zíper. Se não fosse por Sharon e sua tese da babaquice emocional, e se eu não tivesse bebido a maior parte de uma garrafa de vinho, acho que teria caído nos braços dele. Mas consegui me levantar, puxando a saia.

"Isso é ridículo", esbravejei, com a língua meio enrolada. "Como você pode ser tão falso, covarde e sem noção? Não estou interessada em babaquice emocional. Tchau."

Foi ótimo. Foi bom ver a cara dele. Mas, chegando em casa, fiquei deprimida. Posso ter feito a coisa certa, mas tenho certeza de que minha recompensa vai ser acabar sozinha, parcialmente devorada por um pastor-alemão.

FEVEREIRO

O massacre do Dia dos Namorados

QUARTA-FEIRA, 1º DE FEVEREIRO

57 kg, 9 unidades alcoólicas, 28 cigarros (mas vou parar na Quaresma, então posso muito bem fumar desesperadamente agora), 3826 calorias.

Passei o fim de semana tentando não pensar no desastre com Daniel. Fiquei repetindo "amor-próprio" e "argh" para mim mesma sem parar, até ficar tonta, tentando reprimir: "Mas eu gosto tanto dele". Fumei aos montes. Parece que tem um personagem do Martin Amis tão viciado que fica querendo um cigarro mesmo quando já está fumando. Sou eu. Foi bom ligar para Sharon e me gabar do fato de ser a sra. Calcinha-de--Ferro, mas quando falei com Tom ele percebeu como eu estava e disse "Ah, querida", e eu tive que ficar quieta para não cair no choro com pena de mim mesma.

"É só esperar", avisou Tom. "Ele vai ficar implorando para sair com você. Implorando."

"Não vai, não", respondi desolada. "Estraguei tudo."

No domingo fui a um almoço bem calórico na casa dos meus pais. Mamãe estava toda de laranja berrante e falava como nunca. Tinha acabado de passar uma semana em Albufeira com Una Alconbury e Audrey, mulher de Nigel Coles.

Ela foi à missa e de repente teve uma iluminação, como se fosse São Paulo-a-caminho-de-Damasco: o padre era gay.

"É pura preguiça, querida", foi sua conclusão a respeito da homossexualidade. "Eles não querem se dar ao trabalho de manter um relacionamento com o sexo oposto. Veja seu amigo Tom. Se tivesse alguma coisa na cabeça, sairia com você do jeito certo, em vez de ficar com essa história ridícula de 'somos apenas amigos.'"

"Mãe, Tom sabe que é homossexual desde os dez anos", garanti.

"Ah, querida! Francamente! Você sabe que as pessoas fazem escolhas impensadas. Sempre dá para convencer todo mundo do contrário."

"Quer dizer que se eu for bem convincente consigo fazer você largar o papai e ter um caso com tia Audrey?"

"Você está exagerando, querida."

"É mesmo", concordou papai. "Tia Audrey parece um bujão."

"Ah, por favor, Colin", repreendeu mamãe de um jeito bastante agressivo, o que achei esquisito. Ela não costuma ser assim com papai.

Antes de eu ir embora, meu pai insistiu em fazer uma revisão completa no meu carro, embora eu lhe garantisse que tudo estava em ordem. Ele claramente não acreditou em mim, considerando que eu nem sabia como abrir o capô.

"Você notou alguma coisa estranha na sua mãe?", perguntou, meio sem jeito, enquanto empunhava a vareta do óleo, limpava num pano e enfiava de novo no motor, de uma maneira que os freudianos achariam preocupante. Não sou freudiana.

"Estranha? Quer dizer, fora o laranja berrante?", perguntei.

"Sim, fora... hã, o de sempre."

"Ela parecia muito irritada com os gays."

"Ah, o problema não é esse. Ela não gostou do hábito que o padre estava usando na missa, só isso. Para ser sincero, era *mesmo* um pouco fru-fru demais. Ele acabou de chegar de Roma com o abade de Dumfries. Estava de rosa dos pés à cabeça. Mas não era a isso que estava me referindo: você notou alguma coisa *diferente* na sua mãe recentemente?"

Pensei a respeito. "Acho que não. Só parecia agitada e segura de si."

"Humm", resmungou ele. "É melhor você pegar a estrada antes que anoiteça. Mande um beijo para Jude. Ela está bem?"

Papai fechou o capô com tanta força e de um jeito tão decidido, como quem diz "Agora sim!", que achei que tivesse machucado a mão.

Pensei que na segunda-feira eu me resolveria com Daniel, mas ele não apareceu. Nem ontem. Trabalhar passou a ser como ir a uma festa para tentar ficar com alguém e descobrir que a pessoa não foi. Me preocupo com ambição, plano de carreira e seriedade moral, já que pareço reduzir tudo a uma festinha adolescente. Consegui arrancar de Perpetua que Daniel foi a Nova York. A essa altura deve estar saindo com uma americana magra e certinha chamada Winona, que é desinibida, anda armada e é tudo o que não sou.

Como se não bastasse, à noite tenho de ir ao jantar dos bem-casados na casa de Magda e Jeremy. Esse tipo de festa sempre esmaga meu ego, embora eu goste de ser convidada. Adoro Magda e Jeremy. Às vezes vou à casa deles e fico admirada com os lençóis novinhos e os potes cheios de tipos diferentes de macarrão, fazendo de conta que são meus pais. Mas quando eles chamam outros casais me sinto a sra. Havisham, de *Grandes esperanças*.

23h45 Ai, Deus. Estávamos eu, quatro casais e o irmão de Jeremy (sem chance, suspensórios e rosto vermelhos. Chama as garotas de "princesas").

"E então?", berrou Cosmo, servindo um drinque para mim. "Como vai sua vida amorosa?"

Ai, não. Por que eles fazem isso? Por quê? Vai ver que jovens casais só se relacionam com outros jovens casais e não têm mais assunto com solteiros. Vai ver que, no fundo, eles querem nos inferiorizar e nos fazer sentir um fracasso. Vai ver que estão em tal estado de excitação reprimida, imaginando que "tem muita coisa rolando no mundo lá fora", que querem viver grandes emoções ouvindo os detalhes escabrosos da nossa vida sexual.

"É mesmo, por que você ainda não casou, Bridget?", perguntou Woney, com um sorriso irônico e um toque de preocupação, enquanto acariciava a barriga de grávida. (Woney é o apelido de infância de Fiona, casada com Cosmo, amigo de Jeremy.)

Porque não quero ficar como você, sua vaca leiteira era o que eu deveria ter respondido, ou *Porque se eu tivesse de fazer o jantar para Cosmo e depois ir para a cama com ele, mesmo que fosse uma vez só, que dirá toda noite, preferiria cortar minha cabeça e depois comer,* ou *Porque, na verdade, por baixo da roupa, meu corpo é coberto de escamas.* Mas não disse nada disso, porque, por incrível que pareça, não queria magoar Woney. Então só dei um sorriso sem graça, até que surgiu alguém chamado Alex, dizendo, com uma voz fininha: "Sabe como é, depois que você chega numa certa idade...".

"Exatamente. Todos os sujeitos legais já foram agarrados", disse Cosmo, batendo no barrigão e rindo tanto que suas bochechas balançaram.

O lugar que Magda escolheu para mim na mesa fez com que eu parecesse um sanduíche incestuoso, entre Cosmo e o chatíssimo irmão de Jeremy. "Você precisa correr e tomar jeito logo, trintona", disse Cosmo, enquanto engolia meia garrafa de um Pauillac de 1982. "O tempo não para."

Àquela altura, eu também já tinha tomado meia garrafa do Pauillac de 1982. "As estatísticas dizem que um em cada três casamentos termina em divórcio ou um em cada dois?", perguntei, tentando ser sarcástica, mas enrolando um pouco as palavras.

"É sério, trintona", continuou ele, ignorando minha pergunta. "O escritório está cheio de solteiras com mais de trinta. Mulheres bonitas, mas que não conseguem segurar um cara."

"Eu não tenho esse problema", retruquei, acenando com meu cigarro.

"Aaahhh. Conta mais", disse Woney.

"Quem é ele?", perguntou Cosmo.

"Tem transado por aí?", perguntou Jeremy. Todos os olhos se viraram para mim. As bocas abertas, salivando.

"Não é da conta de vocês", respondi com arrogância.
"Então não tem ninguém!", grasnou Cosmo.
"Ah, nossa, já são onze horas", constatou Woney. "A babá!"
Então todos se levantaram e começaram a se aprontar para ir embora.
"Desculpe por isso, meu bem. Você está legal?", perguntou Magda baixinho, sabendo como eu devia estar me sentindo.
"Quer uma carona?", perguntou o irmão de Jeremy, dando um arroto.
"Na verdade, vou a uma boate", eu disse, correndo para a rua. "Obrigada pelo jantar!"
Peguei um táxi e comecei a chorar.

Meia-noite Argh, argh. Acabei de falar com Sharon.
"Você devia ter dito: 'Não me casei porque sou bem resolvida, seus idiotas, velhos precoces, caretas, chatos'", disse Sharon irada. "'E porque há outras formas de viver a vida. Uma em cada quatro pessoas mora sozinha, a maioria dos membros da família real é solteira e, segundo uma pesquisa, os homens do país são *incasáveis*, por isso existe uma geração inteira de mulheres solteiras, como eu, que têm renda, casa própria, se divertem muito e não precisam lavar as meias de ninguém. E ficaríamos muito felizes se pessoas como vocês não fizessem a gente se sentir inadequada só porque têm inveja da vida que levamos.'"
"Bem resolvida!", gritei, feliz. "Somos bem resolvidas!"

DOMINGO, 5 DE FEVEREIRO

Ainda sem qualquer notícia de Daniel. Não consigo acreditar que o domingo está indo embora enquanto o resto do mundo, menos eu, está na cama com alguém, rindo e fazendo sexo. O pior é que falta pouco mais de uma semana para a humilhação do Dia dos Namorados. Óbvio que não vou receber cartão nenhum. Pensei em paquerar alguém que pudesse me mandar um, mas afastei a ideia, que me parece meio imoral. Melhor enfrentar a realidade.

Humm. Acho que vou aproveitar para visitar meus pais, já que estou preocupada com papai. Aí vou ficar me sentindo como um anjo da guarda ou uma santa.

14h O único tapete antiderrapante que ainda restava sob meus pés foi puxado. Minha generosa sugestão foi recebida de um jeito estranho por papai ao telefone.

"Errr... Não sei, querida. Pode aguardar um instante?"

Fiquei perdida. Em parte, a arrogância dos jovens (sim, *jovens*) vem da certeza de que os pais vão parar qualquer coisa que estejam fazendo para recebê-los de braços abertos quando resolverem aparecer. Meu pai voltou para a linha. "Olha, Bridget, sua mãe e eu estamos com alguns problemas. Podemos ligar durante a semana?"

Problemas? Que problemas? Tentei fazer papai explicar, mas não consegui. O que está acontecendo? Será que o mundo inteiro está condenado a traumas emocionais? Coitado dele. E será que além de tudo ainda serei a pobre vítima de um lar desfeito?

SEGUNDA-FEIRA, 6 DE FEVEREIRO

56,2 kg (mistério: meu peso sumiu), 1 unidade alcoólica (m. b.), 9 cigarros (m. b.), 1800 calorias (b.).

Daniel volta hoje para o escritório. Vou me manter equilibrada e tranquila, lembrando a mim mesma de que sou uma mulher de fibra e não preciso que um homem me complete, principalmente alguém como Daniel. Não vou mandar mensagem nem pensar nele em nenhum momento.

9h30 Hum, parece que Daniel ainda não chegou.

9h35 Nenhum sinal de Daniel.

9h36 Ai, meu Deus; ai, meu Deus. Ele deve ter se apaixonado em Nova York e ficado por lá.

9h47 Vai ver que foi para Las Vegas se casar.

9h50 Humm. Acho que vou retocar a maquiagem, caso ele apareça.

10h05 Meu coração deu um salto quando voltei do banheiro e vi Daniel com Simon do marketing ao lado da máquina de xerox. Da última vez que o vi ele estava deitado no sofá com uma cara perdida, enquanto eu fechava a saia e dissertava sobre babaquice emocional. E de repente Daniel parecia ótimo e corado, com uma cara de "dei umas voltas por aí". Quando passei pela porta, ele olhou direto para a minha saia e abriu um sorriso enorme.

10h30 VOCÊ TEM UMA NOVA MENSAGEM surgiu na tela.

> Mensagem para Jones
> Vaca frígida.
> Cleaver

Tive que rir, não consegui evitar. Quando olhei para a salinha envidraçada de Daniel, ele estava sorrindo para mim de um jeito aliviado e carinhoso. Mas não vou responder.

10h35 Parece uma grosseria não responder.

10h45 Nossa, que tédio.

10h47 Vou mandar um recadinho simpático, nada sedutor, só em nome da boa convivência.

11h Hihi. Entrei no sistema como Perpetua para assustar Daniel.

> Mensagem para Cleaver
> Já é tão difícil fazer um bom trabalho, atingir as metas, e os colegas ainda ficam usando o tempo da minha equipe para mandar mensagens fúteis pelo computador.
> Perpetua
> P.S. A saia de Bridget não está se sentindo muito bem e foi mandada para casa.

22h Humm. Daniel e eu trocamos mensagens o dia inteiro. Mas não tenho a menor intenção de ir para a cama com ele.
Liguei para os meus pais hoje à noite e ninguém atendeu. Muito estranho.

QUINTA-FEIRA, 9 DE FEVEREIRO

58 kg (gordura em excesso, provavelmente causada pela camada protetora contra o frio), 4 unidades alcoólicas, 12 cigarros (m. b.), 2845 calorias (m. frio).

21h Adoro os encantos do inverno. Eles nos mostram que estamos à mercê das intempéries e que não devemos focar tanto na nossa aparência nem em trabalhar demais, e sim ficar aquecidos e ver tevê.
Liguei para meus pais pela terceira vez esta semana e ninguém atendeu. Será que a neve deixou a vizinhança deles isolada do mundo? Preocupada, liguei para meu irmão, Jamie, em Manchester, só para ouvir um dos seus recados hilários na secretária eletrônica: som de água correndo e Jamie fingindo que

é o presidente Clinton na Casa Branca, depois uma descarga e o risinho da sua namorada patética ao fundo.

21h15 Liguei três vezes seguidas para meus pais, deixando tocar vinte vezes. Minha mãe acabou atendendo com uma voz estranha e disse que não podia falar, mas que ligaria para mim no fim de semana.

SÁBADO, 11 DE FEVEREIRO

56,7 kg, 4 unidades alcoólicas, 18 cigarros, 1467 calorias (que queimei fazendo compras).

Acabei de voltar do shopping e ouvi um recado que meu pai deixou na secretária avisando que ia almoçar comigo no domingo. Levei um susto. Meu pai não vem a Londres sozinho para almoçar comigo aos domingos. Ele come rosbife ou salmão com batatas em casa com a mamãe.

"Não precisa ligar de volta", dizia o recado. "Nos vemos amanhã."

O que está acontecendo? Fui até a esquina, trêmula, louca por um cigarro. Quando voltei, tinha um recado da mamãe. Pelo que entendi, ela também vem para o almoço amanhã. Vai trazer salmão e chega à uma.

Liguei para Jamie só para ouvir outra mensagem engraçadinha na sua secretária eletrônica.

DOMINGO, 12 DE FEVEREIRO

56,7 kg, 5 unidades alcoólicas, 23 cigarros (nenhuma surpresa), 1647 calorias.

11h Ai, Deus, papai e mamãe não podem chegar ao mesmo tempo. É demais. Vai ver que essa história de almoço é só uma brincadeira de pais que veem muitos programas de auditório na televisão. Vai ver que minha mãe vai chegar com um salmão vivo numa coleira e anunciar que está trocando papai pelo salmão. Ou papai vai chegar plantando bananeira, vestido de bobo da corte, quebrar tudo e depois bater na cabeça da mamãe com uma bexiga; ou, de repente, cair do armário de vassouras de cara no chão com uma faca de plástico enfiada nas costas. A única coisa capaz de me acalmar é um bloody mary. Tudo bem, já é quase meio-dia.

12h05 Mamãe ligou. "Deixe *ele* ir, então", disse ela. "Ele pode fazer o que bem entender, como sempre." (Minha mãe é incapaz de xingar alguém. Diz coisas do tipo "fula da vida" e "ai, meu Pai do Céu".) "Não vou me alterar", ela continuou. "Vou ficar limpando a casa como uma gata borralheira." (Será que minha mãe estava bêbada? Ela nunca ultrapassa a medida de uma tacinha de licor de xerez nas noites de domingo desde 1952, quando ficou alegre com meio litro de sidra na festa de vinte e um anos de Mavis Enderby e nunca mais se esqueceu disso nem deixou ninguém se esquecer. "Nada pior que uma mulher bêbada, querida.")

"Mãe, escuta. Não podemos conversar os três juntos?", perguntei, como se fosse uma cena do filme *Sintonia de amor*, que terminaria com meus pais de mãos dadas e eu, de mochila, dando uma piscadela para a câmera.

"Espere um pouco", anunciou, misteriosa. "Você vai descobrir como os homens são.

"Mas eu já...", comecei.

"Vou sair, querida", disse ela. "Vou sair para *transar*."

Meu pai chegou às duas horas com o *Sunday Telegraph* dobrado embaixo do braço. Quando se sentou no sofá, fez uma careta e as lágrimas começaram a escorrer pelo seu rosto.

"Ela está assim desde que foi para Albufeira com Una Alconbury e Audrey Coles", soluçou, tentando secar as lágri-

mas com uma das mãos. "Voltou dizendo que queria receber salário para fazer o serviço doméstico e que tinha desperdiçado uma vida inteira como nossa escrava." (*Nossa* escrava? Eu sabia. Tudo culpa minha. Se eu fosse uma pessoa melhor, mamãe não teria deixado de gostar do papai.) "Ela quer que eu saia de casa durante um tempo e... e...", ele ficou chorando baixinho.
"E o quê, pai?"
"Ela disse que eu achava que clitóris devia ser alguma coisa relacionada à coleção de borboletas de Nigel Coles."

SEGUNDA-FEIRA, 13 DE FEVEREIRO

57,6 kg, 5 unidades alcoólicas, 0 cigarros (o crescimento espiritual tira a vontade de fumar — grande evolução), 2845 calorias.

Apesar de estar chateada com o problema dos meus pais, tenho de admitir um sentimento paralelo e vergonhoso de satisfação quanto a meu novo papel de protetora e conselheira. Há muito tempo não faço nada por alguém, por isso essa sensação é nova e complexa. Era o que faltava na minha vida. Tenho pensado em virar samaritana ou catequista, fazer sopa para os desabrigados (ou, como sugeriu meu amigo Tom, bruschettas) e até cursar medicina. Melhor ainda: talvez eu devesse sair com um médico, o que seria vantajoso tanto do ponto de vista sexual quanto espiritual. Comecei a pensar até em publicar um anúncio na seção "Corações Solitários" do *Lancet*. Eu anotaria os recados dos pacientes dele e diria coisas mal-educadas aos que ligassem no meio da noite, também faria suflês de queijo de cabra e, quando chegasse aos sessenta anos, estaria no maior tédio, igual à mamãe.

Ai, Deus. Amanhã é Dia dos Namorados. Por quê? Por quê? Por que o mundo faz com que as pessoas sem vida amorosa se sintam péssimas quando todos sabem que romances não duram? Basta ver a família real. Ou papai e mamãe. O Dia dos Namorados não passa de uma data comercial, uma iniciativa cínica. Merece toda a minha indiferença.

TERÇA-FEIRA, 14 DE FEVEREIRO

57 kg, 2 unidades alcoólicas (mas no nível do Dia dos Namorados, ou seja, 2 garrafas de cerveja sozinha, argh), 12 cigarros, 1545 calorias.

8h Eba! Dia dos Namorados. Será que o carteiro já passou? Pode ter chegado um cartão do Daniel. Ou de um admirador secreto. Ou um buquê de flores e uma caixa de chocolate em forma de coração. Estou bem animada.

Momento de uma alegria selvagem ao ver um buquê de rosas na portaria do prédio. Daniel! Desci a escada correndo e peguei o buquê toda feliz exatamente quando a porta do apartamento térreo abriu e Vanessa apareceu.

"Ah, que flores lindas!", disse ela. "Quem mandou?"

"Não sei!", respondi sem jeito, olhando o cartão. "Ah... são para você."

"Não se preocupe. Olha, isso é para você", respondeu, me consolando. Era a conta do cartão de crédito.

Resolvi que ia tomar um cappuccino e comer um croissant de chocolate para me animar antes de ir para o escritório. Não ligo mais para dieta. Não vale a pena, já que ninguém me ama nem quer saber de mim.

No metrô, a caminho do trabalho, dava para ver quem tinha recebido um cartão de Dia dos Namorados e quem não tinha. As pessoas se entreolhavam numa tentativa de dar um sorriso malicioso ou afastavam o olhar.

Cheguei no escritório e vi que tinha um buquê do tamanho de uma ovelha na mesa de Perpetua.

"E aí, Bridget!", ela disse alto, para todo mundo ouvir.
"Quantos você ganhou?"
Caí na cadeira resmungando "Shiuuuu" entre os dentes, como uma adolescente humilhada.
"Diga lá, quantos recebeu?"
Achei que ela fosse pegar minha orelha e puxar ou alguma coisa assim.
"Tudo isso é ridículo e sem significado. Pura exploração comercial."
"Eu *sabia* que você não tinha recebido nenhum", grasnou Perpetua. Foi só aí que percebi que Daniel estava ouvindo do outro lado da sala. Ele riu.

QUARTA-FEIRA, 15 DE FEVEREIRO

Surpresa inesperada. Estava saindo de casa para o trabalho quando vi um envelope rosa na portaria — obviamente um cartão atrasado do Dia dos Namorados — endereçado "À Bela Triste". Fiquei emocionada, imaginando que fosse para mim, e de repente me vi como um obscuro e misterioso objeto do desejo dos homens. Depois me lembrei da droga da Vanessa e seu sedutor cabelinho curto. Argh.

21h Acabei de chegar e o cartão continua lá.

22h Continua lá.

23h Inacreditável. Ainda está lá. Vai ver que Vanessa ainda não chegou.

QUINTA-FEIRA, 16 DE FEVEREIRO

56,2 kg (emagreci subindo e descendo as escadas), 0 unidades alcoólicas (excelente), 5 cigarros (excelente), 2452 calorias (não m. b.),

18 descidas e subidas de escada para ver se o cartão de Dia dos Namorados ainda estava lá (ruim psicologicamente falando, mas ótimo exercício).

O cartão continua lá! Deve ser como pegar o último pedaço de chocolate ou comer a última fatia do bolo. Vanessa e eu somos muito educadas para fazer isso.

SEXTA-FEIRA, 17 DE FEVEREIRO

56,2 kg, 1 unidade alcoólica (m. b.), 2 cigarros (m. b.), 3241 calorias (ruim, mas queimadas na escada), 12 conferidas no cartão (obsessão).

9h Cartão continua lá.

21h Continua lá.

21h30 Continua lá. Não aguento mais. Senti um cheiro de comida saindo do apartamento de Vanessa, então bati na porta. Quando ela abriu, falei: "Acho que isso deve ser para você", e mostrei o cartão.

"Ah, pensei que fosse para você."

"Vamos abrir?", sugeri.

"Vamos." Entreguei a ela, que me devolveu, rindo. Devolvi. Adoro garotas.

"Abra", pedi, e ela cortou o envelope com a faca de cozinha que segurava. Era um cartão artístico, devia ter sido comprado numa galeria.

Ela fez uma careta.

"Não sei o que isso quer dizer", disse, encarando o cartão.

Nele se lia: "Apenas uma exploração comercial, ridícula e sem sentido. Para minha vaquinha frígida".

Dei uma espécie de guincho agudo.

22h Acabo de ligar para Sharon e contar tudo. Ela me aconselhou a não perder a cabeça por causa de um cartão barato e a esquecer o Daniel, já que ele não é uma pessoa muito boa e não tem como aquilo terminar bem.

Telefonei para saber a opinião do Tom, principalmente sobre se eu deveria ligar para Daniel no fim de semana. "Nãããããão!", gritou ele. E perguntou várias coisas, inclusive sobre o comportamento de Daniel vendo que eu não tinha demonstrado nada depois de supostamente ter recebido o cartão. Eu disse que ele parecia mais sedutor do que nunca. Tom recomendou permanecer indiferente e aguardar até a próxima semana.

SÁBADO, 18 DE FEVEREIRO

57 kg, 4 unidades alcoólicas, 6 cigarros, 2746 calorias, 2 números certos na loteria (m. b.).

Finalmente descobri o que há com meus pais. Estava começando a imaginar uma situação tipo mulher-de-meia-idade-de-volta-das-férias-e-enlouquece, certa de que ia abrir o *Sunday People* e ver uma foto da minha mãe com cabelo platinado e blusa de oncinha sentada num sofá com um sujeito de calça jeans desbotada chamado González, declarando que, quando você gosta mesmo de um homem, uma diferença de quarenta e seis anos não é importante.

Hoje ela pediu para almoçarmos juntas no café da loja Dickens & Jones e fui logo perguntando se estava saindo com alguém.

"Não. Não há ninguém", confessou, lançando um olhar distante com um toque de resignação que garanto que copiou da princesa Diana.

"Então por que está sendo tão cruel com papai?"

"Querida, apenas porque, quando ele se aposentou, percebi que tinha passado trinta e cinco anos da minha vida tomando conta da casa e criando os filhos dele..."

"Jamie e eu somos seus filhos também", interrompi, magoada.

"... e que ele ia parar de trabalhar, só que eu nunca poderia fazer isso, e era exatamente assim que eu me sentia quando vocês eram pequenos e chegava o fim de semana. A gente só vive uma vez. É simples: tomei a decisão de mudar as coisas e passar o que ainda me resta da vida cuidando de mim, para variar um pouco."

Quando fui ao caixa pagar a conta, fiquei pensando em tudo aquilo e tentando avaliar o argumento de mamãe sob a ótica feminista. Nessa hora, vi um homem alto e distinto, de cabelo grisalho e jaqueta de couro, carregando uma daquelas bolsas masculinas. Ele estava olhando para alguém no café, batendo no relógio e levantando as sobrancelhas. Vi minha mãe fazendo um movimento mudo com os lábios para dizer "Já estou indo" e me indicando com um gesto.

Na hora, não comentei nada, só me despedi logo depois. Mas dei a volta no quarteirão e fui atrás de mamãe, para garantir que não estava imaginando coisas. Era aquilo mesmo: vi quando ela entrou na seção de perfumes e ficou passeando com o bonitão, experimentando todos os frascos expostos, levantando o braço para ele cheirar e dando risadinhas charmosas.

Quando cheguei em casa tinha um recado de Jamie na secretária. Liguei para ele imediatamente e contei tudo.

"Ah, até parece, Bridget", disse meu irmão, morrendo de rir. "Você é tão obcecada por sexo que se visse mamãe recebendo a hóstia na comunhão ia achar que estava chupando o padre. Você não recebeu nenhum cartão do Dia dos Namorados, não é?"

"Para seu governo, recebi sim", respondi, zangada. Ele caiu na gargalhada outra vez, depois disse que tinha de desligar porque ia ao parque com Becca fazer tai chi.

DOMINGO, 19 DE FEVEREIRO

56,7 kg (m. b., mas graças a preocupações), 2 unidades alcoólicas (mas é o Dia do Senhor), 7 cigarros, 2100 calorias.

Liguei para mamãe querendo uma explicação sobre o gostosão de meia-idade que vi com ela depois do almoço. "Ah, você deve estar falando do Julian", disse ela, parecendo emocionada. Sem querer, minha mãe se denunciou. Meus pais jamais se referem aos amigos apenas pelo nome de batismo. É sempre Una Alconbury, Audrey Coles, Brian Enderby: "Você sabe quem é David Ricketts, querida. Casado com Anthea Ricketts, que participa dos eventos da Associação Salva-Vidas". No fundo, falam desse jeito porque sabem que não tenho a menor ideia de quem é Mavis Enderby, o que não impede que falem sobre Brian e Mavis Enderby durante quarenta minutos, como se eu os conhecesse desde os quatro anos.

Percebi logo que Julian não participava dos almoços da Associação Salva-Vidas nem tinha uma esposa que participava da Associação Salva-Vidas, do Rotary ou da Liga dos Amigos de São Jorge. Percebi também que eles tinham se conhecido em Portugal antes do problema com papai, e que era bem provável que se chamasse Julio, e não Julian. Percebi, enfim, que Julian *era* o problema com papai.

Comentei minha suspeita com mamãe. Ela negou. Chegou até a contar uma mentira muito enrolada de que tinha esbarrado em "Julian" na Marks & Spencer da Marble Arch, fazendo-a derrubar no chão um pratinho de cerâmica da Le Creuset. Por isso, ele a teria convidado para tomar um cafezinho na Selfridges e a partir de então nascera uma relação completamente platônica entre os dois, que consistia apenas em idas a cafés de lojas de departamentos.

Por que será que, quando uma pessoa está largando o

marido/ a mulher, acha que é melhor fingir que não é por causa de outro/ outra? Será que pensam que é menos doloroso para o parceiro pensar que vão se separar só porque não conseguem mais suportá-lo, e então, duas semanas depois, têm a sorte de encontrar um tipo alto, estilo Omar Sharif com bolsa masculina, enquanto o ex-parceiro passa as noites aos prantos cada vez que vê as escovas de dente dos dois juntas? É como aquelas pessoas que, ao invés de dizer a verdade, inventam uma mentira — mesmo quando a verdade soa melhor do que a mentira.

Uma vez ouvi meu amigo Simon cancelando um encontro com uma garota em quem estava muito interessado porque apareceu uma espinha no nariz dele e porque, devido a um problema técnico de lavanderia, ele tinha ido trabalhar com uma jaqueta ridícula dos anos 70 pensando em pegar a boa na hora do almoço, mas ela não ficou pronta.

Simon então disse à garota que não podiam se ver porque a irmã dele tinha chegado de repente e ele precisava não só lhe fazer companhia, mas também assistir a uns vídeos do trabalho para o dia seguinte. A garota lembrou que ele disse que era filho único e sugeriu que levasse os vídeos para ver na casa dela, enquanto fazia o jantar. Mas não existiam vídeos do trabalho para ver, então ele precisou aumentar a mentira. Os dois só tinham saído duas vezes, mas ela acabou achando que ele estava com outra e deu o fora em Simon. Ele passou a noite sozinho e chateado, com uma espinha no nariz e uma jaqueta dos anos 70.

Tentei explicar para mamãe que não acreditava em nada daquilo, mas ela estava tão envolvida com o sujeito que perdeu completamente a noção de... bom, tudo.

"Você está ficando um tanto cínica e desconfiada, querida", disse ela. "'Julio!' Ah! Hahaha! É apenas um amigo. Só quero conquistar meu *espaço*."

Então, ao que parece, papai vai se mudar para a casa onde

morava a avó dos Alconbury, nos fundos do jardim deles, só para fazer a vontade da mamãe.

TERÇA-FEIRA, 21 DE FEVEREIRO

Muito cansada. Papai agora liga várias vezes durante a noite, só para conversar.

QUARTA-FEIRA, 22 DE FEVEREIRO

57 kg, 2 unidades alcoólicas, 19 cigarros, 8 unidades de gordura (uma ideia subitamente repulsiva: jamais tinha pensado na gordura escorrendo para a bunda e para as coxas por baixo da pele. Amanhã vou voltar a contar apenas calorias).

Tom tinha toda a razão. Fiquei tão preocupada com meus pais e tão cansada com os telefonemas desesperados de papai que quase nem reparei em Daniel. A maravilhosa consequência disso foi que ele não tirou os olhos de mim. Mas hoje fiz uma grande besteira. Estava indo comprar um sanduíche e o encontrei no elevador com Simon do marketing, conversando sobre jogadores de futebol que foram presos por se venderem.

"Soube dessa história, Bridget?", perguntou Daniel.

"Claro", menti, pensando em algo para dizer a respeito. "Mas acho que isso é bobagem. O corpo é deles para fazer o que bem entenderem. Não sei por que tanta onda em cima disso."

Simon me olhou como se eu fosse doida e Daniel ficou sério por um instante antes de cair na gargalhada. Riu sem parar até saírem do elevador, aí virou para trás e disse, enquanto as portas se fechavam: "Casa comigo". Humm.

QUINTA-FEIRA, 23 DE FEVEREIRO

56,7 kg (se ao menos eu conseguisse me manter abaixo dos 57 kg, em vez de ficar subindo e descendo como um corpo boiando no mar — um mar de gordura), 2 unidades alcoólicas, 17 cigarros (tensão pré-sexo, perdoável), 775 calorias (última tentativa desesperada de chegar a 48,3 kg até amanhã).

20h Nossa. O computador quase estourou de tanto que o sinal de mensagem piscou. Às seis em ponto, decidida, vesti meu casaco e fui embora, mas encontrei Daniel, que pegou o elevador no andar de baixo. Lá estávamos nós, só eu e ele, envoltos em um enorme campo magnético de atração mútua e irresistível. De repente o elevador parou e nos afastamos, ofegantes. Simon do marketing entrou com sua horrenda capa de chuva bege sobre o corpo gorducho. Sem pensar, arrumei minha saia e ele disse, com um sorriso afetado: "Bridget, parece que você foi pega em flagrante".

Quando saí do prédio, Daniel veio atrás de mim e me convidou para jantar com ele amanhã. Siiiiim!

Meia-noite Argh. Estou exausta. Será que é normal se preparar para sair com um homem como se fosse para uma entrevista de emprego? Tenho a impressão de que Daniel é tão culto que pode acabar virando chato se as coisas andarem. Talvez eu devesse me interessar por um homem mais jovem e desencanado que cozinhasse para mim, lavasse minhas roupas e concordasse com tudo o que eu digo. Depois que saí do escritório, às seis, quase desloquei uma vértebra suando numa aula de aeróbica, passei sete minutos esfregando o corpo com uma escova de cerdas duras, limpei o apartamento, coloquei comida na geladeira, fiz as sobrancelhas, dei uma olhada nos jornais e no *Guia Definitivo do Sexo*, coloquei a roupa para lavar e me depilei, já que estava muito tarde para marcar hora no salão. Acabei ajoelhada numa toalha tentando arrancar uma tira de cera que grudou atrás da minha perna enquanto assistia ao jornal para me atualizar e ter algo interessante para dizer. Fiquei com as costas doloridas, a cabeça latejando e as pernas vermelhas e cheias de restos de cera.

Pessoas sensatas dirão que Daniel deve gostar de mim do jeito que sou, mas sou fruto da cultura *Cosmopolitan*, fui traumatizada por supermodelos e todo tipo de testes e sei que nem minha personalidade nem meu corpo darão conta do recado se não forem bem trabalhados. Não aguento a tensão. Vou cancelar o encontro e passar a noite inteira comendo bolacha usando uma camiseta suja de ovo.

SÁBADO, 25 DE FEVEREIRO

55,3 kg (milagre: prova de que o sexo é realmente o melhor exercício), 0 unidades alcoólicas, 0 cigarros; 200 calorias (finalmente descobri o segredo para não comer: substituir comida por sexo).

18h Ah, que alegria. Passei o dia num estado que só posso descrever como ebriedade sexual, andando pelo apartamento, sorrindo, pegando uma coisa aqui, outra ali e colocando-as no mesmo lugar outra vez. Foi tão bom. Os únicos pontos negativos foram: 1) assim que terminou, Daniel disse "Droga, fiquei de pegar o carro na autorizada da Citroën"; 2) quando saí da cama e fui ao banheiro, ele avisou que tinha uma meia-calça grudada na minha panturrilha.

Mas, à medida que as nuvens cor-de-rosa começam a se dispersar, vou ficando apavorada. O que será que vai acontecer agora? Não combinamos nada. De repente, percebo que estou de novo esperando o telefone tocar. Como é que a situação entre duas pessoas pode ficar tão angustiantemente indefinida depois que dormem juntas pela primeira vez? Tenho a sensação de que acabo de fazer uma prova e estou aguardando o gabarito.

23h Ai, meu Deus. Por que Daniel não ligou? Será que vamos sair ou não? Como é que minha mãe pode passar com tanta facilidade de um relacionamento para outro enquanto eu não consigo nem dar umazinha? Será que a geração dela é melhor que a minha em fazer com que os relacionamentos deem certo? Talvez eles não vivam por aí paranoicos e inseguros. Vai ver que a melhor ajuda é não ler nada de autoajuda na vida.

DOMINGO, 26 DE FEVEREIRO

57 kg, 5 unidades alcoólicas (afogando as mágoas), 23 cigarros (fumando as mágoas), 3856 calorias (cobrindo as mágoas com uma camada de gordura).

Acordo sozinha e fico pensando na minha mãe na cama com Julio. Há uma profunda repulsa em pensar nos pais fazendo sexo, ou melhor, em um dos pais. Tenho ódio deles por causa do meu pai; me sinto otimista com o exemplo da sua nova paixão desenfreada (mais uma vez mentalizando os exemplos de Joanna Lumley e Susan Sarandon), mas, principalmente, sinto muita inveja: sou um fracasso e uma idiota por estar na cama sozinha num domingo de manhã, enquanto minha mãe, com mais de sessenta anos, está se preparando para a segunda... Ai, meu Deus. Não quero nem pensar.

MARÇO

Pânico total pré-aniversário

SÁBADO, 4 DE MARÇO

57 kg (de que adianta fazer dieta o mês de fevereiro inteiro se no começo de março estou exatamente com o mesmo peso? Argh. Não vou mais me pesar e anotar tudo o que como, já que não adianta nada).

Minha mãe passou a ter uma energia que eu nunca tinha visto antes. Hoje de manhã, irrompeu no meu apartamento quando eu ainda estava de roupão, pintando a unha dos pés, no maior tédio, vendo na tevê os preparativos para a corrida.

"Querida, posso deixar essas coisas aqui por umas horas?", perguntou, carregando um monte de sacolas de compras e entrando no meu quarto.

Logo depois, morta de curiosidade, fui ver o que ela estava fazendo. Sentada na frente do espelho, usava uma lingerie supercara cor de chocolate e passava rímel nos longos cílios com a boca aberta (um dos grandes mistérios da natureza é a necessidade de abrir a boca para passar rímel).

"Não acha que devia se arrumar um pouco, querida?"

Ela estava incrível: a pele linda, o cabelo brilhando. Dei uma olhada na minha imagem refletida no espelho. Deveria ter tirado a maquiagem antes de dormir. Um lado do meu cabelo estava grudado na cabeça, o outro era uma série de pontas e chifres. Minhas madeixas parecem ter vontade própria, porque se comportam muito bem o dia todo, mas é só eu dormir para começarem a correr e pular como crianças se perguntando: "O que vamos aprontar agora?".

"Seu pai sempre fez tanto alvoroço a respeito da declaração do imposto de renda", confessou, perfumando o colo com seu Givenchy II, "como se isso redimisse os trinta anos que passei lavando pratos. Bom, este ano pensei: 'Dane-se, eu faço sozinha'. Claro que aquilo me pareceu tão complicado quanto grego arcaico, então liguei para a Receita Federal. O homem

que atendeu foi meio arrogante: 'Sinceramente, sra. Jones, não entendo a sua dificuldade nisso'. 'Escuta aqui, o senhor é capaz de fazer um brioche?', perguntei. Aí ele explicou tudo e em quinze minutos estava pronta a declaração. Aliás, ele me convidou para almoçar hoje. Um funcionário da Receita, imagine!"
"O quê?", perguntei, pasma, me apoiando no batente da porta. "Que fim levou o Julio?"
"Só porque sou 'amiga' do Julio não significa que não posso ter outros 'amigos'", disse com ternura, vestindo um conjuntinho amarelo. "Ficou bom? Acabei de comprar. Mas tenho que me apressar. Vou me encontrar com ele no café da Debenhams à uma e quinze."

Depois que ela saiu, abri um pacote de granola, comi uma colher e acabei com o que restava de vinho na geladeira.

Sei o segredo dela: descobriu que tem poder. Poder sobre papai: ele quer que ela volte. Poder sobre Julio e sobre o funcionário da Receita. Ela está emanando poder, e todo mundo quer um pouco dele, o que a torna ainda mais irresistível. Só me resta encontrar alguém ou alguma coisa para dominar, e então... ai, meu Deus. Não domino nem meu próprio cabelo.

Estou tão deprimida. Embora Daniel tenha sido muito simpático esta semana, conversador, até charmoso, não consigo entender o que está havendo entre nós, como se fosse normal um homem dormir com uma colega de trabalho e ficar por isso mesmo. A vida na editora, que antes era só uma chateação, passou a ser uma tortura. Fico sofrendo toda vez que ele sai para almoçar ou veste o casaco no fim do dia para ir embora. Aonde ele vai? Com quem? Quem?

Perpetua parece ter conseguido jogar todas as tarefas dela em cima de mim e passa o dia inteiro no telefone com Arabella ou Piggy, falando sobre o apartamento de meio milhão de libras em Fulham que vai comprar com Hugo. "É. Não. É. Não, concordo *plenamente*. Mas o problema é: será que alguém vai querer pagar trinta mil a mais para ter um quarto extra?"

Às quatro e quinze da sexta-feira, Sharon ligou para o escritório. "Você vai sair comigo e Jude amanhã?"

"Hã..." Entrei em pânico, pensando: *Será que, antes de ir embora, Daniel vai me convidar para sair com ele no fim de semana?*

"Me liga se ele não te convidar", disse Sharon, depois de uma pausa.

Às quinze para as seis, vi Daniel de casaco, se encaminhando para a porta. Minha expressão assustada deve ter feito ele se sentir culpado, porque sorriu sem graça, mostrou a tela do computador e saiu.

Logo depois, VOCÊ TEM UMA NOVA MENSAGEM estava piscando.

Mensagem para Jones
Tenha um bom fim de semana. Bipe-bipe.
Cleave

Me sentindo a última das mulheres, peguei o telefone e liguei para Sharon.

"A que horas amanhã?", perguntei, humilde.

"Oito e meia, no Café Rouge. Não se preocupe, nós te amamos. Diga a ele para enfiar a babaquice emocional naquele lugar."

24h Ah, foi maravilhoso com Sharon e Jude. Não quero mais nada com aquele idiota do Daniel. Estou me sentindo meio enjoada. Opa.

DOMINGO, 5 DE MARÇO

8h Argh. Quero morrer. Nunca, nunca mais bebo na vida.

8h30 Aaai. Seria bom comer umas batatinhas.

11h30 Estou morrendo de sede, mas é melhor ficar de olhos fechados e deixar a cabeça enfiada no travesseiro para não atrapalhar o bate-estacas e os faisões passeando dentro dela.

Meio-dia O.k., ontem foi bem divertido, mas estou muito confusa em relação a Daniel. Primeiro, tive de ouvir os problemas de Jude com Richard, o Vil, já que eles são um caso mais sério: estão saindo há dezoito meses, bem mais do que uma transadinha de nada. Esperei pacientemente a minha vez de contar as últimas de Daniel e a conclusão geral, a princípio, foi: babaquice emocional.

Jude apresentou a interessante teoria do Tempo Masculino, popularizada por *As patricinhas de Beverly Hills*: os famosos cinco dias ("sete", corrigi) pós-sexo durante os quais um novo relacionamento fica em suspenso. Para os machos da espécie, esse intervalo não parece tão desesperador, e sim um período normal de distanciamento para avaliar as emoções antes de prosseguir. Jude argumentou que Daniel estava muito nervoso com sua situação profissional etc. etc., então eu tinha de compreender, ser simpática e agradável para mostrar que confio nele em vez de demonstrar carência ou pular fora.

Nesse ponto Sharon quase cuspiu sobre o queijo ralado e disse que não era humano deixar uma mulher sem saber o que fazer durante dois fins de semana depois de dormir com ela, porque isso causava uma enorme insegurança, e que eu deveria dizer a ele o que pensava daquilo tudo. Humm. Vamos ver. Vou dar mais uma dormidinha.

14h Retorno triunfal de uma heroica expedição ao térreo para pegar o jornal e um copo de água. Deu para sentir a água correndo como um riacho cristalino nos recônditos da minha cabeça. Embora não haja evidências, estive pensando na teoria de que a água percorre mesmo a cabeça da gente. Deve entrar através da corrente sanguínea. Como a desidratação provoca ressaca, talvez a água seja atraída para o cérebro através da capilaridade.

14h15 Dei um pulo quando li nos jornais a notícia de duas crianças de dois anos que tiveram de fazer prova para entrar no jardim de infância. Preciso ir à festa de aniversário do Harry, meu afilhado.

18h Dirigi feito uma louca pelas ruas londrinas, cinzentas e molhadas de chuva, até a casa de Magda, parando antes na Waterstones para comprar um presente. Fiquei péssima só de pensar que estava atrasada, de ressaca e ainda ia ter de ficar cercada de mães que um dia tiveram uma carreira e agora participavam da Competição de Cuidados com os Filhos. Magda, que foi corretora de ações, mente a idade do filho para fazer com que ele pareça mais inteligente. Até para engravidar foi complicado: Magda tomava oito vezes mais vitaminas e sais minerais do que qualquer outra mulher. O nascimento foi o máximo. Ela passou a gravidez inteira dizendo para todo mundo que seria parto natural, mas foi só sentir a primeira contração que começou a gritar: "Me deem anestesia, seus idiotas!".

A festa de aniversário foi um pesadelo: eu numa sala cheia de mamães orgulhosas, uma delas com um bebê de um mês.

"Ah, não é um *amorzinho*?", disse Sarah de Lisle com ternura, depois disparou: "Como ele está na escala de Apgar?".

Não sei qual é o problema desses testes que as crianças são obrigadas a fazer com dois minutos de vida. Num jantar, dois anos atrás, Magda ficou sem graça quando contou que Harry tinha tirado dez e uma das convidadas, que era enfermeira, disse que a nota máxima era nove.

Sem se abalar, Magda começou a se vangloriar do filho, que era um prodígio em matéria de cocô, causando uma série de ataques e contra-ataques. Enquanto isso, as criancinhas, numa idade em que deveriam estar só de fralda, passeavam pela sala vestindo Baby Gap. Menos de dez minutos depois que cheguei, o tapete já tinha três cocôs. Ocorreu então uma discussão inútil sobre quem tinha feito, seguida de um tenso trocar de roupas, oportunidade para uma competição do tamanho do pinto dos bebês e, em consequência, do pinto dos maridos.

"É isso mesmo, o tamanho do pênis é hereditário. Cosmo não tem esse problema, sabe?"

Depois dessa, achei que minha cabeça fosse explodir. Pedi licença, peguei o carro e voltei para casa, dando graças a Deus por ser solteira.

SEGUNDA-FEIRA, 6 DE MARÇO

11h. Trabalho Exausta. Na noite passada, estava imersa num banho morno com óleo de gerânio, tomando vodca com tônica, quando a campainha tocou. Era minha mãe, chorando na escada. Levei algum tempo para entender o que estava acontecendo enquanto ela andava pela cozinha, chorando cada vez mais alto e se recusando a falar. Comecei a desconfiar que seu ataque de poder sexual inabalável tinha desmoronado como um castelo de cartas: papai, Julio e o funcionário da Receita tinham perdido o interesse por ela ao mesmo tempo. Mas não era isso. Ela estava com a síndrome do "Quero ter tudo".

"Estou me sentindo como a cigarra que passou o verão inteiro cantando", disse ela, assim que percebeu que eu estava perdendo o interesse. "Agora chegou o inverno da minha vida e não reservei nada para mim."

Eu ia argumentar que não se pode dizer que três candidatos em potencial, pensão e metade de uma casa não eram nada, mas fiquei quieta.

"Quero ter uma profissão", confessou. Alguma parte mesquinha de mim se sentiu feliz e segura porque eu tinha uma. Bom, um emprego, pelo menos. Eu era uma cigarra juntando uma pilha de grama, ou moscas, ou o que quer que as cigarras comam no inverno, apesar de não ter um namorado.

Acabei consolando mamãe, deixando que abrisse meu guarda-roupa, criticasse todas as minhas roupas e dissesse por que eu devia começar a comprar só na Jaeger e na Country Casuals. Minha estratégia funcionou bem, e ela se recuperou tão depressa que conseguiu até ligar para Julio e marcar de tomarem drinques.

Quando mamãe saiu já eram mais de dez horas da noite, então liguei para Tom para contar a novidade horrenda de que Daniel não tinha ligado o fim de semana inteiro. Além disso, eu também queria saber o que ele achava dos conselhos controversos de Jude e Sharon. Tom disse que eu não devia seguir nenhum deles, não me fazer de sedutora, não comentar nada e continuar me comportando como a rainha da frieza e da indiferença.

Ele contou que os homens costumam se imaginar numa espécie de escada do sexo, com todas as mulheres acima ou abaixo deles. Se a mulher está "abaixo" (isto é, querendo dormir com o homem e dando em cima dele), então, no melhor estilo Groucho Marx, ele não quer entrar para o "clube" dela. Essa mentalidade masculina me deixa deprimida, mas Tom disse para eu não ser ingênua, porque se gosto mesmo do Daniel e quero conquistá-lo, tenho de ignorar o cara e ser o mais fria e distante possível.

Acabei indo dormir à meia-noite, muito confusa, mas fui acordada três vezes por telefonemas de papai.

"Quando alguém te ama, é como se um cobertor envolvesse o seu coração. Mas quando arrancam esse cobertor...", disse aos prantos. Ligou do apartamento da avó dos Alconbury, onde estava morando "até as coisas se acalmarem", como declarou, esperançoso.

De repente percebi que as coisas estavam completamente mudadas e agora era eu quem cuidava dos meus pais em vez de eles cuidarem de mim, o que parece pouco natural e errado. Será que sou tão velha assim?

TERÇA-FEIRA, 7 DE MARÇO

56,2 kg (m. m. b.: percebi que o segredo da dieta é não se pesar).

Posso garantir que, nos dias de hoje, beleza, comida, sexo ou sedução não conquistam o coração de um homem, apenas a capacidade de parecer pouco interessada nele.

Não dei bola para Daniel o dia inteiro e fingi estar ocupada (eu sei, parece piada). VOCÊ TEM UMA NOVA MENSAGEM ficou piscando, mas só olhei e ajeitei o cabelo como se fosse uma mulher muito charmosa e importante, com mais o que fazer. No fim do dia, percebi que a fórmula estava funcionando como num milagre de laboratório de química na escola (teste de acidez, fósforo ou algo parecido). Daniel continuou me olhando e fazendo caras e bocas. A certa altura, quando Perpetua saiu da sala, ele passou pela minha mesa, parou um instante e disse, baixinho: "Jones, sua criatura maravilhosa. Por que está me ignorando?".

Num ímpeto de alegria e ternura, fiquei prestes a contar todas as teses controversas de Tom, Jude e Sharon, mas, por sorte, exatamente nessa hora o telefone tocou. Fiz um olhar de desculpas e atendi, mas logo Perpetua aproveitou para ir falar com ele, batendo numa pilha de provas sobre a minha mesa no caminho. Foi ótimo, porque o telefonema era de Tom, que disse para eu manter a pose de rainha da frieza e me deu um mantra para ficar repetindo quando sentisse que estava enfraquecendo: "Avante, inacessível rainha de gelo. Avante, inacessível rainha de gelo".

QUARTA-FEIRA, 8 DE MARÇO

58,9, 58 ou 59,4 kg?, 0 unidades alcoólicas, 20 cigarros, 1500 calorias, 6 bilhetes de loteria instantânea (ruim).

9h Argh. Como posso ter variado um quilo e meio durante a noite? Estava com 58,9 quando fui dormir, 58 às quatro e 59,4 quilos quando levantei. Entendo que o peso possa *diminuir* — evaporando ou saindo do corpo para a privada —, mas como pode *aumentar*? Será que um alimento pode sofrer uma reação química, dobrar de densidade e volume e se solidificar formando uma gordura mais pesada e compacta? Não estou parecendo mais gorda. Posso fechar o botão, embora, argh, não consiga fechar o zíper desta minha calça jeans que tenho desde 89. Então pode ser que meu corpo esteja diminuindo, mas ficando mais pesado. Parece papo de marombeira, o que me deixa deprimida. Liguei para Jude reclamando da droga da dieta, e ela mandou anotar tudo o que comi, honestamente, e verificar depois. Eis a lista:

- *Café da manhã:* pão na chapa (pequena variação da torrada integral recomendada); barra de chocolate Mars (pequena alteração da meia toranja indicada na dieta Scarsdale).
- *Lanche:* 2 bananas, 2 peras (mudei para o plano F, já que estava morrendo de fome e não aguento comer palitos de cenoura como manda a dieta Scarsdale). Uma caixinha de suco de laranja (dieta crudívora anticelulite).
- *Almoço:* uma batata com casca (dieta Scarsdale versão vegetariana) e homus (dieta Hay; a pasta é ótima para passar na batata quente porque derrete; o lanche e o café da manhã foram à base de alimentos alcalinos, exceto o pão na chapa e a barra de chocolate, pequenas escapadas).
- *Jantar:* 4 taças de vinho, peixe empanado e batatas fritas (dieta Scarsdale combinada à dieta Hay — aquisição de pro-

teínas); uma fatia de tiramisu; mais uma barrinha de chocolate.

Percebi que é muito fácil achar uma dieta que se adapte a cada coisa que você tem vontade de comer. Concluí também que não se deve combinar dietas, mas seguir uma só, à risca — exatamente o que vou começar depois deste croissant de chocolate.

TERÇA-FEIRA, 14 DE MARÇO

Desastre. Desastre completo. Entusiasmada com o sucesso da tese de total indiferença defendida por Tom, comecei a me descuidar, segui os conselhos de Jude e voltei a trocar mensagens com Daniel para mostrar que confio nele e que não vou ficar carente nem sumir de vista sem uma boa razão.

Lá pelo meio da manhã, quando estava na máquina de café, minha técnica de rainha da frieza misturada com *Homens são de Marte, mulheres são de Vênus* ia tão bem que Daniel se aproximou e disse: "Você pode ir a Praga no fim de semana que vem?".

"Como? Hahahaha. Não esse fim de semana, o outro?"

"*Isssso*, no fim de semana que vem", disse de um jeito animado e paciente, como se estivesse me ensinando a falar inglês.

"Aaah, claro, *ótimo*", respondi, me esquecendo do mantra da rainha da frieza.

Depois ele veio à minha mesa e perguntou se eu gostaria de almoçar no restaurante da esquina. Combinamos de nos encontrar do lado de fora do prédio para ninguém desconfiar de nada, e foi tudo bem emocionante e clandestino até ele dizer, quando estávamos perto do restaurante: "Desculpe, Bridget, fiz besteira".

"Por quê? O quê?", perguntei, ao mesmo tempo que me

lembrava da minha mãe e pensava que o educado seria falar: "Perdão, como disse?".

"Não posso ir a Praga no próximo fim de semana. Não sei onde estava com a cabeça quando disse isso. Mas a gente pode ir em outra oportunidade."

Uma sirene tocou dentro da minha cabeça e um enorme sinal luminoso começou a piscar com o rosto de Sharon no meio, dizendo: BABAQUICE, BABAQUICE.

Fiquei grudada no chão, olhando para ele.

"O que houve?", Daniel perguntou, parecendo se divertir.

"Não aguento mais você", respondi, furiosa. "Naquele dia em que tentou tirar minha saia deixei bem claro que não estou a fim de babaquice. Não é nada legal ficar me seduzindo, dormir comigo, e depois nem me telefonar e fazer de conta que não houve nada. Você me convidou para ir a Praga só para ter certeza de que podia dormir comigo se quisesse, como se estivéssemos numa espécie de escada, não é?"

"Escada?", perguntou ele. "Que escada?"

"Cala a boca", retruquei, áspera. "Ou você fica comigo e me trata direito, ou me deixa em paz. Como já disse, não estou interessada em babaquice."

"E você? Primeiro, me ignorou completamente a semana toda como se fosse uma donzela de gelo da Juventude Hitlerista, depois virou uma gatinha sensual, olhando para mim por cima do computador e fazendo olhares de "Vamos pra cama, anda". Agora, de repente, está uma fera."

Ficamos nos olhando como dois animais da selva africana prestes a se atacar num documentário. De repente, Daniel se virou e saiu do restaurante. Tive de voltar sozinha para o trabalho e entrei no banheiro, tranquei a porta e fiquei enlouquecida vigiando tudo em volta. Ai, Deus.

17h Uhul. Estou ótima. Orgulhosa de mim mesma. Depois do trabalho, tive uma reunião de cúpula no Café Rouge para discutir a crise com Sharon, Jude e Tom, que ficaram encantados com a mudança de Daniel, cada um convicto de que tinha sido por causa do próprio conselho. Jude tinha ouvido uma pesquisa no rádio informando que, na virada do século, um terço dos lares será habitado por apenas uma pessoa, o que pelo menos prova que não somos malucos. Sharon deu uma gargalhada e disse: "Uma casa em cada três? É mais provável que sejam nove em cada dez". Sharon acha que é tão difícil os homens — óbvio, com a honrosa exceção dos presentes (ou seja, Tom) — se envolverem afetivamente que daqui a pouco as mulheres vão transformá-los em bichinhos de estimação só para fazer sexo. Um lar como esse não poderá ser considerado um domicílio partilhado, já que os homens ficarão do lado de fora, em canis. De todo jeito, estou me sentido muito fortalecida. Maravilhosa. Acho que deveria ler um trecho do livro da Susan Faludi.

5h Ai, meu Deus, Daniel me deixa tão triste. Eu o amo.

QUARTA-FEIRA, 15 DE MARÇO

57 kg, 5 unidades alcoólicas (desgraça: urina de satã), 14 cigarros (erva de satã. Vou parar no meu aniversário), 1795 calorias.

Humm. Acordei muito mal. Para piorar, faltam apenas duas semanas para o meu aniversário, quando terei de admitir que mais um ano se passou, durante o qual todo mundo, menos eu, virou bem-casado, teve filho, faturou centenas de milhares de libras, progrediu na vida, etc. etc. etc. enquanto eu continuo sem rumo e sem namorado, presa em relações desestruturadas e empacada na carreira.

Constato que toda hora estou na frente do espelho à procura de rugas e quando pego a revista *Hello!* procuro imediatamente a idade das pessoas para me comparar a elas (atriz Jane

Seymour tem quarenta e dois anos!), lutando contra o medo onipresente de um dia, aos trinta e poucos, de repente e sem perceber, estar num vestido largão, carregando uma sacola de compras, com permanente no cabelo, a cara derretendo como nos efeitos especiais dos filmes, e aí pronto. Tudo acabado. Tento me concentrar em Joanna Lumley e Susan Sarandon. Também estou preocupada em como comemorar meu aniversário. O tamanho do apartamento e o da conta bancária não permitem dar uma festa. Quem sabe faço um jantar? Mas aí eu teria de ficar o tempo todo servindo as pessoas e odiaria os convidados assim que chegassem. Podíamos sair para jantar, mas me sentiria culpada por obrigar as pessoas a pagar a conta, porque, egoísta, fiz todo mundo comemorar meu aniversário gastando dinheiro numa noite chata — mas também não posso pagar para todo mundo. Ai, Deus. O que faço? Gostaria de não ter nascido, mas ser o resultado de uma imaculada conceição, como Jesus, mas não exatamente da mesma forma que ele, assim não precisariam comemorar meu aniversário. Sou solidária ao constrangimento que ele deve sentir porque há dois mil anos quase o mundo inteiro é obrigado a comemorar seu aniversário.

Meia-noite Tive uma boa ideia para o aniversário: convidar todo mundo para uns drinques, talvez manhattans. Assim, posso oferecer algo aos convidados, como uma grande dama da sociedade. Se as pessoas mais tarde quiserem jantar, ora, podem ir. Não sei bem como se prepara um manhattan, preciso pesquisar. Mas posso comprar um livro de receitas de drinques. Provavelmente não vou comprar, para falar a verdade.

QUINTA-FEIRA, 16 DE MARÇO

57,6 kg, 2 unidades alcoólicas, 3 cigarros (m. b.), 2140 calorias (quase só de frutas), 237 minutos fazendo lista de convidados (ruim).

Eu	Sharon
Jude	Richard, o Vil
Tom	Jerome (eca)
~~Michael~~	
Magda	Jeremy
Simon	
Rebecca	Martin Chato-de-Galocha
Woney	Cosmo
Joanna	
Daniel?	Perpetua (argh) e Hugo?

Ai, não. Ai, não. O que eu faço?

SEXTA-FEIRA, 17 DE MARÇO

Acabo de ligar para Tom, que disse, com muita sensatez: "O aniversário é seu e você deve convidar só quem quiser". Então, vou convidar as seguintes pessoas:

Sharon
Jude
Tom
Magda e Jeremy

E preparar um jantar para todos. Liguei de novo para comentar a lista com Tom e ele perguntou: "E Jerome?".
"Quê?"
"E Jerome?"
"Como você disse que eu só devia convidar...", parei no meio da frase, porque se dissesse "quem eu gosto" mostraria que não gostava do insuportável e pretensioso namorado dele.
"Ah!" Fiz uma voz de susto exagerada. "O *seu* Jerome? *Claro* que ele está convidado, bobo. Mas acha que fica ruim não

chamar Richard, o Vil, da Jude? E a Woney, apesar de ela ter me convidado para o aniversário dela na semana passada?"

"Ela jamais vai ficar sabendo."

Quando passei a lista de convidados para Jude, ela concluiu: "Ah, então pode levar acompanhante?", leia-se: Richard, o Vil. Bom, já que tem mais de seis pessoas, então vou ter de convidar o Michael. Bom. Acho que nove pessoas está perfeito. Dez, contando comigo. Ótimo.

Logo depois, Sharon ligou. "Espero não ter dado um fora. Encontrei a Rebecca, perguntei se ela ia ao seu aniversário e ela fez uma cara bem ofendida."

Ah, não, vou ter de convidar Rebecca e Martin Chato-de--Galocha. Droga. Então tenho de chamar a Joanna também. Merda. Merda. Como eu já disse que vou fazer um jantar, não posso de repente avisar que vamos a um restaurante, porque vai parecer que sou preguiçosa e mesquinha.

Ai, Deus. Acabei de entrar em casa e ouvir na secretária eletrônica um recado gélido e ofendido de Woney.

"Cosmo e eu queríamos saber o que você gostaria de ganhar de aniversário este ano. Ligue, por favor."

Já vi que vou passar o dia do meu aniversário cozinhando para dezesseis pessoas.

SÁBADO, 18 DE MARÇO

56,7 kg, 4 unidades alcoólicas (entediada), 23 cigarros (péssimo, já que fumei tudo em duas horas), 3827 calorias (terrível).

14h Humm. Era só o que me faltava. Minha mãe entrou no apartamento como um furacão, e, por milagre, a crise da cigarra que cantou o verão inteiro tinha passado.

"Ah, meu Pai do céu!", exclamou, ofegante, indo direto para a cozinha. "Você teve uma semana ruim ou alguma coisa assim? Está com uma cara péssima. Parece que tem noventa

anos. Agora adivinha só", ela disse, dando uma voltinha, segurando a chaleira e baixando os olhos modestamente, me olhando depois como se fosse uma grande dançarina pronta para iniciar um show de sapateado.
"O quê?", perguntei, de má vontade.
"Arrumei um trabalho como apresentadora de TV."
Vou fazer compras.

DOMINGO, 19 DE MARÇO

56,2 kg, 3 unidades alcoólicas, 10 cigarros, 2465 calorias (quase só chocolate).

Estou encarando meu aniversário de outra forma, totalmente positiva. Conversei com Jude sobre o livro que ela está lendo, que fala dos ritos de passagem dos povos primitivos, e isso me deixou feliz e serena.

Cheguei à conclusão de que é fútil e errado achar que o apartamento é pequeno demais para receber dezenove pessoas, que não posso passar o dia do meu aniversário cozinhando e que seria melhor me arrumar e ir a um restaurante fino com um deus do sexo portador de um cartão de crédito ilimitado. Em vez disso, devo considerar meus amigos uma enorme e calorosa família africana, ou talvez turca.

Nossa cultura é obcecada por aparência, idade e status. Mas o que vale mesmo é o amor. Essas dezenove pessoas são minhas amigas; querem ser recebidas na minha casa para festejar com carinho meu aniversário e apreciar uma comidinha caseira — e não para me julgar. Vou fazer uma torta de carneiro para todos. Vai ser uma festa modesta e alegre, como nas tribos de povos do Terceiro Mundo.

SEGUNDA-FEIRA, 20 DE MARÇO

57 kg, 4 unidades alcoólicas (estou entrando no clima), 27 cigarros (último dia antes de parar), 2455 calorias.

Resolvi fazer uma torta de carneiro e uma salada de endívias belgas com roquefort e linguiça para dar um toque especial (não testei a receita, mas tenho certeza de que é fácil), seguidos por suflês ao Grand Marnier servidos em ramequins individuais. Estou ansiosa pelo meu aniversário. Espero ser reconhecida como grande cozinheira e anfitriã.

TERÇA-FEIRA, 21 DE MARÇO: ANIVERSÁRIO

57 kg, 9 unidades alcoólicas, 42 cigarros, 4295 calorias.*
(*Se não posso me esbaldar no meu aniversário, quando é que vou poder?)

18h30 Não dá mais. Acabo de pisar numa panela de purê com os sapatos novos de camurça preta. Esqueci que o piso e todas as superfícies da cozinha estão cobertos de panelas de picadinho e de purê. Já são quase seis e meia e tenho de ir à Cullens comprar os ingredientes do suflê ao Grand Marnier e outras coisas que esqueci. Ai, meu Deus, de repente lembrei que o tubo de espermicida deve estar na pia do lavabo. Preciso guardar também os potes decorados com esquilos cafonas e esconder o cartão de aniversário que Jamie mandou com a foto de uma ovelhinha e os dizeres "Feliz Aniversário, sabe onde você está agora?", e dentro do cartão: "Cruzando o Cabo da Boa Esperança".

CRONOGRAMA:
- 18h30: Compras.
- 18h45: Voltar para comprar os enlatados que esqueci.

- 18h45-19h: Preparar a torta de carneiro e colocar no forno (ai, Deus, espero que caiba tudo).
- 19h-19h05: Preparar os suflês ao Grand Marnier (acho que vou dar uma provadinha no licor agora. Afinal, é meu aniversário).
- 19h05-19h10: Hum. O Grand Marnier está uma delícia. Preciso arrumar os pratos e talheres para ninguém achar que está tudo uma bagunça e dar um jeito na cozinha. Ah, tenho de comprar guardanapos também.
- 19h10-19h20: Limpar tudo e encostar os móveis da sala.
- 19h20-19h30: Grelhar a linguiça.

Com isso, sobra uma boa meia hora para me aprontar, então não há razão para ficar nervosa. Preciso de um cigarro. Aargh. São 18h45. Como é que pode? Aargh.

19h15 Voltei da loja e percebi que esqueci a manteiga.

19h35 Merda, merda, merda. A torta de carneiro ainda está em panelas espalhadas pelo chão da cozinha e eu ainda não lavei o cabelo.

19h40 Ai, meu Deus. Fui pegar o leite e percebi que esqueci a sacola de compras na mercearia. Os ovos estavam lá dentro. O que significa... Ai, Deus, o azeite também... Não dá para fazer a salada.

19h40 Hum. É melhor entrar na banheira com uma taça de champanhe e me aprontar. Se eu estiver linda, posso continuar cozinhando depois que todo mundo chegar e talvez consiga que Tom vá buscar os ingredientes que estão faltando.

19h55 Argh. Tocou a campainha. Estou de calcinha, sutiã e cabelo molhado. O chão da cozinha está cheio de torta. Pronto, odeio os convidados. Tive de trabalhar como uma escrava por dois dias, agora eles vão se acomodar e ficar pedindo coisas como uns esfomeados. Quero abrir a porta e berrar: *"Foda-se!"*.

24 Estou emocionada. Quando abri a porta, vi Magda, Tom, Sharon e Jude com uma garrafa de champanhe. Eles disseram para eu me aprontar logo e, enquanto sequei o cabelo e me vesti, limparam toda a cozinha e jogaram fora a comida. Magda tinha reservado uma mesa no restaurante 192 e dito aos outros para ir direto; quando cheguei, estavam me esperando com presentes e ainda me pagaram o jantar. Magda disse que tivera um pressentimento quase paranormal de que o suflê ao Grand Marnier e aquela salada não iam dar certo. Adoro meus amigos, são melhores que uma enorme família turca com lenços esquisitos na cabeça.

Uma coisa é certa: no próximo Ano-Novo vou fazer os seguintes acréscimos às minhas resoluções:

EU VOU
- Parar de ser tão neurótica e medrosa.

NÃO VOU
- Dormir com nem dar bola para Daniel Cleaver.

ABRIL

Equilíbrio interior

DOMINGO, 2 DE ABRIL

57 kg, 0 unidades alcoólicas (maravilhoso), 0 cigarros, 2250 calorias.

Li numa reportagem que a escritora Kathleen Tynan, finada esposa do finado teatrólogo Kenneth Tynan, tinha "equilíbrio interior" e só escrevia se estivesse perfeitamente arrumada, sentada numa mesinha no centro da sala e tomando uma taça de vinho branco gelado. Se estivesse atrasada para entregar um texto para Perpetua, Kathleen Tynan jamais ficaria apavorada embaixo do cobertor, fumando sem parar, engolindo uma caneca de saquê e se maquiando para fugir dos compromissos. Kathleen Tynan não permitiria que Daniel Cleaver dormisse com ela quando bem entendesse, sem ser seu namorado. Também não beberia demais nem vomitaria. Eu gostaria de ser como Kathleen Tynan (exceto, é claro, pela parte de estar morta).

Por isso, sempre que as coisas ameaçam sair do controle, agora repito as palavras "equilíbrio interior" e fico me imaginando de vestido de linho branco, sentada numa mesa com um vasinho de flores. "Equilíbrio interior." Há seis dias não pego num cigarro. Há três semanas assumi em relação a Daniel um ar de digna superioridade, não mandei mais mensagens, não lancei olhares nem dormi com ele. Na última semana, contra minha vontade, consumi três unidades alcoólicas, fazendo uma concessão a Tom. Ele reclamou que sair à noite com uma pessoa que acaba de largar os vícios era a mesma coisa que sair com um molusco, uma ostra ou qualquer um desses flácidos seres marinhos.

Meu corpo é um templo. Será que já está na hora de dormir? Ah, não, são só oito e meia. Equilíbrio interior. Aaah. Telefone tocando.

21h Era meu pai, com uma voz estranha e enrolada, parecendo um robô.

"Bridget. Ligue a televisão na BBC1."

Mudei de canal e quase morri de susto. Vi na tela uma chamada para o programa de Anne e Nick. Entre os dois, sentados no sofá, um efeito de vídeo destacava um rosto de mulher: minha mãe, toda emperiquitada e pintada, como se fosse a chata da Katie Boyle ou outra entrevistadora qualquer.

"Nick...", chamou Anne, simpática.

"Agora vamos apresentar nossa nova atração. *De Repente Solteira*, problema enfrentado por um número cada vez maior de mulheres."

"Apresentamos a vocês a incrível Pam Jones, nossa nova apresentadora", disse Anne. "Ela própria enfrenta a situação e está fazendo sua estreia na tevê."

Enquanto Anne falava, a imagem de minha mãe descongelou e foi aumentando na tela até substituir os dois. Então ela enfiou um microfone no nariz de uma mulher com cara de camundongo.

"Você chegou a pensar em suicídio?", rugiu minha mãe.

"Cheguei", confessou a mulher-camundongo, começando a chorar. Nesse ponto, a imagem congelou, diminuiu e ficou num canto da tela para mostrar Anne e Nick no sofá de novo, com cara de velório.

Papai estava arrasado. Mamãe não tinha sequer contado para ele do emprego como apresentadora de tevê. Ele parece não estar acreditando, acha que mamãe está apenas passando por uma crise de fim de vida e já percebeu que fez uma bobagem, mas está com vergonha de pedir para voltar.

Quanto a mim, acho que negar a realidade é uma saída. Basta que você se convença de uma coisa e fique feliz da vida — desde que sua ex-cônjuge não apareça na tela da tevê se aproveitando do fato de não estar mais casada com você para alavancar uma nova carreira. Tentei fazer de conta que não era o fim do mundo e que minha mãe podia estar pensando em voltar para meu pai, dando assim um final inesperado para o programa, mas não funcionou. Coitadinho dele. Acho que não sabe de nada sobre Julio e o homem da Receita Federal. Perguntei se gostaria que eu o visitasse. Podíamos sair para jantar num lugar simpático no sábado à noite e talvez dar um passeio no domingo. Mas ele disse que não precisava, estava bem. Os Alconbury iam oferecer uma ceia à moda antiga no sábado à noite, em benefício da Associação Salva-Vidas.

TERÇA-FEIRA, 4 DE ABRIL

Resolvi me esforçar para não chegar sempre atrasada no trabalho, não deixar que as pilhas de papéis da minha mesa fiquem aumentando etc. Vou iniciar um programa de autoaperfeiçoamento, anotando minuciosamente o tempo gasto para fazer cada coisa.

- **7h**: Me pesei.
- **7h03**: Voltei para a cama deprimida por causa do excesso de peso. Não tinha condições nem de levantar nem de dormir. Pensei em Daniel.
- **7h30**: Uma fome insuportável me obrigou a sair da cama. Fiz café, pensei em comer uma toranja. Descongelei um croissant de chocolate.
- **7h35-7h50**: Olhei pela janela.
- **7h55**: Abri o armário. Olhei para as roupas.
- **8h**: Escolhi uma blusa. Tentei achar a minissaia preta de lycra. Tirei tudo do guarda-roupa procurando a saia. Revirei as gavetas e olhei atrás da cadeira do quarto. Procurei no cesto de roupas para passar. Olhei no cesto de roupas para lavar. A saia sumiu. Fumei um cigarro para me consolar.
- **8h20**: Passei uma escova dura e seca (anticelulite) no corpo, tomei banho e lavei o cabelo.

- **8h35**: Comecei a escolher a roupa de baixo. Como não tenho lavado nada, as únicas peças na gaveta eram calçolas de algodão branco. Horríveis de olhar, mesmo que só para usar no trabalho (causam efeito psicológico negativo). Voltei ao cesto de roupas para passar. Achei uma calcinha de renda preta superapertada e desconfortável, mas melhor do que a imensa e horrenda calçola estilo vovó.
- **8h45**: Experimentei uma meia-calça preta, opaca. A primeira que vesti parecia ter encolhido — o meio das pernas ficava dez centímetros acima dos joelhos. Peguei outra e vi que estava com um furo atrás. Joguei fora. De repente, lembrei que estava usando a minissaia de lycra na última vez que voltei para casa com Daniel. Fui até a sala. Vitória: estava atrás das almofadas do sofá.
- **8h55**: Voltei à meia. A terceira estava com um buraco no dedão. Vesti. Ele se transformou num desfiado que ia até o sapato. Fui até o cesto de roupas para passar. Encontrei a última meia preta enrolada em outras coisas. Desembaracei tudo e estiquei.
- **9h05**: Pus a meia. Vesti a saia. Comecei a passar a blusa.
- **9h10**: De repente, percebi que meu cabelo estava secando de um jeito esquisito. Procurei a escova. Achei na bolsa. Sequei o cabelo. Não ia ficar bom. Passei mousse e sequei mais um pouco.
- **9h40**: Voltei a passar a blusa e descobri uma mancha enorme na frente. Todas as outras estavam sujas. Entrei em pânico por causa da hora. Tentei limpar a mancha com um pano. Molhei a blusa inteira. Sequei com ferro.
- **9h55**: Superatrasada. Fumei um cigarro, desesperada, e li um folheto de agência de turismo para me acalmar por cinco minutos.
- **10h**: Tentei achar a bolsa. Sumiu. Dei uma olhada na caixa de correio para ver se tinha chegado alguma coisa.
- **10h07**: Só chegou a conta do cartão de crédito, acusando o não pagamento da mensalidade. Tentei lembrar o que estava fazendo antes. Voltei a procurar a bolsa.
- **10h15**: Super-hiperatrasada. De repente, lembrei que estava com

a bolsa no banheiro quando fui procurar a escova, mas não a encontrei lá. Estava no meio das roupas tiradas do armário. Enfiei tudo no armário outra vez. Vesti a jaqueta. Estava pronta para sair de casa. Não achei as chaves. Vasculhei a casa inteira, enlouquecida.

- **10h25**: Encontrei a chave na bolsa. Percebi que esqueci a escova.
- **10h35**: Saí de casa.

Três horas e trinta e cinco minutos entre acordar e sair de casa — é tempo demais. No futuro, tenho de levantar assim que acordar e fazer uma reestruturação completa no esquema da lavanderia. Abro o jornal e leio que o acusado de um assassinato nos Estados Unidos tem certeza de que as autoridades colocaram um microchip na bunda dele para monitorar seus movimentos. Fico apavorada só de pensar num troço desses na minha bunda, principalmente de manhã.

QUARTA-FEIRA, 5 DE ABRIL

56,7 kg, 5 unidades alcoólicas (culpa da Jude), 2 cigarros (pode acontecer a qualquer um, não significa que voltei a fumar), 1765 calorias, 2 bilhetes de loteria instantânea.

Hoje comentei com Jude aquela história de equilíbrio interior e ela disse que estava lendo um livro de autoajuda zen. Segundo ela, o conceito zen podia ser aplicado a qualquer área da vida: zen e a arte de fazer compras, zen e a arte de comprar um apartamento etc. Ela disse que é tudo uma questão de fluir, não de lutar. Se, por exemplo, você está com um problema ou as coisas não estão andando, em vez de batalhar ou se estressar, você deve relaxar e encontrar seu caminho no fluir, então tudo vai funcionar. Jude disse que é como quando a chave emperra e a pessoa fica forçando a porta: só piora as coisas. Basta retirar a chave, passar manteiga de cacau, ir com jeito e eureca! Mas ela recomendou que eu não comentasse isso com Sharon, que deve achar pura besteira.

QUINTA-FEIRA, 6 DE ABRIL

Estava no bar tomando um drinque calmamente com Jude e conversando mais a respeito do fluir quando percebi um vulto conhecido e bem-vestido jantando num canto tranquilo: era Jeremy, marido de Magda. Acenei para ele e, por um milésimo de segundo, percebi uma expressão de horror que me fez olhar imediatamente para sua acompanhante que a) não era Magda, b) tinha menos de trinta anos, c) usava um vestido que experimentei duas vezes na Whistles e não levei porque era caro demais. Vaca.

Tinha certeza de que Jeremy ia sair do restaurante dando um rápido adeusinho tipo "Depois a gente se fala", mostrando que somos dois velhos amigos, mas que aquele não era o momento para demonstrar isso com beijos e altos papos. Eu ia deixar, mas depois pensei: *Espera aí! Magda e eu somos como irmãs! Se o marido dela não tem por que se envergonhar de estar jantando com essa vadia que está usando o meu vestido, então vai ter de me apresentar a ela.*

Mudei de trajeto para passar pela mesa dele, que fingiu uma acalorada discussão com a fulana, então me olhou quando passei e deu um sorriso firme e seguro, como quem diz "almoço de negócios". Devolvi um olhar que dizia "Não me venha com almoço de negócios" e saí de nariz empinado.

Mas o que devo fazer agora? Ai, ai, ai. Devo contar para Magda? Não contar? Ligar para ela e perguntar se está tudo bem? Ligar para Jeremy e perguntar se está tudo bem? Ligar para Jeremy e ameaçar contar para Magda a menos que ele termine com a vaca que está usando meu vestido? Não me meter no problema dos outros?

Pensei em zen, em Kathleen Tynan e no equilíbrio interior, fiz uma espécie de saudação ao sol, que lembrava vagamente das aulas de ioga, e me concentrei na minha roda interior até atingir o fluir. Então, mais serena, resolvi que não contaria para ninguém, já que a fofoca é um veneno mortal e irrefreável. Em vez disso, ligaria para Magda com mais frequência, perguntaria se está tudo bem. Com sua intuição feminina, ela vai perceber e então me contar tudo. E, através do fluir, se eu achar que devo, vou contar o que vi. Não. As coisas que realmente têm valor não são adquiridas por meio da luta, tudo vem pelo fluir. Zen e a arte de viver. Zen. Fluir. Hum, mas não foi por causa do fluir que encontrei Jeremy e a fulaninha? O que significa tudo isso?

TERÇA-FEIRA, 11 DE ABRIL

55,8 kg, 0 unidades alcoólicas, 0 cigarros, 9 bilhetes de loteria instantânea (tenho que parar com isso).

Parece que está tudo normal entre Magda e Jeremy; vai ver era mesmo só um almoço de negócios. Talvez a noção do zen e do fluir esteja correta, porque não há dúvida de que, fazendo relaxamento e sentindo as vibrações, fiz a coisa certa. Na próxima semana, vou ao badalado lançamento de *A motocicleta de Kafka*, no bar Ivy. Decidi que em vez de ficar apavorada porque tenho de ir a uma festa, ficar insegura até chegar lá e voltar para casa chateada e deprimida, vou desenvolver meu traquejo social e minha autoconfiança e fazer as festas renderem frutos — como ensina o artigo que acabo de ler.

Pelo jeito, Tina Brown, editora da *New Yorker*, é um gênio em matéria de festas: passa de um grupo a outro com desenvoltura, cumprimentando "Martin Amis! Nelson Mandela! Richard Gere!" com uma voz que dá a firme impressão de que ela está pensando "Meu Deus, nunca tive o prazer de encontrar alguém assim na vida! Você já foi apresentado para a pessoa mais interessante da festa — depois, é claro, de você? Converse! Converse! Faça contatos! E tchauzinho!". Gostaria de ser como Tina Brown, só não gostaria, óbvio, de trabalhar loucamente como ela.

O artigo é cheio de dicas práticas. Pelo jeito, nunca se deve falar com ninguém numa festa por mais de dois minutos. Depois disso, basta dizer: "Acho que é para a gente circular. Bom ver você" e ir saindo. Se você não souber o que falar depois de perguntar a uma pessoa o que ela faz da vida (e não tiver como resposta "Sou agente funerário" ou "Trabalho como assistente social"), basta perguntar: "E você gosta disso?". Ao apresentar duas pessoas, acrescente um detalhe simpático sobre cada uma, assim elas terão como iniciar uma conversa. Por exemplo: "Este é John, ele é neozelandês e adora surfar". Ou então: "Gina é uma ótima paraquedista e mora num saveiro".

E o detalhe mais importante: nunca se deve ir a uma festa sem ter um objetivo definido — seja "fazer contatos" (e portanto aumentar a rede de conhecidos que possam ajudar você a subir na vida), fazer amizade com determinada pessoa ou só "agarrar" um bom partido. Agora vejo como eu estava errada em ir a festas com o único objetivo de não ficar bêbada.

SEGUNDA-FEIRA, 17 DE ABRIL

56,2 kg, 0 unidades alcoólicas (m. b.), 0 cigarros (m. b.), 5 bilhetes de loteria instantânea (ganhei 2 libras, portanto gastei apenas 3).

Certo. Amanhã é o lançamento de *A motocicleta de Kafka*. Vou me concentrar nos objetivos. Daqui a pouquinho. Vou dar uma olhada nas recomendações e depois ligar para Jude.

O.k.

1) Não beber demais.
2) Encontrar pessoas para ampliar minha rede de contatos.

Hummm. Bom, depois eu penso em mais metas.

23h O.k.

3) Colocar em prática as estratégias sociais do artigo.
4) ~~Fazer com que Daniel ache que eu tenho equilíbrio interior e queira sair comigo de novo. Não. Não.~~
4) ~~Encontrar um Deus do Sexo e dormir com ele.~~
4) Fazer contatos interessantes no mundo editorial, ou mesmo com profissionais de outras áreas para ampliar meus horizontes.

Ai, Deus. Não quero ir a essa festa, estou apavorada. Quero ficar em casa tomando vinho e assistindo a *EastEnders*.

TERÇA-FEIRA, 18 DE ABRIL

57 kg, 7 unidades alcoólicas (ai, Jesus), 30 cigarros, não quero nem pensar nas calorias, 1 bilhete de loteria (excelente).

O lançamento do livro começou mal, não vi ninguém conhecido para apresentar a outra pessoa. Peguei um drinque e vislumbrei Perpetua conversando com James, do *Telegraph*. Eu me aproximei deles, segura, pronta para entrar em ação, mas, em vez de Perpetua dizer: "James, esta é Bridget, que nasceu em Northamptonshire e é ótima ginasta" (vou voltar a fazer ginástica logo), ela continuou conversando bem mais que os dois minutos recomendados e me ignorou.

Fiquei do lado, me sentindo uma completa idiota, até que vi Simon do marketing. Esperta, fingi que não queria participar da conversa de Perpetua e fui na direção dele, pronta para dizer "Simon Barnett!" no melhor estilo Tina Brown. Quando estava bem perto, percebi que, infelizmente, Simon do marketing estava conversando com Julian Barnes. Desconfiei que não seria capaz de exclamar "Simon Barnett! Julian Barnes!" com o tom e o entusiasmo necessários, então mudei de caminho e fui me afastando. Aí Simon disse, numa voz arrogante e irritada (engraçado, ele nunca usa essa voz quando está perto da máquina de xerox tentando paquerar alguém): "Precisa de alguma coisa, Bridget?".

"Ah, sim!", respondi, sem saber o que poderia estar querendo. "Hã."

"Como?" Simon e Julian ficaram me olhando, à espera de uma resposta.

"Sabem onde fica o banheiro?", perguntei. Droga. Droga. Por quê? Por que fiz isso? Vi um sorriso passar pelos lábios finos-porém-atraentes de Julian Barnes.

"Acho que é por ali. Boa. Valeu", completei, e fui saindo.

Depois que passei pelas portas de vaivém do banheiro, encostei na parede, tentando tomar fôlego, e fiquei pensando: "Equilíbrio interior, equilíbrio interior, equilíbrio interior". Mas não estava funcionando.

Olhei para a escada, desanimada. A ideia de ir para casa, vestir meu pijaminha e ligar a tevê começou a parecer muito interessante. Mas, com as Metas para Festas em mente, respirei fundo, murmurei "equilíbrio interior" uma vez mais e voltei para a festa. Perpetua ainda estava ali por perto, se divertindo com suas horrendas amigas Piggy e Arabella.

"Ah, Bridget, você está indo pegar uma bebida?", perguntou, mostrando sua taça. Quando voltei com três taças de vinho e uma garrafinha de água Perrier, elas estavam discutindo grandes temas.

"Para mim, é um horror. Significa que, hoje, as pessoas só tomam conhecimento dos grandes autores da literatura, como Austen, Eliot, Dickens, Shakespeare e outros, pela televisão."

"Concordo, é um absurdo. Um crime."

"Com certeza. Eles acham que o que veem enquanto trocam de canal, no intervalo entre *Noel's House Party* e *Blind Date*, é Austen ou Eliot."

"*Blind Date* é aos sábados", informei.

"Como?", Perpetua não tinha me entendido.

"*Blind Date* é as sete e quinze de sábado, depois de *Gladiators*."

"E daí?", perguntou Perpetua com um ar superior, olhando de soslaio para Arabella e Piggy. "As adaptações de obras literárias não costumam passar nas noites de sábado."

"Ah, olha ali o Mark", interrompeu Piggy. "É mesmo", disse Arabella, agitada. "Ele se separou da mulher, não?"

"O que eu quis dizer é que não tem nada tão bom quanto *Blind Date* em outro canal na mesma hora dos clássicos, então acho que ninguém fica zapeando nesse horário."

"Ah, então você acha que *Blind Date* é 'bom'?", perguntou Perpetua, com um sorriso irônico.

"Sim, é muito bom."

"Você sabe que, antes de virar novela de tevê, *Middlemarch* era um livro, não?"

Detesto quando Perpetua fica desse jeito. Velha, gorda, idiota e ensebada.

"Ah, eu achava que era uma novela patrocinada por um xampu", respondi, de mau humor, pegando vários canapés e enfiando tudo na boca. Quando olhei para cima, vi um homem moreno, de terno, bem na minha frente.

"Olá, Bridget", disse ele. Por pouco não deixei todos os canapés caírem. Era Mark Darcy. Mas sem aquele suéter de losangos estilo comentarista esportivo de tevê.

"Olá", respondi de boca cheia, tentando não entrar em pânico. Depois me lembrei do artigo na revista e virei para Perpetua.

"Mark, esta é Perpetua", comecei e parei, gelada. O que dizer? Perpetua, que é muito gorda e passa o tempo inteiro me enchendo? Mark, que é muito rico e teve uma ex-mulher muito cruel?

"Sim?", disse Mark.

"Ela é minha chefe e está comprando um apartamento em Fulhan. Mark é", continuei, virando para Perpetua, "um baita advogado de direitos humanos."

"Olá, Mark. Conheço você de nome, é claro", anunciou ela, como se fosse uma heroína de novela e ele, o duque de Edimburgo.

"Olá, Mark!", cumprimentou Arabella, arregalando os olhos e piscando de um jeito que devia achar muito sedutor. "Não vejo você há séculos. Como vai Nova York?"

"Estávamos discutindo hierarquias culturais", interrompeu Perpetua. "Bridget é dessas pessoas que acha que, quando a tevê mostra *Blind Date*, é o mesmo que ver o Otelo de Shakespeare dizendo 'Seu rosto há de banir do céu minh'alma, pro diabo agarrar!', disse Perpetua, morrendo de rir.

"Ah, então Bridget é uma autêntica pós-moderna", concluiu Mark Darcy. "Esta é Natasha", ele apresentou, apontando para uma moça alta, magra e bonita ao seu lado. "Ela é uma baita advogada de família."

Ele estava me esnobando. Que ousadia.

Natasha disse então, com um sorriso de quem sabe das coisas: "Acho que as pessoas deveriam primeiro provar que leram os clássicos para depois ter permissão de ver uma adaptação para a tevê."

"Ah, concordo plenamente", disse Perpetua, continuando a rir. "Que ideia ótima!"

Ela devia estar visualizando Mark Darcy e Natasha em casa, com um monte de criancinhas em volta da mesa de jantar.

"Deviam proibir as pessoas de ouvir a música da Copa do Mundo", piou Arabella, "a menos que elas provem ter visto a ópera *Turandot* inteira!"

"Mas, sob vários aspectos, a democratização da nossa cultura é uma *meta importante*...", disse a Natasha de Mark, subitamente séria, como se a conversa estivesse indo pelo caminho errado.

"Exceto no caso de programas de auditório, que deviam ser cancelados antes da estreia", chiou Perpetua.

"O que me *incomoda*", Natasha falava como se estivesse participando de uma mesa-redonda nas universidades de Oxford ou Cambridge, "é essa espécie de individualismo arrogante que acha que cada geração vai criar um novo mundo."

"Mas é exatamente o que os jovens *fazem*", disse Mark Darcy, calmamente.

"Bem, se você vê por esse prisma...", respondeu Natasha, na defensiva.

"Que prisma?", perguntou Mark. "É um fato."

"Não, desculpe, você está entendendo errado *de propósito*", disse, mais irritada. "Não estou falando de desconstruir as coisas. Estou falando da total *vandalização* da estrutura cultural."

Mark Darcy fez cara de quem ia cair na gargalhada.

"O que eu quero dizer é que, se você vai considerar esse tipo de bobeira moralmente relativista, tipo '*Blind Date* é ótimo'...", disse ela, olhando para mim.

"Mas eu estava falando sério quando disse que gosto de *Blind Date*", argumentei. "Embora ache que os participantes deveriam de fato responder às perguntas em vez de ler respostas decoradas e idiotas, cheias de trocadilhos e implicações sexuais."

"Concordo", interrompeu Mark.

"Já *Gladiators* eu detesto. Faz com que eu me sinta gorda", completei. "Mas foi ótimo encontrar vocês. Tchau!"

Eu estava esperando a moça da chapelaria devolver meu sobretudo, pensando em como o fato de não usar um suéter de losangos pode tornar um homem charmoso, quando senti uma mão segurando de leve minha cintura.

Virei. "Daniel!"

"Jones! Por que está fugindo tão cedo?" Ele se inclinou e me deu um beijo. "Hum, você está com um perfume delicioso", constatou, oferecendo um cigarro.

"Não, obrigada. Encontrei o equilíbrio interior e parei de fumar", respondi, de um jeito ensaiado, como uma das mulheres perfeitas de Ira Levin, desejando que Daniel não fosse tão atraente quando estamos sozinhos.

"Sei. Equilíbrio interior, é?", disse com um sorriso afetado.

"Isso mesmo", respondi, de um jeito também afetado. "Você estava no lançamento? Não te vi."

"Eu sei. Mas eu vi você. Conversando com Mark Darcy."

"De onde conhece Mark Darcy?", perguntei, surpresa.

"De Cambridge. Não aguento aquele chato. Parece uma velha. Onde você o conheceu?"

"É filho de Malcolm e Elaine Darcy", comecei, quase acrescentando "Você conhece Malcolm e Elaine, querido. Eles nos visitaram quando morávamos em Buckingham..."

"Quem são..."

"São amigos dos meus pais. Brincávamos juntos na piscininha de plástico quando éramos crianças."

"Aposto que sim, sua safada", grunhiu. "Quer jantar?"

Equilíbrio interior, repeti para mim mesma, *equilíbrio interior*.

"Vamos, Bridget", disse ele, fazendo um olhar sedutor. "Preciso conversar seriamente sobre sua blusa. É fina demais. Quando se olha com atenção, fica até transparente. Nunca ocorreu a você que sua blusa pode estar sofrendo de... *bulimia*?"

"Tenho um encontro", disse, afobada.

"Vamos, Bridget."

"Não", respondi, com uma firmeza que me surpreendeu.

"Que pena", disse ele, suavemente. "Vejo você na segunda-feira." E me lançou um olhar tão ofendido que quase fui atrás dele gritando: "Transa comigo! Transa comigo!".

23h Acabo de ligar para Jude para contar sobre o encontro com Daniel e sobre o filho de Malcolm e Elaine Darcy, com quem mamãe e Una tentaram me obrigar a ficar no Ano-Novo e que no lançamento me pareceu bem mais atraente.
"Espera aí", disse Jude. "Você está falando de *Mark Darcy*? O advogado?"
"Esse mesmo. Você o conhece?"
"Bom, conheço. Quer dizer, tratamos uns processos com ele. É muito simpático e atraente. Entendi que você tinha dito que o cara do Ano-Novo era um chato de galocha."
Humpf. Essa Jude...

SÁBADO, 22 DE ABRIL

54 kg, 0 cigarros, 0 unidades alcoólicas, 1800 calorias.

Hoje é um dia histórico e muito feliz. Depois de dezoito anos tentando pesar cinquenta e quatro quilos, consegui. Os ponteiros da balança não estão enganados, meu jeans confirmou. Estou magra.
Não existe uma explicação plausível. Fiz duas aulas de ginástica na semana passada, mas isso, embora seja raro, não é suficiente. Comi como sempre. É um milagre. Liguei para Tom: ele achou que posso estar com lombriga. Disse que para me livrar dela devo segurar uma xícara de leite quente e um lápis na frente da boca. (Parece que lombrigas adoram leite quente.) Quando a cabeça da solitária aparecer, é só deixar que ela se enrosque no lápis.
"Escuta", eu disse, "essa solitária vai continuar onde está. Gosto muito dela. Fez com que eu emagrecesse e perdesse a vontade de fumar e de tomar vinho."
"Você está apaixonada?", perguntou Tom, de um jeito desconfiado e ciumento. É sempre assim. Não que queira ficar comigo, óbvio, porque ele é gay. Mas, se você é solteiro, a última

coisa que deseja é que sua melhor amiga tenha um relacionamento estável. Pensei bem, depois parei, surpresa com uma súbita e estranha conclusão. Não estou mais apaixonada pelo Daniel. Estou livre.

TERÇA-FEIRA, 25 DE ABRIL

54 kg, 0 unidades alcoólicas (excelente), 0 cigarros (m. m. b.), 995 calorias (continuo indo bem).

Humpf. Esta noite fui a uma festa na casa de Judy usando um vestido preto justo para exibir minha silhueta.

"Nossa, você está se sentindo bem?", perguntou Jude quando cheguei. "Está com uma aparência cansada."

"Estou ótima, perdi três quilos. Por quê?", respondi, desconcertada.

"Nada. É só que..."

"O quê? O quê?"

"Que dá para ver principalmente... no rosto", ela disfarçou, olhando para meus peitos murchos.

Simon teve a mesma reação.

"Bridgeeeeet! Você tem um cigarro?"

"Não, parei de fumar."

"Ah, puxa, é por isso que você está tão..."

"Tão o quê?"

"Ah, nada, nada. Um pouquinho... abatida."

Foi assim a noite inteira. Nada é pior do que ouvir que você está com uma cara cansada. É a mesma coisa que dizer que pareço um cocô. Fiquei muito satisfeita comigo mesma por não beber, mas, lá pelo meio da festa, quando todo mundo estava bêbado, comecei a me sentir tão calma e sem sal que comecei a ficar irritada. Continuei participando das conversas, mas não conseguia dizer uma palavra, só ficava olhando e concordando de um jeito sério e desligado.

A certa altura, quando Jude passou por mim tropeçando e dando uns soluços, perguntei se tinha chá de camomila. Ela começou a rir sem parar, me abraçou e caiu. Achei que era hora de ir.

Quando cheguei em casa, fui para a cama e coloquei a cabeça no travesseiro, mas nada aconteceu. Fiquei virando de um lado para o outro, sem conseguir dormir. Em geral, a essa altura eu já estaria roncando e tendo algum sonho paranoico. Acendi o abajur. Eram apenas onze e meia. Talvez fosse bom eu fazer alguma coisa como, hã... costurar? Equilíbrio interior. O telefone tocou. Era Tom.

"Você está bem?"

"Estou ótima. Por quê?"

"Você parecia tão desanimada. Todo mundo comentou que nem parecia você."

"Não, eu estava ótima. Reparou como estou magra?" Silêncio. "Tom?"

"Acho que você estava melhor antes, meu bem."

Agora me sinto vazia e confusa, como se tivessem puxado o tapete sob meus pés. Dezoito anos — em vão. Dezoito anos contando calorias, carboidratos e gordura. Dezoito anos comprando saias compridas e blusas largas e saindo dos lugares de costas para esconder a bunda. Milhões de tortas e tiramisus, dezenas de milhares de fatias de queijo que deixei de comer. Dezoito anos de luta, sacrifício, inanição — para quê? Dezoito anos e o resultado é "cansada e abatida". Estou me sentindo como um cientista que descobre que o trabalho ao qual dedicou uma vida inteira foi um engano total.

QUINTA-FEIRA, 27 DE ABRIL

0 unidades alcoólicas, 0 cigarros, 12 bilhetes de loteria instantânea (m. m. ruim, mas não me pesei nem pensei em dieta o dia inteiro, o que é m. b.).

Tenho de parar de comprar os bilhetes de loteria instantânea, mas o problema é que quase sempre sou premiada. É muito melhor do que a loto, ainda mais agora que os números sorteados não aparecem mais durante o *Blind Date* (temporariamente fora do ar) e em geral você não acerta um número só nem fica se sentindo impotente e otário, com vontade de rasgar furiosamente o bilhete e jogar os pedaços no chão.

Os bilhetes instantâneos são diferentes, é um jogo mais interativo, com seis números para serem raspados — o que é difícil e complicado de fazer —, e você nunca fica com a sensação de não ter participado. Ganha quem tira três somas iguais, e sempre consigo chegar perto (uma vez tirei duas). E os prêmios chegam a cinquenta mil libras.

Você não pode se privar de todos os prazeres da vida. Só compro uns cinco ou seis bilhetes por dia, mas vou parar logo com isso.

SEXTA-FEIRA, 28 DE ABRIL

14 unidades alcoólicas, 64 cigarros, 8400 calorias (m. b., mas foi errado contar. Obsessão de emagrecer m. ruim), 0 bilhetes de loteria instantânea.

Às oito e meia da noite passada, eu estava tomando um banho relaxante e bebendo chá de camomila quando soou o alarme de um carro. Esses alarmes são insuportáveis e inúteis; liderei uma campanha na nossa rua contra eles, já que é mais provável você achar seu carro amassado por um vizinho mal-humorado que foi tentar desligar o alarme do que tê-lo roubado por um ladrão propriamente dito.

Dessa vez, em vez de me irritar e chamar a polícia, apenas respirei fundo com as narinas bem abertas e murmurei "equilíbrio interior". Tocaram o interfone. Atendi. Uma voz muito educada e suave disse: "Ele está tendo um caso". Depois ouvi um choro histérico. Desci as escadas do prédio correndo e encontrei Magda derramando cascatas de lágrimas sobre o volante do Saab conversível de Jeremy, que fazia piii-piii-piii altíssimo com todas as luzes piscando, enquanto o bebê berrava como se estivesse sendo estrangulado no assento traseiro.

"Desliga isso!", berrou alguém de uma janela.

"Não consigo, merda!", gritou Magda, tentando abrir o capô do carro.

"Jeryy!", gritou ela no celular. "Jery, seu maldito adúltero! Como é que faço para abrir o capô do seu Saab?"

Magda é uma pessoa muito elegante, mas minha rua não é. É do tipo que ainda tem cartazes nas janelas pedindo "Liberdade para Nelson Mandela".

"Eu não vou voltar, seu idiota!", ela gritava. "Só quero saber como abrir a porra do capô!"

Entramos no carro e puxamos todas as alavancas que vimos; ela de vez em quando dava um gole numa garrafa de champanhe Laurent-Perrier. Àquela altura, tinha uma multidão enfurecida olhando para nós. Então Jeremy apareceu em sua Harley-Davidson. Mas, em vez de desligar o alarme, tentou tirar o bebê do banco traseiro, enquanto Magda gritava. Dan, o australiano que mora no apartamento embaixo do meu, abriu a janela.

"Oi, Bridget. Tem água pingando do meu teto", ele gritou.

"Merda! A banheira!"

Subi as escadas correndo, mas, quando cheguei, percebi que tinha fechado a porta com a chave dentro. Fiquei batendo a cabeça nela e repetindo "Merda, merda".

Dan apareceu no corredor. "Nossa, é melhor você fumar um", disse, oferecendo um cigarro.

Agradeci e fumei com tanta vontade que parecia estar comendo o cigarro.

Após vários cigarros e várias enfiadas de cartão de crédito na fechadura, entramos e vimos que o apartamento estava completamente inundado. Não conseguimos fechar as torneiras. Dan desceu correndo e voltou com uma chave inglesa e uma garrafa de uísque. Depois ficou me ajudando a secar tudo. O alarme contra roubo foi desligado e corremos para a janela no momento em que o Saab saía em disparada, perseguido pela Harley-Davidson.

Nós rimos — àquela altura, já tínhamos tomado um bocado de uísque. Aí, de repente — agora não lembro direito como foi —, Dan me beijou. Foi uma situação esquisita em matéria de etiqueta, porque eu tinha acabado de inundar o apartamento dele e estragar tudo lá, então não queria parecer mal-educada. Claro que isso não lhe dava o direito de me assediar sexualmente, mas era uma situação muito agradável depois de todos aqueles problemas, equilíbrio interior e coisa e tal. De repente, apareceu na porta um motoqueiro de jaqueta de couro com uma caixa de pizza.

"Ah, merda!", disse Dan. "Esqueci que encomendei uma pizza!"

Comemos a pizza, tomamos uma garrafa de vinho tinto, fumamos mais alguns cigarros e bebemos mais um pouco de uísque. Ele quis me beijar de novo, e eu disse, com voz enrolada: "Eu num axo que é uma boua ideia...". Ele achou muita graça e começou a repetir: "Ai, meu Deus. Ai, meu Deus!".

"O que foi?", perguntei.

"Bridget, eu sou casado, mas acho que amo você."

Quando Dan finalmente foi embora, bati a porta e fiquei tremendo encostada nela, fumando guimbas de cigarro sem parar. "Equilíbrio interior", eu disse, querendo me animar. A campainha tocou. Não atendi. Tocou de novo. Depois tocou sem parar. Abri.

"Querida", disse outra voz bêbada que eu conhecia.

"Daniel, vá embora!", murmurei.

"Não, deixaeu exxxplicar."

"Não."

"Bridge... quero entrar."
Silêncio. Ai, Deus. Por que ainda gosto tanto do Daniel?
"Eu te amo, Bridge."
"Vá embora. Você está bêbado", retruquei, com toda a segurança que consegui juntar.
"Jones?"
"O que foi?"
"Posso usar seu banheiro?"

SÁBADO, 29 DE ABRIL

12 unidades alcoólicas, 57 cigarros, 8489 calorias (excelente).

Vinte e duas horas, quatro pizzas, um prato de comida indiana para viagem, três maços de cigarro e três garrafas de champanhe depois, Daniel ainda está aqui. Estou apaixonada. Também estou dividida entre:

a) Voltar a fumar trinta cigarros por dia.
b) Ficar noiva.
c) Achar que sou uma idiota.
d) Achar que estou grávida.

23h45 Fiquei enjoada e fui vomitar, tentando ser rápida para Daniel não ouvir, mas ele gritou do quarto: "Lá se vai seu equilíbrio interior, minha linda. Aliás, eu diria que esse é o melhor lugar para ele".

MAIO

Futura mamãe

SEGUNDA-FEIRA, 1º DE MAIO

0 unidades alcoólicas, 0 cigarros, 4200 calorias (estou comendo por dois).

Tenho certeza de que estou grávida. Como pudemos ser tão idiotas? Daniel e eu ficamos numa tal euforia por estarmos juntos outra vez que a realidade pareceu se esvanecer e... bem, não quero falar nesse assunto. Hoje de manhã senti os primeiros sinais de enjoo, mas pode ser porque fiquei na maior ressaca quando Daniel finalmente foi embora e comi tudo isso para ver se melhorava:

- 2 pacotes de queijo fatiado
- 1 litro de suco de laranja
- 1 batata assada velha
- 2 fatias de cheesecake de limão (muito leve, e porque estou comendo por dois)
- 1 barra de chocolate (só 125 calorias. Meu corpo teve uma reação muito positiva ao bolo de limão, o que prova que o bebê está precisando de açúcar)
- 1 croissant de chocolate com cobertura de creme (o bebê esfomeado fica pedindo)
- brócolis cozidos no vapor (tentativa de fazer com que o bebê não desenvolva maus hábitos alimentares)
- 4 salsichas frias (só tinha isso e a gravidez me deixa cansada demais para sair e fazer compras)

Minha nossa. Estou começando a me entusiasmar com a ideia de ser uma mãe como aquelas que saem nos anúncios da Calvin Klein. Fico pensando em usar cabelo curto e levantar o bebê no alto, rindo muito, como no anúncio do fogão de design especial, a propaganda no cinema mostrando estilo de vida saudável ou alguma coisa do tipo.

Hoje, no trabalho, Perpetua estava mais chata do que nunca. Passou quarenta e cinco minutos ao telefone com Desdemona discutindo se combinariam as paredes pintadas de amarelo com cortinas acinzentadas ou se ela e Hugo deveriam escolher vermelho e um friso floral. Ficou quinze minutos dizendo só "Certamente, não, certamente, certamente" e terminou a conversa com: "Mas, claro, dá para usar o mesmo argumento em defesa do vermelho".

Em vez de querer jogar coisas na cabeça dela, fiquei sorrindo de um jeito superior, pensando que, dentro de pouco tempo, todas essas coisas pareceriam supérfluas para mim, comparadas a cuidar de um pequeno ser humano. Depois, fiquei criando uma série de fantasias em relação a Daniel: ele carregando o bebê nos ombros, chegando em casa do trabalho e nos encontrando — o bebê e eu — no banho e, mais tarde, tendo participação muito ativa na reunião de pais e mestres.

Aí Daniel apareceu. Jamais o tinha visto com uma cara daquelas. A única explicação era que, ao sair da minha casa ontem, ele continuou bebendo. Deu uma olhada para mim com uma expressão de assassino sanguinário. De repente, as fantasias foram substituídas pelas imagens do filme *Barfly — Condenados pelo vício*, em que o casal fica o tempo todo completamente bêbado, gritando e jogando garrafas um no outro, ou do seriado *The Slobs*, com Daniel gritando "Bridge. O. Bebê. Está. Gritando. Corta a cabeça dele!".

E eu respondendo: "Daniel, tô fumando unzinho".

QUARTA-FEIRA, 3 DE MAIO

58 kg* (Argh. O bebê está crescendo numa rapidez incrível), 0 unidades alcoólicas, 0 cigarros, 3100 calorias (quase tudo batata, ai, meu Deus).

*Tenho de ficar de olho na balança outra vez, em nome do bebê.

Socorro. Passei a segunda-feira e quase toda a terça achando que estava grávida, mas sabendo que não estava. Como se você estivesse voltando para casa à noite e achasse que estava sendo seguida, sabendo que não estava. Aí, de repente, alguém a agarra pelo pescoço — e eis que minha menstruação está atrasada dois dias. Daniel nem olhou para meu lado na segunda-feira inteira, só apareceu às seis horas e disse: "Olha, vou ficar em Manchester até o fim da semana. Nos vemos no sábado à noite, certo?". Ele ainda não ligou. Sou uma mãe solteira.

QUINTA-FEIRA, 4 DE MAIO

58,5 kg, 0 unidades alcoólicas, 0 cigarros, 12 batatas.

Fui à farmácia para, discretamente, comprar um teste de gravidez. De cabeça baixa, estava tentando dizer à balconista o que eu queria, achando que deveria ter colocado meu anel no anelar esquerdo, quando o farmacêutico perguntou bem alto: "Foi você que pediu um teste de gravidez?".

"Shiu!", sussurrei, olhando para trás.

"Há quantos dias sua menstruação está atrasada?", berrou. "É melhor levar o teste azul. Ele acusa gravidez a partir do *primeiro dia*."

Agarrei o tal teste azul, paguei as malditas 8,95 libras e saí rápido.

No escritório, passei duas horas olhando para a minha bolsa como se ela fosse uma bomba prestes a explodir. Às onze e meia não aguentei mais: agarrei a bolsa, entrei no elevador, desci dois andares e fui ao banheiro lá embaixo para evitar o perigo de alguma conhecida minha ouvir um ruído suspeito. Não sei por quê, mas tudo aquilo me deixou com raiva de Daniel. Era culpa dele também, só que Daniel não precisou gastar 8,95 libras nem tentar fazer xixi disfarçadamente num bastão. Desembrulhei o pacote com raiva, joguei a caixa no lixo e consegui fazer o que precisava, depois coloquei o bastão de cabeça para baixo e não olhei mais para ele. O resultado demorava três minutos. Não tinha jeito de eu ficar olhando meu destino ser selado por uma tênue risca azul que se formaria aos poucos. Não sei como consegui vencer aqueles cento e oitenta segundos, meus últimos cento e oitenta segundos de liberdade, então peguei o bastão e quase dei um grito. Lá estava uma fina linha azul, brilhando como metal precioso. Aargh! Aargh!

Depois de passar quarenta e cinco minutos olhando distraída para o computador, fazendo de conta que Perpetua era um cacto mexicano toda vez que ela perguntava o que eu tinha, corri para uma cabine telefônica para falar com Sharon. Maldita Perpetua. Ela é tão cheia de princípios morais britânicos que, se tomasse um susto desses, em dois minutos estaria entrando na igreja num vestido de noiva Amanda Wakeley. O trânsito estava tão barulhento que Sharon não conseguia entender o que eu estava dizendo.

"O quê? Bridget? Não estou te ouvindo."

"Meu teste de gravidez deu positivo", repeti.

"Meu Deus. Encontro você no Café Rouge daqui a quinze minutos."

Embora fossem apenas quinze para a uma, achei que não teria problema tomar um hi-fi, já que se tratava de uma emergência, mas lembrei que o bebê não podia tomar vodca. Esperei, me sentindo uma espécie de hermafrodita, num jogo contraditório em que tinha sentimentos simultâneos de pai e mãe em relação à criança. Por um lado, estava toda encantada e carinhosa em relação a Daniel, contente de ser uma mulher de verdade — de uma fertilidade tão avassaladora! —, e imaginando a pele rosada e macia do bebê, uma coisinha tão linda, usando roupinhas da Ralph Laurent. Por outro, eu pensava, ai, meu Deus, minha vida acabou, Daniel é um alcoólatra maluco e quando souber vai me matar e me dar o fora. Acabaram-se as minhas noites com as meninas, as compras, a azaração, o sexo, o vinho e os cigarros. Vou virar uma horrenda máquina de ordenha na qual ninguém vai achar graça e que não vai caber em nenhuma calça, principalmente na minha nova calça verde da Agnès B. É o preço que tenho a pagar por ser uma mulher moderna, em vez de ter me casado aos dezoito anos com Abnor Rimmington, como mandam as forças da natureza.

Quando Sharon chegou, mostrei por baixo da mesa o teste com sua denunciadora linha azul, fazendo uma cara feia.

"É o que estou pensando?", perguntou.

"Claro", respondi. "O que você acha que é? Um telefone celular?"

"Você é ridícula", disse ela. "Não leu as instruções? Precisa ter duas linhas azuis. Esta é só para mostrar que o teste está funcionando. Uma linha quer dizer que você *não* está grávida, sua tonta."

Quando cheguei em casa, tinha um recado da minha mãe na secretária eletrônica dizendo: "Querida, me liga. Meus nervos estão em *frangalhos*".

Os nervos *dela* estão em frangalhos?!

SEXTA-FEIRA, 5 DE MAIO

57 kg (ah, merda, não consigo vencer o hábito secular de me pesar, principalmente depois do trauma da gravidez – um dia faço terapia para resolver isso), 6 unidades alcoólicas (viva!), 25 cigarros, 1895 calorias, 3 bilhetes de loteria instantânea.

Passei a manhã toda devaneando, meio triste por não estar grávida, e só me animei um pouco quando Tom ligou e sugeriu um bloody mary no almoço para começar um fim de semana saudável. Quando voltei para casa, encontrei um recado zangado da minha mãe dizendo que ia para um spa e na volta me ligava. Qual será que é o problema? Ela deve estar soterrada por caixas e caixas de joias da Tiffany's enviadas pelos admiradores e cheia de ofertas de emprego das emissoras rivais.

23h45 Daniel acaba de ligar de Manchester. "Como foi sua semana? Boa?", ele perguntou. "Ótima, obrigada", garanti, alegre. *Ótima, obrigada*. Argh! Li em algum lugar que o melhor presente que uma mulher pode dar para um homem é sossego. Então não pude admitir que, assim que ele saiu de perto de mim, virei uma neurótica com gravidez psicológica.

Bem, não importa. Vamos nos encontrar amanhã à noite. Eba! Uhul!

SÁBADO, 6 DE MAIO: DIA DA VITÓRIA DA EUROPA (VE)

57,6 kg, 6 unidades alcoólicas, 25 cigarros, 3800 calorias (comemorando o aniversário do fim do racionamento de comida durante a guerra), 0 acertos na loteria instantânea (ruim).

Acordei sentindo uma onda de calor fora de hora, tentando celebrar a emoção do fim da guerra, a liberdade da Europa, uma coisa maravilhosa, incrível etc. etc. Para ser sincera, não estou nada bem com essa história toda. A palavra mais adequada deve ser "largada". Não tenho avós maternos nem paternos. Papai já combinou de ir a uma reunião no jardim dos Alconbury, onde, por razões ignoradas, vai ser o responsável por virar as panquecas. Mamãe vai voltar à rua onde morou quando criança, em Cheltenham, para uma festa de bolinho de carne de baleia, provavelmente acompanhada de Julio. (Graças a Deus ela não fugiu com um alemão.)

Nenhum dos meus amigos está organizando nada. Mas participar das comemorações seria constrangedor e pouco adequado, um excesso de otimismo. Pareceria que estamos querendo festejar uma coisa que não tem nada a ver conosco.

É claro que eu não era nem um ovo quando a guerra terminou, não era nada, enquanto as pessoas da época lutavam e faziam geleia de cenoura ou sei lá o quê.

Detesto pensar nisso e cogito ligar para mamãe perguntando se ela já tinha ficado menstruada quando a guerra terminou. Será que os óvulos são produzidos um de cada vez ou ficam armazenados em arquivos uterinos até serem ativados? Será que, sendo eu um óvulo armazenado, percebi que a guerra tinha acabado? Se ao menos eu tivesse um avô, poderia participar, fazendo de conta ser gentil acompanhando o velhinho nas comemorações. Ah, dane-se, melhor ir às compras.

19h O calor fez meu corpo dobrar de tamanho, juro. Nunca mais vou experimentar roupa num provador coletivo. Quando tentei enfiar um vestido na Warehouse, ele ficou preso e precisei sacudir os braços, deixando a barriga e as coxas à mostra para garotas de quinze anos, que se esforçaram para não rir de mim. Tentei tirar a droga do vestido por baixo, mas ficou preso no quadril.

Detesto provadores coletivos. Cada garota dá uma olhada discreta no corpo das outras e sempre tem umas que sabem que ficam ótimas com qualquer roupa e dão voltas muito felizes, balançando o cabelo e fazendo pose de modelo para o espelho, dizendo "Será que essa roupa me engorda?" para a amiga gorda que parece um bujão com qualquer roupa.

As compras foram um desastre. Sensato, eu sei, seria apenas comprar algumas coisas essenciais na Nicole Farhi, na Whistles e na Joseph, mas os preços estavam tão assustadores que voltei rápido para a Warehouse e a Miss Selfridge, onde consegui achar uns vestidos por 34,99, fiquei presa neles e acabei comprando na Marks & Spencer porque lá não preciso experimentar, e assim pelo menos não voltei para casa de mãos abanando.

Comprei quatro peças, todas feias e sem graça. Uma vai

ficar atrás da cadeira do quarto numa sacola durante dois anos. As outras três serão trocadas por vales da Boules, Warehouse etc., que depois eu perco. No fim das contas, acabo de gastar cento e dezenove libras, que comprariam muito bem alguma coisa ótima na Nicole Farhi, como uma camisetinha de algodão. Sei que estou fazendo isso apenas para me punir, por ser uma mulher fútil, consumista, em vez de usar o mesmo vestidinho de poliéster o verão todo e pintar uma linha atrás das pernas, como faziam as mulheres durante a guerra para fingir que estavam de meia-calça. Compro também por não conseguir participar das comemorações do Dia da Vitória da Europa. Talvez devesse ligar para Tom e sugerir uma boa festa para o feriado de segunda-feira. Será que dá para fazer uma festa irônica do Dia da VE — como acontece com o casamento real? Não, não se pode brincar com mortos. E é preciso considerar também o problema da bandeira britânica. Metade dos amigos de Tom participou da liga antinazista e acharia que ter a bandeira britânica na festa significava que esperávamos skinheads. Fico imaginando como seria se nossa geração tivesse passado por uma guerra. Bom, hora de tomar um drinque. Daniel chega daqui a pouco. É melhor começar os preparativos.

23h59 Droga. Estou escondida na cozinha fumando um cigarro. Daniel está dormindo. Aliás, acho que está fingindo. Passamos uma noite *muito* esquisita. Percebi que, até o momento, nosso relacionamento se baseou no fato de um de nós estar resistindo a fazer sexo. Ontem ficamos juntos com a *suposta* ideia de que faríamos sexo no fim da noite. Sentamos na frente da televisão e assistimos às comemorações do Dia da Vitória da Europa. Ele colocou o braço no meu ombro de um jeito incômodo, como se fôssemos dois adolescentes no cinema. Estava me incomodando, mas não tive coragem de pedir para tirar. Depois, quando foi impossível não falar em ir para

a cama, fomos muito formais, bem britânicos. Em vez de um tirar a roupa do outro de um jeito selvagem, entabulamos o seguinte diálogo: "Pode usar o banheiro primeiro".
"Não! Por favor, vou depois de você!"
"Não, eu insisto."
"De jeito nenhum. Vou pegar uma toalha de visita para você e um sabonetinho em forma de concha."
Acabamos dormindo na mesma cama sem nos tocar, como se fôssemos João e Maria ou algo assim. Se Deus existe, eu gostaria de, primeiro, deixar bem claro que estou muito grata por Ele fazer com que, de repente, o relacionamento com Daniel se transformasse numa coisa normal, depois de tanta babaquice. A seguir, humildemente pediria para Ele não deixar Daniel ir para a cama de pijama e óculos, passar vinte e cinco minutos lendo um livro, desligar o abajur e virar de lado — que Deus faça com que Daniel volte a ser aquele animal desembestado, louco por sexo, que eu conhecia e adorava.
Senhor, agradeço antecipadamente pela graça alcançada.

SÁBADO, 13 DE MAIO

57,8 kg, 7 cigarros, 1145 calorias; 5 bilhetes de loteria instantânea (ganhei 2 libras, portanto perdi apenas 3, m. b.), 2 libras gastas na loto, 1 número certo (melhor).

Como posso ter engordado só duzentos gramas depois da orgia gastronômica da noite passada?
Pode ser que a comida e o peso tenham a mesma relação que alho e bafo: se você come vários dentes, não fica com o hálito ruim, da mesma forma que se comer muito não engorda. É uma tese estranha e animadora, mas cria uma tremenda confusão na cabeça. Gostaria de poder fazer uma faxina completa nela. Mas a noitada valeu a pena, com a maravilhosa discussão feminista e bêbada com Sharon e Jude.

Comemos muito e tomamos muito vinho, já que cada uma das generosas garotas trouxe uma garrafa, além de umas comidinhas da Marks & Spencer. Além de um jantar (com entrada, prato principal e sobremesa) e duas garrafas de vinho (um espumante e um branco) que eu já tinha comprado na M&S, comemos:

- 1 porção de homus com pão sírio
- 12 rolinhos de salmão defumado com cream cheese
- 12 minipizzas
- 1 bolo de amora com cobertura de merengue
- 1 tiramisu (tamanho família)
- 2 barras de chocolate suíço

Sharon estava muito inspirada. Às oito e trinta e cinco já estava xingando e tomando num só gole mais de meia taça de champanhe com groselha. "Burros, arrogantes, interesseiros, comodistas. Agem de acordo com uma cultura de direitos adquiridos. Passa uma minipizza, por favor?"

Jude estava deprimida porque Richard, o Vil, de quem está separada no momento, continua ligando, dando a entender que quer se manter próximo dela, mas se protegendo atrás da desculpa de que são "apenas amigos" (conceito enganoso e perigoso). Na noite passada, ligou perguntando se ela ia a uma festa de amigos em comum.

"Ah, bom, então eu não vou", disse ele. "Não seria legal para você. Eu ia levar uma pessoa comigo. Quer dizer, não é nada. É só uma moça tonta com quem estou transando."

Ao ouvir isso, Sharon explodiu, vermelha de raiva: "Quê? Essa é a coisa mais odiosa que já ouvi alguém dizer de uma mulher. Que canalha arrogante! Deve se achar muito esperto por tratar você como quer, com essa história de 'apenas amigos', depois ainda esfregar essa nova namorada na sua cara. Se ele se preocupasse em não ferir seus sentimentos, ficava quieto e ia à festa sozinho".

"Apenas amigos? Apenas inimigos!", concluí animada, acendendo mais um Silk Cut e comendo um rolinho de salmão. "Cretino!"

Lá pelas onze e meia, Sharon estava em chamas. "Dez anos atrás, quem se preocupava com o meio ambiente era ridicularizado, tachado de esquisito, gente que usava sandália de couro e barbicha. Hoje, olha só a força do movimento!", gritava, pegando um pouco de tiramisu com a mão. "Vai ser a mesma coisa com o feminismo. Nenhum homem vai deixar a esposa na pós-menopausa sozinha com os filhos em troca de uma amante jovem, nem tentar enganar as mulheres fazendo parecer que todas as outras estão dando em cima dele, nem tentar transar com alguém sem ter qualquer consideração ou interesse pela pessoa. Isso tudo porque as jovens amantes e as mulheres vão virar as costas para eles. Os homens não terão mais sexo nem mulheres — a menos que aprendam a se comportar adequadamente, em vez de atravancar a vida delas com seu comportamento NOJENTO, HORRÍVEL, EGOÍSTA!"

"Malditos!", berrou Jude, dando um gole no seu pinot grigio.

"Malditos!", concordei, com a boca cheia de bolo de amora e tiramisu.

"Malditos sacanas!", gritou Jude, acendendo um Silk Cut com a guimba do anterior.

Foi aí que a campainha tocou.

"Aposto que é o Daniel, aquele imbecil! Quem é?", gritei no interfone.

"Ah, olá, querida", respondeu Daniel com a voz mais simpática e suave possível. "Desculpe incomodar. Telefonei antes e deixei um recado na sua secretária. Fiquei preso numa reunião chatíssima a tarde inteira e queria muito ver você. Vim só para dar um beijinho, se você topar. Posso subir?"

"Arrgh. Pode subir, então", resmunguei de mau humor e voltei para a mesa. "Maldito sacana."

"A cultura dos direitos adquiridos", rosnou Sharon. "Querem comida, cuidados e um corpo lindo e jovem enquanto ficam velhos e gordos. Acham que as mulheres estão aí para dar a eles o que lhes é de direito. O vinho acabou?"

Daniel apareceu na escada com um belo sorriso. Parecia cansado, mas estava de barba feita e num terno muito elegante. Trazia três caixas de chocolate.

"Comprei um de cada sabor", disse, levantando a sobrancelha de um jeito sensual, "para comerem com o café. Não quero atrapalhar. Fiz as compras para o fim de semana."

Ele levou oito sacolas da Cullens para a cozinha e começou a tirar as coisas de dentro.

O telefone tocou. Era a empresa de táxi que as garotas tinham chamado meia hora antes. A funcionária explicou que havia um enorme engarrafamento na Ladboke Grove, todos os carros da empresa estavam fora e só seria possível nos atender três horas depois.

"Vocês vão para onde?", perguntou Daniel. "Eu levo. Não podem ficar na rua esperando um táxi a essa hora da noite."

As garotas foram pegar suas bolsas e ficaram sorrindo sem graça para Daniel, e eu comecei a comer todos os chocolates recheados com castanhas, amêndoas e caramelo, sentindo uma mistura confusa de carinho e orgulho por meu maravilhoso namorado com quem as garotas bem que gostariam de dar uns amassos, furiosa por aquele normalmente desagradável sexista bêbado vir atrapalhar nosso discurso feminista tentando ser o homem perfeito. Humpf! Vamos ver quanto tempo isso dura, pensei, enquanto esperava Daniel voltar.

Quanto chegou, subiu a escada correndo, me segurou nos braços e me carregou para o quarto.

"Vai ganhar um chocolate a mais por ser maravilhosa até quando está de porre", disse, tirando um coração de chocolate do bolso. E aí... Hummmmm.

DOMINGO, 14 DE MAIO

19h Detesto domingo à noite. Parece hora de fazer a lição de casa. Perpetua me mandou redigir um texto para o catálogo para amanhã. Acho que vou primeiro ligar para Jude.

19h05 Ninguém atende. Humm. Então, ao trabalho.

19h10 Acho que vou ligar para Sharon.

19h45 Sharon não gostou de eu ter ligado porque tinha acabado de chegar em casa e queria telefonar para o serviço de recados (ou 1471) para saber se o cara com quem está saindo tinha ligado enquanto ela estava fora e agora meu número vai ficar gravado no lugar do dele.

Acho que o 1471 é uma grande invenção. Mas aquela situação era irônica, porque, quando nós três descobrimos esse serviço, Sharon foi totalmente contra, dizendo que a companhia telefônica estava explorando as pessoas, viciando-as em ligar depois de ter terminado um relacionamento e deixando a população inglesa pirada. Parece que tem gente que liga mais de vinte vezes por dia. Jude é a favor do 1471, mas concorda que, se você acaba de brigar com o namorado ou de dormir com alguém, o serviço dobra o desespero potencial de chegar em casa: é infernal ninguém-ter-ligado somar-se a nenhum--recado-na-secretária, fora o fato de o número arquivado ser da sua mãe.

Consta que, nos Estados Unidos, o serviço similar ao 1471 lista *todos* os números que ligaram e *quantas vezes* desde a última vez que você perguntou. Fico horrorizada só de pensar no início do meu relacionamento com Daniel. Se ele soubesse quantos milhares de vezes liguei. A única coisa boa aqui é que, se você acrescentar o número 141 antes de ligar para uma pessoa, seu número não fica arquivado na lista dela. Jude diz que é preciso tomar cuidado, porque, se você está obcecada por alguém e por acaso liga numa hora em que a pessoa está em casa, depois desliga e o número não é arquivado, essa pessoa pode adivinhar que foi você. Preciso garantir que Daniel não descubra nada disso.

21h30 Resolvi ir até a esquina comprar cigarro. Quando estava subindo a escada do prédio, ouvi o telefone tocando. De repente, lembrei que tinha me esquecido de ligar a secretária depois que falei com Tom, então subi correndo, esvaziei a bolsa no chão para achar a chave e me joguei em cima do telefone exatamente na hora em que ele parou de tocar. Tinha acabado de entrar no banheiro quando ele tocou de novo. Parou quando o peguei. Voltou a tocar quando me afastei. Finalmente, consegui atender.

"Alô, querida? Adivinha só!" Era a minha mãe.

"O quê?", perguntei, desolada.

"Vou levar você para pintar o cabelo! E não venha com 'Por quê?', por favor, querida. Não aguento mais ver você usando só marrom e cinza, cor de burro quando foge. Parece que segue o estilo do camarada Mao."

"Mãe. Não posso falar agora, estou aguardando..."

"Escuta, Bridget. Não quero ouvir nenhuma desculpa", ela me cortou com sua voz de Gengis Khan. "Mavis Enderby vivia triste com seus beges e virou outra pessoa depois que pintou o cabelo e passou a usar rosa-choque e verde-esmeralda. Parece vinte anos mais jovem."

"Mas eu não quero usar rosa-choque nem verde-esmeralda", respondi, entredentes.

"Bom, querida, Mavis fica bem com cores frias. Eu também, mas você deve ser das cores quentes como Una, e poderia se vestir em tons pastel. Não aceito reclamações antes de você testar."

"Mãe, não vou pintar o cabelo", reagi, desesperada.

"Não quero saber. Tia Una outro dia disse que, se você tivesse um toque de brilho e cor no Ano-Novo, Mark Darcy teria ficado um pouco mais interessado. Ninguém quer uma namorada que parece ter saído do campo de concentração de Auschwitz, querida." Pensei em contar vantagem e dizer que eu tinha um namorado, apesar de usar terracota dos pés à cabeça, mas desisti só de pensar em transformar Daniel em assunto de conversa, o que poderia desencadear a enorme sabedoria de mamãe a respeito de homens. Consegui que ela parasse de falar na tinta dizendo que ia pensar no assunto.

TERÇA-FEIRA, 17 DE MAIO

58 kg (viva!), 7 cigarros (m. b.), 6 unidades alcoólicas (bom demais, estou bem sóbria).

Daniel continua maravilhoso. Como as pessoas podiam se enganar tanto a respeito dele? Minha cabeça está cheia de fantasias românticas: ficar passeando por praias desertas com nossos filhos, como nos anúncios da Calvin Klein; ser uma bem-casada em vez de uma solteirona. Vou sair com Magda.

23h Humm. Tive um jantar péssimo com Magda, que está muito deprimida por causa de Jeremy. Aquela noite do alarme e da gritaria na minha rua foi porque Woney disse que tinha visto Jeremy com uma garota no Harbour Club, bem parecida com aquela bruxa que vi com ele semanas atrás. Magda me perguntou subitamente se eu sabia alguma coisa, então contei da vaca com o vestido da Whistles.

Jeremy acabou admitindo que ficou muito atraído pela garota. Mas não tinha dormido com ela, garantiu. Mesmo assim, Magda estava uma fera.

"Você deve aproveitar ao máximo a vida de solteira, Bridget", disse ela. "Depois de ter filhos e parar de trabalhar, a gente fica numa situação muito vulnerável. Tenho certeza de que Jeremy acha que minha vida é um mar de rosas, mas é duro cuidar de uma criança pequena e um bebê o dia inteiro. Quando ele chega em casa depois do trabalho, só quer colocar os pés para cima e comer. Bom, pelo jeito agora também quer ficar pensando nas garotas de roupa justa que circulam no Harbour Club."

Ela continuou: "Eu tinha um emprego ótimo. Agora sei que é muito mais divertido sair para o trabalho arrumada, jogar um charme para os homens do escritório e ter almoços divertidos do que ir à droga do supermercado e pegar Harry na creche. Mas sempre fica a impressão de que não passo de uma frequentadora assídua da Harvey Nichols, e que fico me divertindo em almoços enquanto ele trabalha para ganhar dinheiro".

Magda é tão bonita. Fiquei observando enquanto ela brincava com sua taça de champanhe e pensando qual é a solução para nós, mulheres. Não adianta dizer que a grama do vizinho é sempre mais verde. Quantas vezes fiquei deprimida, chateada, pensando na minha vida inútil, passando as noites de sábado bebendo e reclamando para Jude, Sharon e Tom por não ter namorado. Batalho para fechar o mês e riem de mim porque sou uma solteirona, enquanto Magda mora numa casa enorme, com potes contendo oito tipos diferentes de macarrão e faz compras o dia inteiro. Mesmo assim, está superdeprimida e insegura, achando que eu é que tenho sorte...

"Aliás, por falar na Harvey Nicks", disse ela, se animando, "comprei um vestido lindo lá hoje, da Joseph, vermelho com dois botões na gola, caimento perfeito, duzentas e oitenta libras. Gostaria tanto de ser como você, Bridget, e poder ter um caso. Passar duas horas tomando banho de espuma no domingo de manhã. Ficar a noite inteira na rua sem ter de explicar nada para ninguém. Quer fazer compras amanhã de manhã?"

"Tenho que trabalhar", expliquei.

"Ah", fez ela, surpresa, ainda mexendo na taça de champanhe. "Quando a gente vê que o marido prefere outra mulher, é muito ruim ficar em casa, imaginando todo tipo de mulher atrás de quem ele deve estar correndo. A gente fica sem saber o que fazer."
Pensei na minha mãe. "Tem um jeito de você melhorar rápido. Volte a trabalhar. Arrume um amante. Vire o jogo."
"É impossível fazer isso com dois filhos com menos de três anos", ela se resignou. "Acho que cavei minha própria sepultura."
Ai, Deus. Como Tom sempre diz, numa voz sepulcral, colocando a mão no meu ombro e olhando nos meus olhos de um jeito apavorante: "Só as mulheres sangram".

SEXTA-FEIRA, 19 DE MAIO

56,5 kg (perdi 2,5 kg da noite para o dia, literalmente: devo ter comido alguma coisa que queima mais calorias do que contém, como alface crespa), 4 unidades alcoólicas (razoável), 21 cigarros (ruim), 4 bilhetes de loteria instantânea (não m. b.).

16h30 O telefone tocou quando Perpetua estava me apressando porque não queria se atrasar para o fim de semana no Trehearnes, em Gloucestershire.
"Alô, querida!" Era minha mãe. "Imagina só: consegui uma oportunidade maravilhosa para você."
"O quê?"
"Você vai aparecer na televisão", ela informou, animada, enquanto eu batia a cabeça na mesa.
"Vou chegar na sua casa com a equipe amanhã às dez. Ah, querida, você não está achando o *máximo*?"
"Mãe. Se você for para o meu apartamento com uma equipe de tevê, não vou estar em casa."
"Ah, mas você tem que estar", disse, com uma voz gélida.

"Não." Então senti uma ponta de vaidade. "Por que vou aparecer na tevê?"

"Ah, querida", ela disse carinhosamente. "A produção do *De Repente Solteira* quer que eu entreviste uma pessoa *mais jovem*. Alguém pré-menopausa, que tenha se separado há pouco tempo e possa falar sobre as pressões que sofre pelo fato de não ter filhos e tal."

"Mas eu não estou na pré-menopausa, mãe!", explodi. "E não estou 'de repente solteira'. De repente, tenho um namorado."

"Ah, não seja boba, querida", disse, baixinho. Dava para ouvir o barulho da redação.

"Eu tenho um namorado."

"Quem é?"

"Não interessa", respondi, olhando para trás e vendo Perpetua dar um sorriso afetado.

"Ah, por favor, querida. Eu já disse para a produção que tinha conseguido uma pessoa."

"Não."

"Ah, por favooor. Nunca tive uma profissão, e agora, que estou no outono da vida, preciso de uma coisa só minha", disse ela, sem parar, como se estivesse lendo num papel.

"Tenho medo de que algum conhecido meu veja o programa. E você não acha que vão perceber que sou sua filha?"

Silêncio. Ouvi enquanto ela falava com alguém ao lado. Depois, voltou para o telefone e disse: "Podemos esconder seu rosto".

"Como? Enfiando minha cabeça dentro de um saco? Vai ficar ótimo."

"Não, mostrando só sua silhueta. Ah, por favor, Bridget. Lembre que eu lhe dei a dádiva da vida. Onde você estaria se não fosse eu? Em lugar nenhum. Não seria nada. Um ovo morto. Um nada, querida."

A questão é que, no fundo, sempre sonhei em aparecer na televisão.

SÁBADO, 20 DE MAIO

58,5 kg (por quê? De onde?), 7 unidades alcoólicas (sábado), 17 cigarros (consegui reduzir a quantidade), 0 números acertados na loteria (mas me distraí bastante na filmagem).

Menos de trinta segundos depois que a equipe de televisão entrou na minha casa, já tinham derramado dois copos de vinho no carpete, mas não ligo muito para essas coisas. Só percebi o que estava acontecendo quando um dos homens carregando um imenso holofote gritou "Cuidado com as costas" e perguntou para outro "Trevor, onde quer que ponha essa tralha?" pouco antes de se desequilibrar e quebrar a lâmpada do holofote na porta de vidro do armário da cozinha, derrubando uma garrafa de azeite extravirgem sobre um livro de receitas que eu nem sabia que tinha.

Três horas depois, a gravação ainda não tinha começado, e eles continuavam circulando pela casa dizendo "Estou atrapalhando, linda?". Já era quase uma e meia quando finalmente começamos a entrevista, com minha mãe e eu sentadas frente a frente, na penumbra.

"Diga", ela começou, numa voz carinhosa e compreensiva, que eu nunca tinha ouvido antes, "quando seu marido a largou, você chegou a pensar", a essa altura, ela quase sussurrava, "em suicídio?"

Fiquei olhando para ela, pasma.

"Sei que é doloroso lembrar. Se acha que não vai aguentar, podemos parar um pouco", continuou, solidária.

Eu estava tão surpresa que não conseguia dizer nada. Que marido?

"Deve ter sido uma época horrível, sem um companheiro ao lado e com o relógio biológico correndo", disse ela, me chutando por baixo da mesa. Chutei-a de volta e ela deu um gritinho.

"Você não quer filhos?", minha mãe perguntou, me entregando um lenço.

Nesse momento, ouviu-se uma gargalhada nos fundos da sala. Eu tinha pensado que Daniel não atrapalharia a gravação, já que estava dormindo: aos sábados ele só levanta depois do almoço e eu tinha deixado os cigarros dele no travesseiro.

"Se Bridget tivesse um filho, ela o perderia", disse, rindo sem parar. "Muito prazer, sra. Jones. Bridget, por que você não se arruma aos sábados, como sua mãe?"

SEGUNDA-FEIRA, 21 DE MAIO

Minha mãe não fala comigo nem com Daniel porque nós a humilhamos e mostramos, na frente de toda a equipe, que era tudo uma farsa. Assim pelo menos ela me deixa em paz por um tempo. Estou louca para que chegue o verão. Vai ser ótimo ter um namorado no calor. Poderemos viajar nos fins de semana. Estou muito feliz.

JUNHO

Oba! Um namorado

SÁBADO, 3 DE JUNHO

56,7 kg, 5 unidades alcoólicas, 25 cigarros, 600 calorias, 45 minutos olhando folhetos de viagens de férias, 87 minutos olhando folhetos de viagens de fim de semana, 7 ligações para o 1471 (bom).

Acabo de concluir que, no calor, é impossível se concentrar em qualquer coisa exceto viajar para lugares paradisíacos com Daniel. Minha cabeça está repleta de imagens de nós dois: deitados à margem de um riacho, eu usando um vestindo branco de tecido fluido; Daniel e eu de camiseta listrada sentados na calçada de um pub antigo na orla da Cornualha, tomando cerveja e vendo o sol se pôr sobre o mar; Daniel e eu jantando num pátio à luz de candelabros numa mansão histórica situada no campo e depois nos retirando para nossos aposentos para transar a noite toda.

Muito bem. Hoje à noite vamos a uma festa, na casa de Wicksy, amigo de Daniel. Amanhã pretendo ir ao parque ou almoçar com ele em algum restaurante simpático, fora da cidade. Como é bom ter um namorado.

DOMINGO, 4 DE JUNHO

57 kg, 3 unidades alcoólicas (b.), 13 cigarros (bom); 30 minutos olhando folhetos de viagens de férias (b.), 52 minutos olhando folhetos de viagens de fim de semana, 3 ligações para o 1471 (b.).

19h Humm. Daniel acaba de ir para a casa dele. Estou um pouco chateada, para dizer a verdade. Fez um lindo domingo, mas ele não quis sair nem conversar sobre viajar, e insistiu em ficar a tarde inteira com as cortinas fechadas, assistindo a um jogo de críquete na tevê. A festa ontem à noite estava ótima. Quando fomos falar com Wicksy, ele estava conversando com uma garota muito bonita. Nós nos aproximamos e percebi que ela ficou um pouco constrangida.

"Daniel, você conhece a Vanessa?", perguntou Wicksy.

"Não. Muito prazer", respondeu ele, estendendo a mão e dando seu sorriso mais sedutor.

"Daniel", disse Vanessa, cruzando os braços, lívida, "*nós dormimos juntos*."

Puxa, como está fazendo calor. Dá vontade de ficar só na janela. Alguém está tocando saxofone, tentando fingir que estamos num filme passado em Nova York. Como todas as janelas estão abertas, há um som alto de vozes e um cheiro gostoso de comida que chega dos restaurantes. Humm. Acho que gostaria de me mudar para Nova York, mas os arredores não devem ser bons para fazer pequenas viagens. A menos que seja uma viagem para a própria Nova York, o que seria inútil, se a pessoa já está lá.

Vou dar uma ligada para Tom e depois trabalhar.

20h Vou passar na casa de Tom para tomar um drinque rápido. Só meia hora.

TERÇA-FEIRA, 6 DE JUNHO

58 kg, 4 unidades alcoólicas, 3 cigarros (m. b.), 1326 calorias, 0 bilhetes de loteria instantânea (excelente), 12 ligações para o 1471 (ruim), 15 horas dormindo (ruim, mas a culpa não foi minha: é a onda de calor).

Consegui convencer Perpetua a permitir que eu trabalhasse em casa. Claro que ela só concordou porque também quer tomar seu banho de sol. Humm. Consegui um ótimo folheto para viagens de fim de semana. Chama-se *Orgulho britânico: As melhores mansões campestres nas nossas ilhas.* Maravilhoso. Olhei página por página, imaginando Daniel e eu alternando sexo e romantismo em todos os quartos e salões do local.

11h Certo: agora vou me concentrar no trabalho.

11h25 Hum, estou com uma unha lascada, droga.

11h35 Nossa. Acabo de ter uma fantasia paranoica totalmente infundada de que Daniel está tendo um caso e fiquei pensando em falar sobre isso com ele, de uma forma digna mas direta, para que se sinta culpado. Por que tive essa fantasia? Será que meu sexto sentido feminino sabe que ele tem outra pessoa?

O problema de namorar quando você fica mais velha é que tudo fica muito opressivo. Se você está sem companhia aos trinta anos, a chateação menor de não ter um namorado — não fazer sexo, não ter ninguém com quem sair no domingo, chegar nas festas sempre sozinha — fica ligada à ideia paranoica de que isso se deve à sua idade e que você já teve o último namorado e a última transa da sua vida e é tudo culpa sua, por ser tão agressiva ou tão teimosa e não ter sossegado o facho quando era jovem.

Você esquece completamente que, aos vinte e dois anos, ficar vinte e três meses sem sair com alguém era só um pouco chato. A situação fica mais complexa e ter um relacionamento parece complicado, como se fosse uma meta quase inatingível, e, quando você começa a sair com alguém, ele nunca vai poder corresponder às suas expectativas.

Será que é isso? Ou será que tem alguma coisa errada entre mim e Daniel? Será que ele está tendo um caso?

11h50 Humm. A unha está *mesmo* lascada. Se não consertar, vou começar a roer e daqui a pouco não tenho mais nada. Certo, é melhor achar uma lixa. Pensando bem, esse esmalte está um horror. É melhor trocar. E agora mesmo.

Meio-dia É horrível quando está fazendo tanto calor e aquele que se diz seu namorado não quer ir a nenhum lugar agradável. Acho que ele pensa que estou tentando convencê-lo a viajar como se no fundo eu quisesse um casamento, três filhos e limpar o banheiro de uma casa cheia de móveis coloniais em Stoke Newington. Acho que essa história está se transformando numa crise psicológica. Vou ligar para Tom (dá para eu fazer mais tarde o tal texto para o catálogo da Perpetua).

12h30 Humm. Tom diz que se você vai viajar com alguém com quem está dormindo só para passar o tempo todo preocupado com o relacionamento, é melhor ir com um amigo. "Fora o sexo", digo. "Fora o sexo", concorda ele. Vou encontrar Tom à noite e levar os folhetos para sonharmos com uma viagem. Por isso tenho de trabalhar duro esta tarde.

12h40 Este short e esta camiseta são tão desconfortáveis no calor. Vou trocar por um vestido longo e fresquinho.

Ai, Deus, minha calcinha aparece por baixo desse vestido. É melhor usar calcinha cor da pele caso alguém bata na porta. Minha Gossard cairia bem. Onde será que ela está?

12h45 Melhor ainda seria usar o sutiã para combinar, se eu conseguir achar.

12h55 Assim está melhor.

13h Hora do almoço! Finalmente uma pausa no trabalho.

14h Muito bem, esta tarde vou mesmo trabalhar, para poder sair à noite. Mas estou com um sono... Está tão quente. Vou fechar os olhos cinco minutinhos. Dizem que tirar um cochilo é a melhor forma de recuperar as energias. Causava ótimo efeito em Margaret Thatcher e Winston Churchill. Boa ideia. Talvez eu deite na cama.

19h30 Ai, droga.

SEXTA-FEIRA, 9 DE JUNHO

58 kg, 7 unidades alcoólicas, 22 cigarros, 2145 calorias, 230 minutos procurando rugas no rosto.

9h Oba! Hoje à noite vou sair com as garotas.

19h Ai, não. O programa mudou: Rebecca também vai. Sair com ela é como nadar entre águas-vivas: vai tudo muito bem até que você é atacada sem perceber e a coisa perde toda a graça. O problema é que as alfinetadas de Rebecca atingem o ponto fraco das pessoas, como se fossem os mísseis da Guerra do Golfo fazendo fzzzzuuuuch pelos corredores dos hotéis de Bagdá. Sharon diz que não tenho mais vinte e quatro anos e devia ser madura o bastante para conseguir lidar com Rebecca. Ela tem razão.

Meia-noite Meudeusé horrível. Tô velhiacabada. Em decomposissaum.

SÁBADO, 10 DE JUNHO

Argh. Acordei me sentindo feliz (ainda bêbada) e, de repente, me lembrei do terror que virou a noite passada com as garotas. Depois da primeira garrafa de chardonnay, eu ia tocar no tema da minha frustração constante de não conseguir passar um fim de semana fora quando Rebecca perguntou: "Como vai Magda?"

"Bem", respondi.

"Ela é tão bonita, não?"

"Hã-hã", concordei.

"E parece tão jovem, pode passar por vinte e quatro ou vinte e cinco anos. Vocês foram colegas de escola, não? Ela é três ou quatro anos mais nova que você?"

"Ela é seis meses mais velha que eu", retruquei, sentindo os primeiros sinais de alfinetada.

"É mesmo?", duvidou Rebecca, depois fez uma longa e constrangedora pausa. "Bom, Magda tem sorte. A pele dela é maravilhosa."

Senti o sangue coagulando no cérebro ao perceber a horrível verdade que Rebecca tinha dito.

"Quer dizer, ela não ri tanto quanto você. Talvez por isso não tenha tantas rugas."

Segurei na mesa para não cair, tentando recobrar o fôlego. Me dei conta de que estava ficando velha antes do tempo. Como num filme com imagens aceleradas, mostrando uma uva fresca se transformando em passa.

"Como vai sua dieta, Rebecca?", perguntou Sharon.

Argh. Em vez de contestar meu envelhecimento precoce, Jude e Sharon estavam aceitando aquilo como fato consumado e tentando diplomaticamente mudar de assunto para me poupar. Sentei, sentindo que entrava numa espiral de terror, e apoiei meu rosto decadente nas mãos.

"Vou ao banheiro", avisei, com a boca quase fechada, como uma ventríloqua, o rosto duro para impedir o aparecimento das rugas.

"Está tudo bem, Bridget?", perguntou Jude.

"Tá", respondi, rápido.

Quando olhei no espelho, fiquei pasma com a luz forte sobre minha cabeça mostrando minha pele marcada pelo tempo, derretendo. Fiquei imaginando as garotas na mesa censurando Rebecca por dizer o que todo mundo já comentava fazia tempo, mas que eu não precisava saber.

De repente, tive uma vontade enorme de sair pelo restaurante perguntando a todos os presentes que idade achavam que eu tinha. Fiz isso uma vez na escola, quando me convenci de que era louca e fiquei perguntando para todas as colegas no recreio "Você acha que sou louca?" e vinte e oito delas responderam "Acho".

Quando você começa a pensar em envelhecimento, não tem jeito. A vida de repente fica parecida com as férias: da metade em diante, os dias voam. Preciso fazer alguma coisa em relação a isso, mas o quê? Não tenho dinheiro para cirurgia plástica. E fico entre a cruz e a espada, já que tanto engordar quanto emagrecer provocam o envelhecimento. Por que pareço velha? Por quê? Fico olhando as velhinhas na rua, tentando entender todos os mínimos processos que fazem o rosto envelhecer. Percorro os jornais procurando a idade de todo mundo, querendo ver se as pessoas parecem ter a idade que têm.

11h O telefone tocou. Era Simon, querendo contar da garota em que está interessado. "Quantos anos ela tem?", perguntei, desconfiada.

"Vinte e quatro."

Aaargh, aaargh. Cheguei na idade em que os homens não acham mais as contemporâneas atraentes.

16h Vou tomar chá com Tom. Resolvi que preciso dedicar mais tempo à aparência, como fazem as estrelas de Hollywood. Por isso fiquei horas passando creme antiolheiras, blush e disfarçando tudo o que está ruim.

Quando cheguei, Tom exclamou, assustado: "Meu Deus!".

"O que foi?", perguntei.

"Sua cara. Você está parecendo a Barbara Cartland."

Comecei a piscar, tentando aceitar que alguma terrível bomba do tempo tinha definitivamente se instalado sob minha pele.

"Pareço mais velha do que sou, não?", perguntei, deprimida.

"Não, parece uma menina de cinco anos que usou todas as pinturas da mãe", disse ele. "Olha ali no espelho."

Olhei no falso espelho vitoriano da casa de chá. Eu parecia um palhaço exagerado, com bochechas vermelhas, olhos como dois corvos negros mortos e, sob eles, uma mancha branca como os rochedos de Dover. Só então compreendi porque as velhinhas usam tanta maquiagem e todo mundo fica rindo delas. Resolvi que não riria mais.

"O que está acontecendo?", Tom perguntou.

"Estou ficando velha antes do tempo", murmurei.

"Ah, pelo amor de Deus. Você está assim por causa da ridícula da Rebecca, não é?", adivinhou ele. "Sharon me contou do comentário sobre Magda. É ridículo. Você parece ter dezesseis anos."

Adoro Tom. Desconfio que ele estava mentindo, mas fiquei bem feliz porque, se eu parecesse ter quarenta e cinco anos, ele não ia dizer que pareço ter dezesseis.

DOMINGO, 11 DE JUNHO

56,7 kg (m. b., está calor demais para comer), 3 unidades alcoólicas, 0 cigarros (m. b., está calor demais para fumar), 759 calorias (só de sorvete).

Mais um domingo perdido. Parece que estou condenada a passar o verão inteiro assistindo a jogos de críquete com as cortinas da sala fechadas. Fico meio inquieta no verão, e não é só por causa das cortinas fechadas aos domingos, nem porque Daniel não quer passar um fim de semana fora. À medida que os dias longos e quentes se seguem, um atrás do outro, sinto que estou sempre fazendo uma coisa enquanto deveria estar fazendo outra. É um sentimento que faz parte da mesma *família* daquele que faz você achar que, pelo fato de morar em Londres, deveria estar assistindo a um espetáculo na Royal Shakespeare Company, um concerto no Albert Hall, visitando a Torre de Londres, frequentando a Royal Academy e indo ao Madame Tussauds, em vez de ficar pulando de bar em bar e se divertindo. Quanto mais o sol brilha, mais óbvio fica que as outras pessoas aproveitam *melhor* o tempo em algum lugar — assistindo a um grande jogo de softball; passeando com o companheiro numa floresta, junto a uma cachoeira onde muitos Bambis aparecem; participando de algum grande evento público com a presença da rainha-mãe e de um daqueles tenores que cantam em estádios, para marcar este verão intenso que não estou conseguindo aproveitar. Talvez seja culpa do nosso passado climático. Talvez nós, ingleses, ainda não tenhamos adquirido a capacidade de conviver com sol e céu azul sem nuvens como mais do que um mero acaso. Ainda existe dentro de nós um instinto de entrar em pânico, querendo sair do escritório, ficar seminu e correr para a saída de incêndio.

Esse ponto também está mal definido. Se não se deve mais expor o corpo a raios causadores de câncer, então o que se pode fazer? Um churrasco na sombra, talvez? Matar seus amigos de fome enquanto você fica às voltas com o carvão durante horas para depois envená-los com carne de porco malpassada? Ou organizar piqueniques no parque que terminam com todas as mulheres raspando restos de mozarela das formas de alumínio e berrando com crianças que estão tendo ataques de asma causados pela falta de ozônio, enquanto os homens bebem vinho branco quente sob o sol do meio-dia, olhando os jogos de softball com vergonha de não estar participando.

Tenho inveja do verão no restante da Europa, onde os homens usam ternos leves e elegantes, óculos de sol de grife e circulam tranquilamente em belos carros com ar-condicionado, parando de vez em quando para tomar uma limonada num café na calçada de uma praça antiga e sentindo-se muito à vontade com o sol, sabendo que vai continuar brilhando no fim de semana, quando então irão para seus iates e ficarão estirados no convés, tranquilos.

Tenho certeza de que essa é a razão oculta da nossa falta de confiança nacional, que surgiu a partir do momento em que começamos a viajar para o exterior e percebemos isso. Pode ser que as coisas por aqui mudem. Há cada vez mais mesas nas calçadas. Os fregueses conseguem se sentar nelas à vontade, só se lembram do sol de vez em quando, e então fecham os olhos e viram o rosto para ele, dando grandes sorrisos para quem passa na calçada, como quem diz "Olha só, olha só, estamos tomando refrigerante num café de calçada, nós também podemos fazer isso", com uma expressão meio angustiada e passageira que na verdade significa "Ou deveríamos estar assistindo a uma apresentação ao ar livre de *Sonho de uma noite de verão*?".

Em algum lugar no fundo do meu cérebro paira uma nova e tênue noção de que talvez Daniel esteja certo: o melhor a se fazer quando está quente é dormir embaixo de uma árvore, ou assistir a um jogo de críquete com as cortinas fechadas. Mas, no meu modo de pensar, para conseguir dormir seria preciso ter certeza de que haveria sol no dia seguinte e no outro também, e muitos dias de calor na vida, suficientes para praticar todas as atividades para dias quentes com calma e sem pressa. Pouco provável.

SEGUNDA-FEIRA, 12 DE JUNHO

57,6 kg, 3 unidades alcoólicas (m. b.), 13 cigarros (b.), 210 minutos tentando programar o vídeo (ruim).

7h Mamãe acaba de ligar. "Olá, querida. Adivinha o que aconteceu. Penny Husbands-Bosworth vai aparecer no *Newsnight*!!!"

"Quem?"
"Você conhece os Husbands-Bosworth, querida. Ursula estava um ano à sua frente na escola. Herbert morreu de leucemia..."
"Quê?"
"Bridget, não diga 'Quê?'. Diga 'Desculpe, como disse?'. O fato é que vou sair com Una para assistir a uma projeção de slides do Nilo, mas Penny e eu gostaríamos de saber se você pode gravar o programa para nós. Opa, o açougueiro está tocando a campainha!"

20h Certo. É ridículo ter um vídeo há dois anos e nunca ter conseguido gravar nada. E o modelo FV 67 HV VideoPlus é uma maravilha. Basta pegar o manual, apertar os botões certos e pronto.

20h15 Humm. Não consigo encontrar o manual.

20h35 Ah! O manual estava embaixo da revista *Hello!*, achei! Certo. "Programar seu vídeo é tão simples quanto fazer uma ligação telefônica." Muito bem.

20h40 "Aponte o controle remoto na direção do aparelho." Bem simples. "Consulte o índice." Argh, uma lista enorme de "Gravações com controle de tempo sincronizadas com som estéreo", "O decodificador necessário para programas codificados" etc. Só quero gravar as abobrinhas que Penny Husbands-Bosworth vai falar, e não passar a noite inteira lendo um tratado sobre técnicas de espionagem.

20h50 Ah. Uma ilustração. "Botões para funções do IMC." Mas o que são funções do IMC?

20h55 Resolvi ignorar aquela página. Passei para "Gravação com hora marcada no VideoPlus". "Primeiro: siga as instruções do VideoPlus." Que instruções? Detesto esse aparelho idiota. É a mesma coisa que acompanhar as placas na estrada. No fundo, sei que não fazem sentido, mas não consigo acreditar que as autoridades sejam tão cruéis a ponto de enganar todo mundo de propósito. Fico me sentindo uma incompetente, como se todos os outros soubessem de alguma coisa e não me contassem.

21h10 "Ao ligar seu gravador, acerte o relógio e a data para fazer a gravação pelo dispositivo Timer (lembre-se de usar as opções de ajuste rápido para adaptar o horário de verão ou de inverno). Para obter as informações sobre o relógio basta apertar o botão vermelho e o número seis."

Aperto o vermelho e não acontece nada. Aperto todos os números e não acontece nada. Gostaria que esse vídeo idiota nunca tivesse sido inventado.

21h25 Aargh. De repente, aparece o menu principal na tela e uma ordem: "Aperte o seis". Ai, meu Deus. Percebi que estava usando o controle remoto errado. Agora o noticiário já está na tela.

Liguei para Tom e perguntei se podia gravar Penny Husbands-Bosworth para mim, mas ele disse que também não sabe mexer no vídeo.

De repente, ouço um som dentro do vídeo e o noticiário é substituído, não sei por que, por *Blind Date*.

Acabo de ligar para Jude e ela também não sabe mexer nisso. Aargh, Aargh. São dez e quinze, o *Newsnight* começa daqui a quinze minutos.

22h17 A fita não entra.

22h18 Ah, *Thelma & Louise* está lá dentro.

22h19 *Thelma & Louise* não sai.

22h21 Aperto todos os botões, desesperada. A fita sai e entra outra vez.

22h25 A fita certa entrou. Muito bem. Aperto "Gravar". "Para iniciar a gravação, colocar em 'Modo Sintonia' e apertar qualquer botão (exceto o Memória)." Mas o que é "Modo Sintonia"? "Ao gravar de uma câmera portátil de vídeo ou similar, basta apertar AV três vezes. Se a transmissão for bilíngue, apertar AV e segurar por três segundos para escolher a língua."
Ai, meu Deus. Este manual idiota me lembra do professor de linguística que tive na escola Bangor, tão obcecado por detalhes linguísticos que não conseguia falar sem fazer uma análise de cada palavra: "Eu *iria* hoje de manhã, mas vocês sabem que o verbo ir, em 1570..."
Aaargh, aargh. *Newsnight* está começando.

22h31 Muito bem, muito bem. Calma. Penny Husbands--Bosworth ainda não começou a falar suas abobrinhas.

22h33 Siim, siiim. GRAVANDO. Consegui!
Aargh. Ficou tudo louco. A fita começou a rebobinar, parou e pulou fora. Por quê? Merda. Merda. Percebi que sentei no controle remoto.

22h35 Pareço maluca. Já liguei para Sharon, Rebecca, Simon e Magda. Ninguém sabe como programar o vídeo. A única pessoa que conheço que sabe fazer isso é Daniel.

22h45 Ai, meu Deus. Daniel morreu de rir quando eu disse que não conseguia programar o vídeo. Prometeu gravar para mim. Pelo menos fiz o que pude por mamãe. Quando um amigo aparece na tevê é algo muito emocionante, um momento histórico.

23h15 Humpf. Mamãe acaba de ligar: "Desculpe, querida. O programa não é *Newsnight*, mas *Breakfast News*. Dá para você programar para as sete horas na BBC1?".

23h30 Daniel acaba de ligar: "Ah, desculpe, Bridget. Não sei o que fiz de errado. Gravou o programa de entrevistas do Barry Norman".

DOMINGO, 18 DE JUNHO

56,2 kg, 3 unidades alcoólicas, 17 cigarros.

Depois de ficar sentada na penumbra durante três fins de semana seguidos, com Daniel passando a mão no meu peito como se fosse uma espécie de amuleto e exclamando "Que jogada foi essa!", de repente, explodi: "Por que não podemos fazer uma viagem? Por quê? Por quê? *Por quê?*"

"É uma boa ideia", respondeu ele calmamente, tirando a mão do meu peito. "Por que não reserva um hotel legal para o próximo fim de semana? Eu pago."

QUARTA-FEIRA, 21 DE JUNHO

55,8 kg (m. m. b.), 1 unidade alcoólica, 2 cigarros, 2 bilhetes de loteria instantânea (m. b.), 237 minutos olhando folhetos de turismo.

Daniel se recusa a comentar a viagem ou olhar o folheto e me proibiu de falar nisso até sairmos, no sábado. Como ele pode achar que não vou ficar agitada já que estou esperando isso há tanto tempo? Por que os homens ainda não aprenderam a sonhar com as férias, escolher um lugar num folheto de turismo, planejar e fantasiar, do mesmo jeito que conseguem (alguns, pelo menos) aprender a cozinhar ou costurar? É horrível me responsabilizar sozinha por uma viagem. O hotel-fazenda Woving-Hall me parece perfeito: elegante sem ser muito formal, com camas de dossel, um lago e até uma academia (não vou nem pisar lá), mas e se Daniel não gostar?

DOMINGO, 25 DE JUNHO

55,8 kg, 7 unidades alcoólicas, 2 cigarros, 4587 calorias (eeepa).

Ai, Deus. Assim que chegamos, Daniel achou que o hotel-fazenda era ridículo porque havia três Rolls-Royce estacionados na porta, um deles amarelo. Constatei horrorizada que tinha esfriado e eu só contava com roupas para um calor de quarenta graus. Eis o conteúdo da minha mala:

- 2 maiôs
- 1 biquíni
- 1 vestido branco, longo e de tecido fluido
- 1 vestido leve para o dia
- 1 sapato baixo rosa-claro
- 1 vestidinho de suède rosa-claro
- 1 camisola curta, preta e decotada
- sutiãs, calcinhas, meias, ligas (vários)

Ouvimos uma trovoada quando eu, tremendo de frio, entrei no hotel atrás de Daniel. O saguão estava cheio de damas de honra e homens de terno claro. Concluímos que éramos os únicos hóspedes não convidados para um casamento.

"Argh! Não é horrível a situação em Srebrenica?", perguntei, só para tentar relativizar nosso problema. "Para dizer a verdade, nunca entendi direito o que está acontecendo na Bósnia. Achava que os bósnios eram os habitantes de Sarajevo, que estavam sendo atacados pelos sérvios, mas então quem são os servo-bósnios?"

"Bom, você saberia isso se, em vez de ficar horas lendo folhetos, passasse a ler os jornais", alfinetou Daniel com um sorriso.

"Mas então o que está acontecendo na Bósnia?"

"Nossa, que peitos tem aquela dama de honra."

"E quem são os bósnios muçulmanos?"

"Não dá para acreditar no tamanho da lapela daquele homem."

De repente, tive certeza absoluta de que Daniel estava tentando mudar de assunto.

"Os servo-bósnios são do mesmo tipo daqueles que atacaram Sarajevo?", perguntei.

Silêncio.

"E a quem pertence Srebrenica?"

"Srebrenica é uma *área de segurança*", informou Daniel com uma voz bem antipática.

"Mas por que as pessoas da área de segurança atacaram antes?"

"Cala a boca."

"Explique só uma coisa: os bósnios de Srebrenica são os mesmos de Sarajevo?"

"São muçulmanos", disse Daniel, triunfante.

"Sérvios ou bósnios?"

"Escuta, você não pode calar a boca?"

"Você também não entende nada do que está acontecendo na Bósnia."

"Entendo."

"Não entende."

"Entendo."

"Não entende."

Nesse momento, o porteiro do hotel — que usava calça amarrada na altura dos joelhos, meias brancas, sapatos de couro com fivela, sobrecasaca e uma peruca empoeirada — se aproximou e disse, baixo: "Acho que os primeiros habitantes de Srebrenica e de Sarajevo eram bósnios muçulmanos, senhor". E acrescentou, bem a propósito: "Gostariam de receber os jornais no apartamento pela manhã?".

Pensei que Daniel fosse dar um soco nele. Afaguei seu braço e disse, como se ele fosse um cavalo de corrida que se assustou com uma Kombi passando: "Está tudo bem, shhh, está tudo bem".

17h30 Brrr. Em vez de ficar com Daniel ao sol quente à beira do lago, usando meu vestido longo e de tecido fluido, fiquei azul de frio num barco, enrolada numa toalha do hotel. Acabamos voltando para o quarto para tomar um banho quente e uma cerveja e descobrimos que outro casal não convidado para o casamento nos faria companhia na sala de jantar aquela noite. A porção feminina do casal era uma moça chamada Eileen, com quem Daniel tinha dormido duas vezes, mordido sem querer o peito dela com muita força e depois nunca mais entrado em contato.

Quando saí do banho, ele estava deitado na cama rindo. "Arrumei uma dieta nova para você", informou.

"Quer dizer que você *acha* que estou gorda."

"Então, é muito simples. Basta você não comer nada que precise pagar. Então, no início da dieta você está gorda como uma porquinha e ninguém a convida para jantar. Depois emagrece, fica um pouco mais esbelta, e os homens começam a levar você para jantar. Aí você engorda um pouco, os convites somem e você começa a emagrecer de novo."

"Daniel!", explodi. "Essa é a coisa mais sexista, gordofóbica e cínica que já ouvi."

"Ah, não precisa exagerar, Bridget", disse ele. "Essa ideia é o prolongamento lógico do que você mesma acha. Sempre digo que ninguém gosta de mulher com pernas de gafanhoto.

Os homens querem alguém que tenha uma bunda onde possam encostar a bicicleta e apoiar a caneca de cerveja."

Fiquei dividida entre a imagem grotesca de uma bicicleta encostada na bunda e uma caneca em cima, a fúria contra Daniel por seu sexismo irritante e a ideia repentina de que talvez ele tivesse razão sobre o conceito que eu fazia do meu corpo e, nesse caso, se eu precisava de alguma coisa deliciosa para comer imediatamente e o que poderia ser.

"Vou ligar a tevê", disse Daniel, aproveitando que fiquei temporariamente muda para apertar o controle remoto e fechar as cortinas, que tinham blecaute. Segundos depois a sala ficou completamente escura, exceto pela chama do isqueiro. Daniel tinha acendido um cigarro e estava pedindo ao serviço de quarto seis latas de cerveja Fosters.

"Quer alguma coisa, Bridget?", perguntou, rindo afetado. "Chá com creme? Eu pago."

JULHO

Argh

DOMINGO, 2 DE JULHO

55,3 kg (continuo indo bem), 0 unidades alcoólicas, 0 cigarros, 995 calorias, 0 bilhetes de loteria instantânea (perfeito).

7h45 Mamãe acaba de ligar. "Alô, querida, adivinha o que aconteceu."
"Um instante, vou para o outro quarto", eu disse, olhando nervosa para Daniel, deitado na cama. Saí do quarto sem fazer barulho, peguei o outro telefone e constatei que minha mãe não tinha me ouvido e continuara falando.
"Então, o que você acha, querida?"
"Não sei, eu estava indo para o outro quarto, como disse", respondi.
"Ah, quer dizer que você não escutou nada?"
"Não."
Houve um momento de silêncio.
"Alô, querida, adivinha o que aconteceu", ela começou outra vez. Às vezes acho que minha mãe faz parte do mundo moderno; às vezes, que vive em outro planeta. Como quando deixa recado na minha secretária eletrônica dizendo apenas: "Aqui é a mãe de Bridget Jones".
"Alô? Alô, querida, adivinha o que aconteceu", ela repetiu.
"O quê?", respondi, resignada.
"Una e Geoffrey vão dar uma festa à fantasia de Vigários e Vigaristas, no dia 29 de julho. Não acha ótimo? Vigários e Vigaristas! Imagina só!"
Fiz um esforço para não imaginar Una Alconbury de botas longas, meia arrastão e sutiã. Pessoas de sessenta anos organizando uma festa desse tipo me pareceu antinatural e errado.
"Achamos que seria o máximo se você e...", seguiu-se um silêncio pudico e pesado, "Daniel viessem. Estamos loucos para conhecer seu namorado."
Quase desmaiei só de pensar no meu relacionamento com

Daniel sendo dissecado nos menores detalhes pelos membros da Associação Salva-Vidas de Northamptonshire.

"Acho que Daniel não vai." Mal terminei de dizer a frase e a cadeira em que eu me balançava caiu, fazendo um barulhão. Quando peguei o telefone de novo, minha mãe continuava falando. "Olha, vai ser ótimo. Parece que Mark Darcy também vai, acompanhado, então..."

Daniel apareceu na porta, completamente nu.

"O que houve? Com quem você está falando?", ele perguntou.

"Com minha mãe", respondi, desesperada, com o canto da boca.

"Dá aqui", disse Daniel, pegando o telefone. Gosto muito quando ele demonstra autoridade sem irritação, como agora.

"Sra. Jones, aqui é Daniel", disse ele, com a voz mais charmosa possível.

Quase dava para ver mamãe toda cheia de dedos.

"É um pouco cedo para ligar num domingo. É, está mesmo um lindo dia. Podemos ajudar com alguma coisa?"

Ele me olhou enquanto escutava mamãe falar por alguns minutos, depois voltou a prestar atenção nela.

"Ah, seria ótimo. Vou anotar na agenda e procurar meu colarinho clerical. Dia 29. Agora, gostaríamos de voltar para a cama e dormir. Fique bem. Até logo", disse ele, e desligou.

"Viu? Basta um pouco de firmeza", garantiu, todo presunçoso.

SÁBADO, 22 DE JULHO

55,8 kg (humm, tenho de perder uns 500 gramas), 2 unidades alcoólicas, 7 cigarros, 1562 calorias.

Estou adorando a ideia de Daniel ir comigo à festa no próximo sábado. Vai ser ótimo: uma vez na vida não terei de dirigir sozinha, chegar sozinha e enfrentar aquela inquisição de por que não tenho namorado. Vai ser um lindo dia de verão. Talvez a gente até possa dar uma paradinha no caminho e passar a noite numa pousada (ou num hotel sem tevê no quarto). Estou louca para Daniel conhecer meu pai. Tomara que goste dele.

2h Acordei aos prantos por causa de um sonho horrível no qual estou fazendo uma prova de francês e enquanto olho as questões me dou conta de que me esqueci de estudar e estou vestida só com meu jaleco, tentando desesperadamente amarrá-lo na cintura para que a srta. Chignall não perceba que não tenho nada por baixo. Pensei que Daniel fosse ser pelo menos solidário. Sei que o pesadelo está relacionado a uma insegurança com relação a trabalho, mas Daniel só acendeu um cigarro e pediu para repetir a parte do jaleco.

"Você não sabe o que é isso, já que tem seu diploma de Cambridge", murmurei, fungando. "Mas nunca vou esquecer quando vi no mural da escola que tinha tirado cinco em francês, o que significava que não ia poder ir para Manchester. Aquela nota mudou minha vida."

"Você devia agradecer, Bridget", disse ele, deitando de costas e soprando a fumaça do cigarro. "Teria certamente se casado com algum chato chamado Geoffrey Boycott e passaria o resto da vida limpando gaiola de passarinho. Mas", ele começou a rir, não tem nada de errado em ter um diploma de... de...", ele ria tanto que mal conseguia falar, "... Bangor."

"Agora chega. Vou dormir no sofá", gritei, pulando da cama.

"Ei, não faça isso, Bridge", disse, me puxando. "Sabe que considero você uma... *grande* intelectual. Só precisa aprender a interpretar sonhos."

"Então o que o sonho está querendo me dizer?", perguntei, mal-humorada. "Que não fiz jus à minha capacidade intelectual?"

"Não exatamente."
"Então, o quê?"
"Bom, acho que o jaleco sem nada por baixo é um símbolo meio óbvio, não?"
"De quê?"
"De que a busca inútil por uma vida intelectual está atrapalhando sua verdadeira meta."
"Que é...?"
"Ora, preparar todas as minhas refeições, claro", disse ele, não conseguindo disfarçar como estava se divertindo. "E ficar andando pelo meu apartamento sem calcinha."

SEXTA-FEIRA, 28 DE JULHO

56,2 kg (preciso fazer uma dieta para amanhã), 1 unidade alcoólica (m. b.), 8 cigarros, 345 calorias.

Humm. Daniel estava muito carinhoso ontem à noite e passou horas me ajudando a escolher uma fantasia para usar na festa Vigários e Vigaristas. Ficou sugerindo diversas combinações, depois dizia o que achava. Gostou muito de uma coleira, blusa preta e cinta-liga preta de renda, numa mistura de vigário com vigarista, e acabou resolvendo, depois de me fazer andar um bocado, que a melhor roupa para mim era o corpete de renda preto da Marks & Spencer com meias, ligas e um avental igual ao das arrumadeiras francesas, que fizemos com dois lenços e fitas, uma gravata-borboleta e um rabo de coelho. Ele foi um amorzinho me ajudando. Às vezes acho que é muito gentil. E também estava muito a fim de transar.

Ah, não aguento esperar até amanhã.

SÁBADO, 29 DE JULHO

55,8 kg (m. b.), 7 unidades alcoólicas, 8 cigarros, 6245 calorias (malditos Una Alconbury, Mark Darcy, Daniel, mamãe, todo mundo).

14h Não acredito no que aconteceu. À uma, Daniel ainda estava dormindo e comecei a me preocupar, porque a festa era às duas e meia. Resolvi acordá-lo, então levei uma xícara de café e disse: "Acho melhor você levantar, porque temos de estar lá às duas e meia".

"Lá onde?", perguntou ele.

"Na festa."

"Ah, meu bem. Escuta, tenho muito trabalho este fim de semana. Vou ter de ficar em casa."

Eu não conseguia acreditar. Ele tinha prometido ir. Todo mundo sabe que quando você está saindo com alguém é obrigado a aguentar todas as terríveis festas familiares, mas Daniel acha que basta citar a palavra "trabalho" para se safar de qualquer coisa. Todos os amigos dos Alconbury vão ficar perguntando sem parar se já arrumei um namorado e ninguém vai acreditar que arrumei.

22h Não gosto nem de pensar no que passei. Dirigi duas horas, estacionei em frente à casa dos Alconbury e, esperando estar bem na minha fantasia de coelhinha, entrei pela lateral da casa e fui até o jardim, de onde vinha um vozerio animado. Quando comecei a atravessar o gramado, estava o maior silêncio e percebi, apavorada, que, em vez de Vigários e Vigaristas, todos estavam de esporte fino, as mulheres de conjuntinho florido abaixo dos joelhos e os homens de calça e suéter com gola em V. Fiquei ali acuada como, digamos, uma coelha. Enquanto todo mundo me olhava, Una Alconbury veio correndo pelo gramado num vestido fúcsia plissado, segurando um cesto de plástico cheio de folhas e maçãs.

"Bridget!!! Que ótimo ver você. Aceita um suco de maçã?", perguntou.

"Pensei que a festa se chamasse Vigários e Vigaristas", sussurrei.

"Ah, meu Deus, quer dizer que Geoff não telefonou para você?" Inacreditável: ela achava que eu costumava andar vestida de coelhinha? "Geoff, você não ligou para Bridget?", perguntou. Então completou, olhando em volta: "Queremos conhecer seu novo namorado. Cadê ele?".

"Teve que trabalhar", resmunguei.

"Como vai minha princesinha?", perguntou tio Geoffrey, caindo de bêbado.

"Geoffrey", disse Una, gélida.

"Tudo certo, missão cumprida, sargento", disse ele, batendo continência, depois desmontou no ombro dela, rindo. "Eu liguei para Bridget, mas atendeu uma daquelas coisorrív falansozin."

"Geoffrey", ordenou Una, baixo. "Vá ver como está o churrasco. Desculpe, querida, mas depois de todos os escândalos com os vigários da região, chegamos à conclusão de que não seria conveniente dar uma festa chamada Vigários e Vigaristas porque", ela começou a rir, "todo mundo já acha que os vigários são vigaristas. Ah, querida", continuou, enxugando os olhos, que lacrimejavam de tanto rir, "mas quem é esse novo namorado? Por que fica trabalhando num sábado? Argh! Não é uma boa desculpa, hein? Como conseguiremos que você se case desse jeito?"

"Desse jeito, vou acabar como garota de programa", resmunguei, tentando desgrudar o rabo de coelhinha.

Senti que alguém estava me observando e vi Mark Darcy olhando fixamente para meu rabo. Ao lado dele estava a alta, magra e charmosa grande advogada de família num recatado vestido lilás com paletó, como Jackie Onassis usava, e óculos escuros na cabeça.

Ela sorriu afetada para Mark e me olhou dos pés à cabeça, o que era muita falta de educação.

"Você veio de outra festa?", perguntou ela com voz sussurrante.

"Não, estou indo para o trabalho", respondi.

Mark Darcy ouviu, esboçou um sorriso e desviou o olhar.

"Olá, querida, não posso falar com você. Estou gravando a festa em vídeo", informou minha mãe, apressada, num esfuziante vestido turquesa plissado e segurando uma claquete. "Querida, que roupa é essa? Parece uma prostituta ordinária. Agora, por favor, ninguém se mexa eeee...", disse ela para Julio, que estava com uma câmera, "... ação!"

Apavorada, olhei em volta à procura de papai, mas não o vi. Só vi Mark Darcy conversando com Una e fazendo um gesto na minha direção. Ela, parecendo muito decidida, veio falar comigo.

"Bridget, estou *tão* sem graça com essa confusão a respeito da festa à fantasia", ela se desculpou. "Mark estava dizendo que você deve estar se sentindo horrível com todos esses velhos em volta. Quer que eu empreste uma roupa minha?"

Passei o restante da festa usando por cima da fantasia de coelhinha um vestido de dama de honra de Janine, com mangas bufantes e estampa floral. A Natasha do Mark Darcy ficou achando graça e minha mãe de vez em quando passava por mim dizendo: "Lindo vestido, querida. Corta!".

Assim que me viu sozinha, Una Alconbury disse, se referindo a Natasha: "Acho que a namorada dele não é grande coisa. Faz o tipo jovem senhora. Elaine acha que ela está louca para agarrar um marido. Ah, olá, Mark! Quer mais um suco de maçã? Que pena, Bridget não pôde trazer o namorado. Ele é um rapaz de sorte, não?" Tudo isso foi dito de forma muito agressiva, como se Una tivesse considerado uma ofensa pessoal o fato de Mark Darcy ter uma namorada que a) não era eu e b) não tinha sido apresentada por ela.

"Bridget, como é mesmo o nome dele? Daniel, não? Pam disse que ele é um daqueles editores superjovens."

"Daniel Cleaver?", perguntou Mark Darcy.

"Isso mesmo", concordei, empinando o queixo.

"É seu amigo, Mark?", perguntou Una.

"De jeito nenhum", negou ele.

"Ahh. Espero que esteja à altura da nossa pequena Bridget", insistiu Una, piscando para mim como se tudo aquilo fosse muito engraçado, e não horrível.

"Posso dizer com total confiança que ele não está", garantiu Mark.

"Ah, olha só, Audrey está chegando. Audrey!", chamou Una, sumindo antes de ouvir o que ele disse, graças a Deus.

"Você deve estar muito satisfeito", disse eu, furiosa, quando ela se afastou.

"O quê?", perguntou Mark, parecendo surpreso.

"Por favor, não diga 'o quê', Mark Darcy", murmurei.

"Você parece minha mãe", disse ele.

"Aparentemente você acha correto falar mal do namorado dos outros para os amigos dos pais deles quando não estão presentes só porque está com ciúmes", critiquei.

Ele ficou me olhando, como se estivesse pensando em outra coisa.

"Desculpe, estava tentando entender o que você disse. Será que eu...? Você está dando a entender que tenho ciúme de Daniel Cleaver? Com você?"

"Não, comigo não", disse eu, irritada, vendo que era isso que parecia que eu estava querendo dizer. "Apenas concluí que deve haver alguma razão para você ser tão crítico a respeito do meu namorado, além da pura maldade."

"Mark, querido", miou Natasha, atravessando com graça o gramado e se aproximando. Era tão alta e magra que não precisava usar salto, então conseguia andar na grama sem afundar, parecendo ter sido projetada para isso, como um camelo para o deserto. "Venha contar para sua mãe dos móveis de sala de jantar que vimos na Conran."

"Só quero que tome cuidado", disse ele calmamente. "E seria bom que sua mãe também tomasse", acrescentou, fazendo um gesto com a cabeça na direção de Julio enquanto Natasha o puxava.

Depois de mais quarenta e cinco minutos de horror, achei que podia ir embora sem parecer indelicada com Una. Dei a desculpa de que precisava trabalhar.

"Vocês, trabalhadoras! Tem uma coisa que não podem ficar adiando para sempre: tique-taque, tique-taque, tique-taque", avisou.

Antes de me acalmar o bastante para dirigir, tive de fumar um cigarro no carro. Quando peguei a estrada, o carro do meu pai passou pelo meu. No banco ao lado dele estava Penny Husbands-Bosworth, usando um corpete de renda vermelho e orelhas de coelhinha.

Quando cheguei em Londres estava me sentindo muito confusa. Tinha voltado mais cedo do que pensava, então decidi procurar um pouco de apoio em Daniel, em vez de ir direto para casa.

Parei em frente ao carro dele. Toquei a campainha, mas ninguém atendeu, então esperei um pouco e toquei de novo, caso ele estivesse no meio de uma boa jogada de críquete ou algo assim. Ninguém respondeu. Sabia que ele estava lá por causa do carro e porque tinha dito que ia ficar trabalhando e assistindo ao jogo na tevê. Olhei para a janela do apartamento e lá estava Daniel. Acenei e apontei a porta. Pensei que fosse apertar o botão para abrir, mas ele sumiu, então toquei a campainha outra vez. Algum tempo depois Daniel atendeu:

"Oi, Bridge. Estou numa ligação para os Estados Unidos. Posso encontrar você no bar daqui a dez minutos?"

"Certo", respondi animada, sem pensar, e fui andando

para a esquina. Quando dei uma olhada lá estava ele de novo, não ao telefone, mas me olhando pela janela.

Esperta como uma raposa, fingi que não vi e segui em frente, mas por dentro estava transtornada. Por que ele estava me olhando? Por que não respondeu logo à campainha? Por que não apertou o botão lá de cima e abriu a porta para eu entrar? De repente, a ideia me atingiu como um raio: ele estava com uma mulher.

Com o coração aos pulos, virei a esquina e, bem encostada na parede, olhei se ele ainda estava na janela. Não vi ninguém. Voltei rápido e fiquei escondida na entrada do prédio vizinho, observando entre as colunas se alguma mulher saía. Mas depois comecei a pensar: se sair uma mulher do prédio, como saber se estava no apartamento de Daniel, e não em outro? O que eu faria? Falaria com ela? Daria voz de prisão? Além do mais, ele podia muito bem dizer para a mulher ficar no apartamento enquanto ia me encontrar no bar.

Olhei meu relógio. Seis e meia. Ah! O bar ainda não estava aberto. Boa desculpa. Confiante, voltei para a porta do prédio e apertei a campainha.

"Bridget, você outra vez?", protestou.

"O bar ainda não abriu."

Houve um silêncio. Será que ouvi uma voz ao fundo? Negando a realidade, pensei que ele deveria estar apenas lavando dinheiro ou traficando drogas. Vai ver que tentava esconder sacolas plásticas cheias de cocaína debaixo das tábuas do assoalho, ajudado por um sul-americano esperto de rabo de cavalo.

"Me deixa eu entrar."

"Já disse, estou falando ao telefone."

"Me deixa entrar."

"Como?" Uma coisa era certa: ele estava tentando ganhar tempo.

"Daniel, aperte o botão", mandei.

Não é interessante como você consegue sentir a presença

de uma pessoa mesmo sem vê-la ou ouvi-la? Ah, *claro* que eu dei uma olhada nos armários quando subi a escada. Não tinha ninguém neles, mas eu sabia que havia uma mulher no apartamento. Talvez eu tivesse sentido um leve perfume... ou alguma coisa no comportamento dele. Não importava como, eu *sabia*. Ficamos de frente um para o outro, desconfiados, na sala de estar. Eu estava louca para começar a abrir e fechar todos os armários da casa, igual minha mãe, e ligar para o 1471 e perguntar se havia algum registro de ligação dos Estados Unidos.

"Que roupa é essa?", ele perguntou. Na confusão, esqueci que estava usando o vestido de Janine.

"De dama de honra", expliquei, impávida.

"Quer um drinque?", perguntou Daniel. Pensei rápido. Tinha de fazer com que ele fosse para a cozinha, assim eu poderia examinar todos os armários.

"Chá, por favor."

"Você está bem?"

"Estou ótima!", garanti. "Adorei a festa. Eu era a única pessoa fantasiada, por isso tive de colocar um vestido de dama de honra, Mark Darcy estava lá com Natasha, sua camisa é muito bonita..." Parei, ofegante, percebendo que estava agindo igual (atenção: *agindo* igual, e não *ficando* igual) à minha mãe.

Ele me olhou, depois foi para a cozinha. Aproveitei para atravessar a sala e olhar atrás do sofá e das cortinas.

"O que você está fazendo?"

Daniel estava na porta da cozinha.

"Nada. Achei que tinha esquecido uma saia atrás do sofá", expliquei, tirando as almofadas, enlouquecida, como se estivesse numa cena de pastelão.

Ele me olhou desconfiado e voltou para a cozinha.

Como concluí que não havia tempo para ligar para o 1471, olhei rapidamente o armário onde ele guarda o cobertor do sofá-cama — não tinha ninguém dentro —, depois abri a porta do armário do corredor, o que fez com que a tábua de passar caísse, além de uma caixa de LPs antigos que se espalharam pelo chão.

"O que você está fazendo?", perguntou outra vez, saindo da cozinha.

"Desculpe, a porta prendeu na minha manga", expliquei. "Estava indo ao banheiro."

Daniel ficou me olhando pasmo, como se eu fosse louca, então não consegui vistoriar o quarto naquele momento. Entrei no banheiro, tranquei a porta e comecei a revirar tudo. Não sabia exatamente o que estava procurando: fios de cabelo louro, lenços de papel com marcas de batom, escovas de cabelo que eu não conhecia — qualquer coisa seria uma pista. Nada. Então, abri a porta devagar, olhei para os dois lados, fui me esgueirando pelo corredor, empurrei a porta do quarto de Daniel e quase morri de susto. Tinha uma pessoa lá.

"Bridge." Era Daniel, empunhando um jeans como se quisesse se defender com ele. "O que está fazendo aqui?"

"Ouvi você vindo para cá e então pensei que quisesse me surpreender", eu disse, me aproximando de uma forma que seria muito sexy, não fosse meu vestido de florezinhas. Encostei a cabeça no peito dele e o abracei, tentando cheirar a camisa para sentir resquícios de perfume e dar uma boa olhada na cama, que estava desfeita, como sempre.

"Humm, você ainda está com aquela roupa de coelhinha por baixo?", perguntou, começando a abrir o zíper do vestido de dama de honra e me apertando de um jeito que deixava bem claro quais eram suas intenções. De repente, me ocorreu que aquilo podia ser um truque e que ele ia me seduzir enquanto a mulher escapava tranquilamente. "Ah, a água deve estar fervendo", disse Daniel de repente, fechando o zíper do meu vestido e me dando uma palmadinha de um jeito que não era o dele. Quando começa, ele costuma ir até o fim mesmo se houver um terremoto, maremoto ou se aparecer uma foto da ministra da Saúde nua na tevê.

"Ah, sim, é melhor fazer o chá", concordei, achando que isso me daria a chance de dar uma olhada no quarto e no escritório.

"Pode passar", disse Daniel, me empurrando para fora e fechando a porta de forma que eu fosse andando na frente dele até a cozinha. No meio do caminho, vi a porta que dava para o terraço, na cobertura.

"Vamos nos sentar na sala?", perguntou Daniel.

Ela estava lá, na porcaria do terraço. Quando olhei desconfiada para a porta, ele perguntou:

"O que houve?"

"Nada", respondi numa vozinha cantante, indo para a sala. "Só estou um pouco cansada da festa."

Me joguei no sofá parecendo muito à vontade e pensando se devia, mais rápido do que a luz, ir até o escritório, último local onde ela poderia estar, ou correr até o terraço. As outras opções eram o guarda-roupa do quarto e embaixo da cama. Nesses casos, se subíssemos para o terraço, ela poderia fugir. Mas, pensando bem, se fosse esse o caso Daniel já teria sugerido que fôssemos para o terraço.

Ele me trouxe uma xícara de chá e se sentou em frente ao seu laptop, que estava aberto e ligado. Então comecei a achar que talvez não existisse mulher nenhuma. Havia um texto na tela — talvez ele estivesse mesmo trabalhando e falando com alguém nos Estados Unidos. E eu, idiota, estava me comportando como uma doida.

"Tem certeza de que está tudo certo com você, Bridge?"

"Tudo ótimo. Por quê?"

"Bom, você aparece na minha casa sem avisar, vestida de coelha disfarçada de dama de honra e fuça todos os quartos. Se vai espionar alguma coisa, eu gostaria de saber o porquê, só isso."

Fiquei me sentindo uma completa idiota. Era a droga do Mark Darcy tentando atrapalhar meu relacionamento, me deixando desconfiada. Pobre Daniel, era tão injusto duvidar dele só por causa de um sujeito arrogante, mal-humorado, grande advogado de direitos humanos. Foi aí que ouvi alguma coisa sendo arrastada no terraço.

"Acho que estou com um pouco de calor", disse, prestando atenção em Daniel. "Vou subir e me sentar um pouco no terraço."

"Pelo amor de Deus, você não consegue parar quieta?", gritou, tentando impedir que eu passasse, mas fui mais rápida. Passei, abri a porta, subi as escadas correndo e abri a portinhola que dava para o terraço ensolarado.

Lá, estirada numa espreguiçadeira, estava uma loura longilínea e bronzeada, completamente nua. Fiquei paralisada, me sentindo um enorme pudim no vestido de dama de honra. A mulher levantou a cabeça, tirou os óculos de sol e se virou para mim, com um dos olhos fechados. Ouvi Daniel subindo as escadas.

Olhando para ele, a mulher disse, com sotaque americano: "Você não disse que ela era *magra*?".

AGOSTO

Desintegração

TERÇA-FEIRA, 1º DE AGOSTO

56,2 kg, 3 unidades alcoólicas, 40 cigarros (parei de tragar para poder fumar mais), 450 calorias (não estou comendo), 14 ligações para o 1471, 7 bilhetes de loteria instantânea.

5h Estou um caco. Meu namorado está transando com uma giganta bronzeada. Minha mãe está transando com um português. Jeremy está transando com uma vaca horrorosa, o príncipe Charles está transando com Camilla Parker-Bowles. Não sei mais no que acreditar nem onde me apoiar. Tenho vontade de ligar para Daniel, na esperança de que ele negue tudo, dê uma explicação plausível para aquela brutamontes desnuda no terraço — uma irmã mais jovem, uma vizinha que estava se recuperando de uma gripe, alguma coisa assim —, e assim tudo voltaria ao normal. Mas Tom grudou no meu telefone um papel que diz "Não ligue para Daniel ou vai se arrepender".

Eu devia ter ido para a casa de Tom, como ele sugeriu. Detesto ficar sozinha no meio da noite, fumando e choramingando como uma doida. Tenho medo de que Dan escute no andar de baixo e ligue para o hospício. Ai, Deus, o que tenho de errado? Por que nada dá certo? É porque estou muito gorda. Penso em ligar para Tom, mas liguei faz menos de uma hora. Não quero ir trabalhar.

Depois do encontro no terraço, eu não disse nada: empinei o nariz, passei por Daniel, desci a escada, entrei no carro e fui embora. Direto para a casa de Tom, que entornou vodca na minha garganta, depois acrescentou o suco de tomate e o molho inglês. Quando cheguei em casa, havia três recados de Daniel na secretária pedindo para eu ligar. Não liguei, seguindo o conselho do Tom, que garantiu: a única forma de ter sucesso com os homens é ser bem má com eles. Sempre achei essa atitude cínica e equivocada, mas fui legal com Daniel e olha o que aconteceu.

Ai, Deus, os passarinhos já estão cantando. Tenho de ir trabalhar daqui a três horas e meia. Não consigo. Socorro, socorro. De repente tive uma boa ideia: ligar para mamãe.

10h Mamãe foi *maravilhosa*. "Querida, claro que você não me acordou. Estou de saída para o estúdio. Não acredito que você está nesse estado por causa de um *homem* idiota. Eles são egoístas, sofrem de incontinência sexual e não servem para nada. É, isso *inclui* você, Julio. Agora pare de ficar assim, querida. Anime-se. Durma mais um pouco, depois vá trabalhar com uma cara ótima. Faça com que todo mundo, principalmente Daniel, saiba que você não quer mais nada com ele. Você de repente descobriu como a vida é *maravilhosa* sem aquele velho te controlando. Vai se sentir ótima."

"*Você* está bem, mãe?", perguntei, ao me lembrar de papai chegando na festa de Una acompanhado de Penny Husbands-Bosworth.

"Querida, você é um amor. Estou superocupada."

"Posso ajudar em alguma coisa?"

"Pode, sim", disse ela, animada. "Será que algum amigo seu tem o telefone de Lisa Leeson? Sabe quem é, a mulher do Nick Leeson, aquele investidor que deu um golpe no Banco Barings? Há dias estou louca atrás dela, é perfeita para aparecer no *De Repente Solteira*."

"Eu estava perguntando em relação ao papai, e não ao programa", expliquei.

"Seu pai? Não estou preocupada com ele. Não seja boba, querida."

"Mas ele estava... na festa com a sra. Husbands-Bosworth."

"Ah, eu sei, aquilo foi hilário. Parecia um idiota, querendo chamar minha atenção. Ela estava parecendo um hamster, ou algo assim. Mas tenho de ir, estou muito ocupada. Você acha que consegue o telefone de Lisa com alguém? Anote meu te-

lefone direto, querida. E não vamos mais ficar choramingando por bobagem."
"Ah, mãe, mas tenho de trabalhar com Daniel e..."
"Querida, você está enganada. Ele é que tem de trabalhar com você. Seja bem má, meu bem." (Ai, meu Deus, não sei com quem ela anda se metendo.) "Estive pensando: está na hora de você sair daquele trabalho sem graça, em que não é valorizada. Prepare-se para pedir demissão. Sim, querida... vou arrumar um trabalho para você na televisão."
Fui para o escritório parecendo uma Ivana Trump, de terninho e brilho nos lábios.

QUARTA-FEIRA, 2 DE AGOSTO

56,2 kg, 45 centímetros de coxa, 3 unidades alcoólicas (vinho da melhor qualidade), 7 cigarros (sem tragar), 1500 calorias (excelente), 0 chás, 3 cafés (preparados com grãos naturais, causando menos celulite), 4 unidades de cafeína.

Está tudo ótimo. Vou conseguir voltar aos 48 quilos e eliminar a celulite das coxas. Aí vai ficar tudo bem. Entrei num programa intensivo de desintoxicação — sem chá, sem café, sem álcool, sem farinha branca, sem leite e o que mais? Droga. Sem peixe, eu acho. Basta esfregar uma escova nas coxas durante cinco minutos pela manhã, depois tomar quinze minutos de banho de banheira com óleo anticelulite na água e massagear para desfazer a celulite como quem amassa pão, depois finalizar com mais massagem com mais óleo anticelulite.
Esta última parte do tratamento me intriga: será que o óleo penetra na celulite através da pele? Sendo assim, se eu passar óleo de bronzear na pele, a celulite fica bronzeada? E o sangue fica bronzeado? E o sistema linfático, tudo bronzeado? Argh. Mas... (Cigarros. Era essa a outra coisa. Sem cigarros. Muito bem. Agora é tarde. Amanhã não fumo.)

QUINTA-FEIRA, 3 DE AGOSTO

> 55,8 kg, 45 centímetros de coxas (honestamente: de que adianta?), 0 unidades alcoólicas, 25 cigarros (excelente, se considerar tudo o que passei), 445 pensamentos negativos por hora (aprox.), 0 pensamentos positivos.

Minha cabeça não está nada boa. Não suporto a ideia de Daniel ter outra mulher. Penso em mil coisas que os dois estão fazendo. Fiquei distraída dois dias com o plano de emagrecer e mudar de personalidade, mas depois tudo foi por água abaixo. Percebi que era apenas um jeito complicado de enganar a mim mesma. Estava achando que podia me *reinventar* em poucos dias e assim anular o impacto da dolorosa e humilhante infidelidade de Daniel, ocorrida numa encarnação anterior e que jamais se repetiria com meu novo ego melhorado. Infelizmente, agora vejo que o único motivo para me *reinventar*, combater a celulite e emagrecer era fazer com que Daniel percebesse seu erro. Tom já tinha me prevenido e dito que 90% das cirurgias plásticas são feitas por mulheres cujos maridos fugiram com outras mais jovens. Eu disse que a giganta do terraço não era tão mais jovem que eu, só mais alta, e Tom argumentou que não era esse o problema. Argh.

No escritório, Daniel continuou me mandando mensagens pelo computador, dizendo "Precisamos conversar" etc. Ignorei. Quanto mais ele mandava mensagens, mais iludida eu ficava, achando que minha *reinvenção* estava funcionando, ele tinha percebido seu tremendo erro, só agora via o quanto me amava, e a giganta do terraço já era.

Hoje, no fim do dia, Daniel correu atrás de mim quando eu estava indo embora. "Por favor, querida, precisamos conversar", pediu.

Como uma boba, fui tomar um drinque com ele no Savoy, deixei que me *amaciasse* com champanhe e com "Estou tão mal, sinto sua falta, blá-blá-blá". Aí, tive de admitir: "Eu também sinto a sua falta". De repente ele ficou sério e disse: "Na verdade, Suki e eu...".

"Suki? Vagabi é um nome que cai melhor", eu disse, achando que ele fosse dizer: "Somos como irmãos, primos, inimigos, um caso acabado".

Em vez disso, ele me olhou bem firme e disse: "Ah, é difícil explicar. É uma coisa muito especial".

Fiquei olhando para Daniel, surpresa com a mudança.

"Desculpe, amor", disse ele, pegando seu cartão de crédito e chamando o garçom, "mas vamos nos casar."

SEXTA-FEIRA, 4 DE AGOSTO

45 centímetros de coxa, 600 pensamentos negativos por minuto, 4 crises de pânico, 12 crises de choro (mas no banheiro, e me lembrei de levar o corretivo todas as vezes), 7 bilhetes de loteria instantânea.

Trabalho. Banheiro do terceiro andar É simplesmente... simplesmente... insuportável. Por que fui ter um caso com o chefe? Agora não consigo lidar com a situação. Daniel divulgou para todo mundo que está noivo da giganta. Representantes de vendas que eu nem conhecia me ligam para dar os parabéns e tenho de explicar que a noiva é outra. Fico lembrando como foi romântico o início do nosso relacionamento, cheio de mensagens secretas pelo computador e encontros no elevador. Ouvi Daniel falando ao telefone, combinando de ver Vagabi à noite e dizendo, sem graça: "Tudo bem... por enquanto".

Eu sabia que ele estava falando da minha reação, como se eu fosse uma secretária apaixonada ou coisa assim. Estou pensando seriamente em fazer uma plástica.

TERÇA-FEIRA, 8 DE AGOSTO

57 kg, 7 unidades alcoólicas (argh, argh), 29 cigarros (ops), 5 milhões de calorias, 0 pensamentos negativos, 0 pensamentos em geral.

Acabo de ligar para Jude. Contei um pouco do drama com Daniel e ela ficou horrorizada, declarou que era uma situação de emergência e disse que ia ligar para Sharon e marcar de nos encontrarmos às nove. Não podia ser antes porque tinha um compromisso com Richard, o Vil, que finalmente concordou em fazer terapia de casal com ela.

2h Nosssme diverti muito. Opa. Tropecei.

QUARTA-FEIRA, 9 DE AGOSTO

58 kg (mas por uma boa causa), 43 centímetros de coxa (ou é milagre, ou é um erro provocado pela ressaca), 0 unidades alcoólicas (o corpo continua absorvendo o que bebi ontem à noite), 0 cigarros (putz).

8h Argh. Depois da noite passada, fiquei num estado físico deplorável, mas bem animada. Jude chegou furiosa porque Richard, o Vil, não tinha ido à terapia de casal.

"Claro que a terapeuta ficou achando que ele era um namorado imaginário e eu, uma pessoa muito, muito triste."

"E o que você fez?", perguntei, solidária, afastando a ideia diabólica de que a terapeuta estava certa.

"Ela disse que eu tinha que falar de problemas não relacionados ao Richard."

"Mas todos os seus problemas são relacionados ao Richard", argumentou Sharon.

"Eu sei. Ela concluiu que tenho um problema com limites e me cobrou cinquenta e cinco libras."

"Por que ele não apareceu? Espero que aquele verme sádico tenha uma boa desculpa", praguejou Sharon.

"Disse que ficou preso no trabalho", explicou Jude. "Eu disse: 'Olha, você não tem o monopólio do medo de compromisso. Na verdade, eu tenho medo de compromisso. Se você não resolver o seu, vai acabar se envolvendo com o meu e aí será *tarde demais*'."

"Mas você *tem* medo de compromisso?", perguntei, surpresa, pensando que eu também devia ter.

"*Claro* que tenho", admitiu Jude, zangada. "É que ninguém vê porque está mascarado pelo medo do Richard. Na verdade, o meu é bem maior que o dele."

"É mesmo", concluiu Sharon. "Mas você não fica por aí com seu medo grudado na testa, como faz todo homem acima dos vinte hoje."

"Era isso que eu queria dizer", concordou Jude, tentando acender mais um Silk Cut, mas o isqueiro falhava toda vez."

"Todo mundo tem medo de compromisso", resmungou Sharon com uma voz gutural igualzinha à de Clint Eastwood. "É a cultura dos três minutos. Uma carência geral de atenção. É típico dos homens transformar isso num problema deles e numa desculpa para rejeitar as mulheres e fazer com que se sintam inteligentes e nós nos sintamos burras. Não passa de babaquice emocional."

"Cretinos!", gritei. "Vamos pedir mais um vinho?"

9h Droga. Mamãe acaba de ligar.

"Querida, adivinha o que aconteceu! O programa *Boa Tarde!* está precisando de uma produtora. Trata de assuntos da atualidade, é muito interessante. Falei de você com Richard Finch, o editor. Eu disse que você era formada em ciência política, querida. Não se preocupe, ele é muito ocupado para conferir. Quer conversar com você na segunda--feira."

Segunda-feira. Ai, meu Deus. Tenho só cinco dias para aprender tudo o que está acontecendo no mundo.

SÁBADO, 12 DE AGOSTO

58,5 kg (ainda por uma boa causa), 3 unidades alcoólicas (m. b.), 32 cigarros (m. m. ruim, principalmente porque era o dia em que ia parar), 1800 calorias (bom), 4 bilhetes de loteria instantânea (b.), 1,5 artigo sobre assuntos sérios lido, 22 ligações para o 1471 (tudo bem), 120 minutos de conversas imaginárias com Daniel (m. b.), 90 minutos pensando em Daniel implorando para eu voltar (excelente).

Certo. Estou decidida a ver as coisas de uma forma muito positiva. Vou mudar de vida: ficar bem informada sobre atualidades, parar de fumar e manter um bom relacionamento com um homem maduro.

8h30 Ainda não fumei nenhum cigarro. M. b.

8h35 Nenhum cigarro até agora. Excelente.

8h40 Será que tem alguma coisa interessante na caixa de correspondência?

8h45 Argh. Recebi só um odioso documento do Seguro Social exigindo o pagamento de 1452 libras. Como? Por quê? Não tenho 1452 libras. Ai, Deus, preciso de um cigarro para me acalmar. Não posso. Não posso.

8h47 Acabo de fumar. Mas o primeiro dia sem fumar só começa oficialmente depois que estou vestida. De repente começo a pensar em Peter, um ex-namorado com quem tive um relacionamento funcional durante sete anos, mas que rompi por razões que não lembro. De vez em quando — em geral quando não tem com quem sair num feriado — ele tenta voltar e diz que quer se casar comigo. Sem perceber direito o que está acontecendo, começo a achar que agora ele é a solução. Por que ficar infeliz e sozinha se Peter quer ficar comigo? Achei o telefone dele, liguei e deixei um recado na secretária eletrônica dizendo apenas para me ligar, em vez de contar sobre o plano de passarmos a vida inteira juntos etc.

13h15 Peter ainda não retornou a ligação. Não sou mais capaz de atrair homem algum, nem Peter.

16h45 A política de parar de fumar está arruinada. Peter ligou, finalmente. "Alô, Abelha." (Sempre nos chamamos de Abelha e Vespinha.) "Eu estava mesmo querendo falar com você. Tenho boas notícias: vou me casar."

Argh. Uma sensação desagradável na região do pâncreas. Nenhum ex-namorado deveria sair com outra mulher nem se casar, e sim continuar solteiro até o fim de seus dias para dar apoio moral.

"Abelha?", perguntou Vespinha. "Bzzzzz?"

"Desculpe", respondi, batendo com a cara na parede, meio tonta. "É que, hã, acabo de ver um acidente de carro pela janela."

Claro que aquilo era uma desculpa, mas Vespinha se entusiasmou e falou uns vinte minutos sobre o preço de toldos, depois disse:

"Tenho de desligar. Hoje à noite vamos preparar salsichas de cervo Delia Smith com frutas vermelhas e ver televisão."

Argh. Acabo de fumar um maço de Silk Cut num ato de autodestruição por desespero existencial. Espero que fiquem obesos e tenham de ser retirados do apartamento pela janela por um guindaste.

17h45 Estou tentando me concentrar para decorar os nomes dos integrantes do gabinete paralelo britânico e não entrar numa espiral de insegurança. Não conheço a futura mulher do Vespinha, mas imagino que seja uma giganta loura e alta, estilo terraço, que acorda às cinco horas, vai fazer ginástica, esfrega sal na pele, depois enfrenta o mercado financeiro internacional o dia inteiro sem borrar o rímel.

Percebi com grande humilhação que fiquei chateada com Peter porque eu terminei o namoro com ele e agora ele terminou comigo ao se casar com a sra. Brutamontes Giganta. Mergulho em pensamentos mórbidos e cínicos a respeito de como um fim de caso envolve ego e orgulho feridos, mais do que a perda em si. Cheguei à conclusão de que a princesa Sarah se sente muito segura porque o príncipe Andrew ainda quer voltar para ela (até resolver se casar com outra, hahaha).

18h45 Estava começando a assistir ao noticiário das seis, equilibrando o notebook no colo, quando minha mãe entrou no apartamento, carregada de sacolas.

"Bom, querida", disse, passando para a cozinha. "Trouxe uma sopa deliciosa e algumas lindas roupinhas minhas para você usar na segunda-feira!" Ela estava com um vestido verde-limão, casaco preto e sapatos de salto. Parecia Cilla Blach, do *Blind Date*. "Onde você guarda as conchas?", perguntou, abrindo e fechando os armários da cozinha. "Desculpe, querida, mas que bagunça! Dê uma olhada nas roupas enquanto eu esquento a sopa."

Apesar de não levar em consideração que a) estávamos no verão, b) fazia um calor infernal, c) eram seis e quinze, d) eu não queria sopa nenhuma, olhei o que tinha na primeira sacola: uma coisa plissada em tecido sintético amarelo-ovo com estampa floral.

"Err, mãe...", comecei a falar, mas tocou uma campainha dentro da sacola.

"Ah, deve ser o Julio. Aham, aham." Ela segurava o celular

com o ombro e dava uns pulinhos. "Aham, aham. Vista este, querida", sussurrou para mim. "Aham, aham. Aham."

Agora perdi o jornal na tevê, mamãe foi para uma noite de queijos e vinhos e me deixou parecendo uma perua num conjunto azul-petróleo com uma blusa verde e com os olhos pintados de sombra azul até as sobrancelhas.

"Não seja boba, querida", disse ela, ao sair. "Se não fizer *alguma* coisa em relação à aparência, jamais conseguirá um novo emprego, quanto mais um namorado!"

Meia-noite Depois que ela foi embora, liguei para Tom, que me levou para a festa de um amigo dele da escola de arte na Galeria Saatchi para ver se conseguia me fazer parar com aquela obsessão.

"Bridget", disse, nervoso, quando entramos no buraco branco repleto de jovens grunges. "Você sabe que não se ri de uma instalação artística, não é?"

"Eu sei, eu sei", respondi, mal-humorada. "Não vou fazer nenhuma piada sem graça."

Alguém que se chamava Gav disse "Oi": uns vinte e dois anos, gostoso, com uma camiseta apertada que mostrava uma barriga bem musculosa.

"Mas isso é muito, muito, *muito* maravilhoso", disse Gav. "É como uma utopia com uns ecos assim muito, muito, maravilhosos de, sei lá, identidades pátrias perdidas."

Agitado, ele nos conduziu pela enorme sala branca até um rolo de papel higiênico que tinha o papelão por fora do papel.

Os dois ficaram me olhando, esperando que eu dissesse alguma coisa. De repente, percebi que ia chorar. Tom agora estava salivando diante de uma barra de sabão em forma de pênis. Gav me olhava.

"Puxa, essa é uma reação muito, muito, *muito* forte", disse, enquanto eu tentava segurar as lágrimas.

"Vou ao banheiro", anunciei, passando por uma série de

sacolas cheias de rolos de papel higiênico. Encontrei a fila diante da cabine e fiquei lá, nervosa. De repente, quando já estava quase na minha vez de entrar, senti uma mão no meu braço. Era Daniel.

"Bridge, o que você está fazendo aqui?"

"O que você acha?", respondi, com raiva. "Desculpe, estou apertada." Entrei no cubículo e, quando ia começar a tirar a roupa, percebi que era uma imitação, de plástico. Daniel enfiou a cabeça na porta.

"Bridge, não faça xixi na instalação, tá?", ele disse, e fechou a porta.

Quando saí, Daniel tinha sumido. Não consegui enxergar Gav, Tom, ninguém. Acabei achando um banheiro de verdade, me sentei na privada e chorei, achando que não conseguia mais viver em sociedade, precisava me isolar até melhorar. Quando saí, Tom estava me esperando.

"Venha falar com Gav. Ele ficou muito interessado em você." Mas quando olhou para minha cara, Tom mudou de ideia. "Ah, droga, vou levar você para casa."

Não adianta. Quando alguém nos abandona, além da saudade, além de acabar aquele mundinho que os dois criaram juntos, além de tudo o que vemos ou fazemos nos lembrar dessa pessoa — o pior é pensar que fomos testados e no fim tudo o que sobrou da gente ganha o carimbo de REJEITADO por quem a gente ama. Como não ficar me sentindo um salgado velho de rodoviária?

"Gav gostou de você", disse Tom.

"Gav tem dez anos. E só gostou de mim porque achou que eu estava chorando por causa de um rolo de papel higiênico."

"De certa forma, você estava", disse Tom. "Maldito Daniel. Não me surpreenderia nem um pouco se esse idiota fosse o único responsável pelo conflito na Bósnia."

DOMINGO, 13 DE AGOSTO

Noite muito ruim. Para completar, estava folheando a revista *Tatler* numa tentativa de pegar no sono e vi a cara de Mark Bobo Darcy numa reportagem sobre os cinquenta solteiros mais cobiçados de Londres, que dizia como ele era rico e interessante. Eca. Fiquei ainda mais deprimida, não dá nem para descrever. Muito bem, agora vou parar de ficar com pena de mim mesma e passar a manhã lendo os jornais até decorar as notícias.

Meio-dia Rebecca acaba de ligar perguntando se "estou bem". Achando que ela estivesse se referindo a Daniel, respondi: "Olha, estou bem deprimida".

"Ah, coitada. É, encontrei com Peter na noite passada (Onde? O quê? Por que não fui convidada?) e ele contou que você está muito chateada por causa do casamento. Como ele disse, *é* difícil mesmo, as mulheres solteiras ficam desesperadas à medida que envelhecem."

Na hora do almoço, eu já não estava mais aguentando o domingo nem fingir que estava tudo bem. Liguei para Jude e contei do Vespinha, de Rebecca, da entrevista de trabalho, da minha mãe, do Daniel e do desespero geral, e combinei de encontrá-la no Jimmy Baez para tomar um bloody mary.

18h Por sorte, Jude estava lendo um livro muito interessante chamado *As deusas e a mulher*. Parece que diz que há certas fases da vida em que tudo dá errado e você não sabe o que fazer, é como se todas as portas à sua volta se fechassem tipo *Star Trek*. Mas é preciso ser heroica e se manter firme, sem mergulhar na bebida nem ficar com pena de si mesma, e então tudo acaba dando certo. Segundo o livro, todos os mitos gregos e muitos dos filmes de sucesso são sobre seres humanos enfrentando situações difíceis sem fraquejar e conseguindo superá-las.

O livro diz também que enfrentar fases difíceis é como entrar numa espiral, e a cada volta há um ponto mais sofrido e complicado. Aí está seu problema ou ponto fraco. Quando você está na parte mais estreita da espiral, volta rapidamente à mesma situação, pois os círculos são pequenos. À medida que vai descendo, passa por cada vez menos fases difíceis, mas é preciso voltar a elas, então, quando acontece, você não deve pensar que voltou à estaca zero.

O problema é que, agora que estou sóbria, não sei se faz muito sentido.

Mamãe ligou. Tentei explicar como é difícil ser mulher, tendo um prazo determinado para procriar, problema que não aflige os homens. Mas ela argumentou: "Ah, sinceramente, querida. Vocês hoje são tão insatisfeitas e românticas. O problema é que têm muitas escolhas na vida. Não digo que não amava seu pai, mas quando eu era jovem sempre nos diziam que, em vez de esperar grandes e arrebatadoras emoções, devíamos 'esperar pouco e perdoar muito'. E para ser sincera, querida, ter filhos não é lá essas coisas. Quer dizer, não vá ficar ofendida, não é nada pessoal, mas se fosse para começar de novo não sei se eu teria..."

Ai, Deus. Minha própria mãe preferiria que eu não tivesse nascido.

SEGUNDA-FEIRA, 14 DE AGOSTO

59,4 kg (ótimo — me transformei numa montanha de banha para a entrevista e estou com uma espinha), 0 unidades alcoólicas, muitos cigarros, 1575 calorias (mas vomitei, então aprox. 400).

Ai, Deus. Estou morta de medo da entrevista. Disse a Perpétua que ia ao ginecologista; sei que deveria ter dito que ia ao dentista, mas não se pode perder a chance de torturar a mulher mais mexeriqueira do mundo. Estou quase pronta, só falta acabar a maquiagem enquanto fico repassando na cabeça o que penso sobre Tony Blair. Ai, Deus, quem é mesmo o secretário de Defesa do gabinete paralelo? Merda, merda. É um sujeito de barba? Merda: o telefone tocou. Não acredito: uma terrível voz de adolescente com sotaque da região sul de Londres informa, enquanto toca uma musiquinha chata de fundo: "Alô, Bridget, estou ligando da parte de Richard Finch. Ele teve que ir a Blackpool esta manhã, por isso pediu para cancelar a entrevista". Remarcada para quarta-feira. Vou ter de fingir que tenho um problema ginecológico persistente. De todo jeito, vou tirar a manhã inteira de folga.

QUARTA-FEIRA, 16 DE AGOSTO

Noite horrível. Acordava banhada em suor, sem saber a diferença entre o Partido Unionista da Irlanda do Norte e o Partido Trabalhista Social-Democrata, e a qual dos dois pertencia Ian Paisley.

Em vez de ser levada à redação para encontrar o grande Richard Finch, me largaram suando na recepção durante quarenta minutos, pensando "Ai, Deus, quem é o ministro da Saúde?", até que Patchouli, a assistente dele, me chamou com uma vozinha enjoada. Ela estava de bermuda de lycra e tinha um piercing no nariz. Ficou pasma com meu vestido xadrez, como se, numa tentativa inútil de ser formal, eu estivesse usando um vestido de baile de seda até o pé no estilo Laura Ashley.

"Você sabe que Richard quer que participe da reunião de pauta, não?", murmurou ela enquanto andava, depressa, por um corredor, e eu ia atrás correndo. Abriu uma porta cor-de-rosa e entramos numa sala enorme, cheia de pilhas de roteiros, aparelhos de tevê pendurados no teto, gráficos pelas paredes e bicicletas encostadas nas mesas. No fundo da sala tinha uma mesa grande onde acontecia a reunião. Quando chegamos, todo mundo virou para nos olhar.

Um homem gordo, de meia-idade, com cabelo loiro encaracolado, camisa jeans e óculos de aro vermelho falava, agitado, na cabeceira da mesa.

"Entre, entre!", convidou, mostrando os punhos como um boxeador. "Estou pensando no ator Hugh Grant. Estou pensando na atriz Elizabeth Hurley. Estou pensando em como, dois meses depois, eles continuam juntos. Estou pensando em como é que ele vai explicar essa história. Isso mesmo! Como é que um homem que tem uma namorada como Elizabeth Hurley ganha uma chupada de uma prostituta em uma via pública e se safa? O que aconteceu com o ciúme?"

Eu não acreditava no que estava ouvindo. E o gabinete paralelo? E o processo de paz na Irlanda do Norte? Obviamente Richard Finch estava querendo saber como é que ele mesmo podia se explicar por ter dormido com uma prostituta. De repente, disse, olhando na minha direção:

"*Você* sabe?" A mesa inteira, cheia de jovens grunges, ficou me olhando. "Você deve ser a Bridget!", berrou, nervoso. "Como se explica que um homem com uma namorada linda tenha transado com uma prostituta, sido pego e se safado?"

Entrei em pânico. Deu um branco na minha cabeça.

"E?", perguntou. "Vamos, diga alguma coisa!"

"Bom, alguém deve ter engolido as provas."

Houve um silêncio de morte, e então Richard Finch começou a rir. O riso mais repelente que já ouvi na vida. Em seguida todos os jovens grunges começaram a rir também.

"Bridget Jones", disse Richard Finch, passando a mão nos olhos. "Seja bem-vinda ao *Boa Tarde!* Sente-se, querida", anunciou, dando uma piscadela.

TERÇA-FEIRA, 22 DE AGOSTO

58 kg, 4 unidades alcoólicas, 25 cigarros, 5 bilhetes de loteria instantânea.

Ainda não tive notícia do resultado da entrevista. Não sei o que fazer no próximo feriado nacional, já que não vou aguentar ficar sozinha em Londres. Sharon vai ao Festival de Edimburgo, Tom também, e muita gente da editora. Gostaria de ir, mas não sei se tenho dinheiro e receio que Daniel vá. E todo mundo vai ser mais bem-sucedido e vai estar se divertindo mais do que eu.

QUARTA-FEIRA, 23 DE AGOSTO

Vou para Edimburgo com certeza. Daniel vai ficar trabalhando em Londres, por isso não corro o risco de dar de cara com ele na Royal Mile. Vai ser bom sair da cidade, em vez de ficar aqui ansiosa à espera de uma resposta da entrevista de emprego.

QUINTA-FEIRA, 24 DE AGOSTO

Vou ficar em Londres. Sempre acho que vou me divertir no festival, mas acabo conseguindo assistir só aos espetáculos de mímica. Além disso, você arruma a mala com roupas de verão, acaba morrendo de frio nas ruas com piso de pedra e só vê ruínas, enquanto imagina que todo mundo deve estar numa festa ótima.

SEXTA-FEIRA, 25 DE AGOSTO

19h Vou para Edimburgo. Perpetua hoje me disse: "Bridget, acabo de me lembrar de uma coisa. Aluguei um apartamento em Edimburgo e adoraria se você fosse conosco". Que gentil da parte dela.

22h Acabo de ligar para Perpetua e dizer que não vou. É besteira, não posso gastar esse dinheiro.

SÁBADO, 26 DE AGOSTO

8h30 Certo, vou ficar em casa, descansar e ter um fim de semana saudável. Ótimo. Posso terminar de ler *The Famished Road*.

9h Ai, Deus, estou tão deprimida. Todo mundo foi para Edimburgo, menos eu.

9h15 Será que Perpetua já foi?

Meia-noite. Edimburgo Ai, Deus. Preciso assistir a alguma coisa amanhã. Perpetua acha que sou maluca. Passou a viagem de trem inteira com o celular no ouvido e berrando para as pessoas: "As entradas para o *Hamlet* com Arthur Smith estão completamente esgotadas, então podemos ir às cinco horas ao espetáculo dos irmãos Coen, mas aí vamos nos atrasar para ver Richard Herring. Então não devemos ver Jenny Eclair" — sério mesmo? — "para ver *Lanark*, depois tentamos entrar no Harry Hill ou vemos Bondages. E Julian Clary? Espera aí. Vou tentar ver se consigo lugar no Gilded Balloon. Não, o Harry Hill está lotado, e se não formos nos irmãos Coen?".

Combinei de me encontrar com eles no Plaisance porque queria ir ao Hotel George deixar um recado para Tom e dei de cara com Tina no bar. Não imaginava que o Plaisance fosse tão longe; quando cheguei, o espetáculo já havia começado e não tinha mais lugar. No fundo, achei ótimo e andei até o apartamento — ou melhor, fui me arrastando. Lá, fiz uma maravilhosa batata assada com recheio de frango ao curry e vi *Casualty*. Devia encontrar Perpetua às nove horas no salão. Às oito e meia eu já estava pronta, mas não sabia que não dava para fazer ligação externa, portanto não dava para chamar um táxi, então acabei chegando atrasada. Voltei para o bar do Hotel George para ver se encontrava Tina e perguntar onde estava Sharon.

Pedi um bloody mary e fiquei fazendo de conta que não me importava de ficar ali sozinha quando percebi uma confusão de flashes de fotógrafos e câmeras de tevê num canto. Quase dei um grito. Lá estava mamãe, vestida como se fosse a Marianne Faithful, pronta para entrevistar Alan Yentob.

"Agora, todo mundo quieto!", ela ordenou numa voz tipo Una Alconbury.

"Aaaaação!!! Escute, Alan", perguntou ela, parecendo muito emocionada, "você algum dia chegou a pensar em suicídio?"

Para ser sincera, a programação de tevê esta noite estava bem legal.

DOMINGO, 27 DE AGOSTO, EDIMBURGO

0 espetáculos vistos.

2h Não consigo dormir. Aposto que todo mundo está em alguma festa ótima.

3h Ouvi Perpetua chegando e dando sua opinião sobre os comediantes da escola alternativa: "São bobinhos, infantis, completamente sem graça". Acho que ela viajou.

5h Tem um homem no apartamento. Eu *sinto* que tem.

6h Ele está no quarto de Debby do marketing. Droga.

9h30 Acordei com Perpetua berrando: "Alguém quer assistir à palestra sobre poesia?". Houve um silêncio, depois ouvi Debby e o homem falando baixinho e ele indo para a cozinha. A voz de Perpetua ecoou furiosa: "O que você está fazendo aqui?!!! Eu disse que NÃO ERA PARA TRAZER NINGUÉM DE FORA!".

14h Nossa, dormi demais.

19h Trem de King's Cross Ai, Deus. Encontrei com Jude no Hotel George. Íamos a uma mesa de perguntas e respostas, mas tomamos alguns bloody mary e concluímos que isso não nos faria bem. Você fica supertensa tentando pensar em uma pergunta, depois levantando e abaixando a mão. Quando finalmente é chamada, faz a pergunta com o corpo meio inclinado para a frente e com uma voz esganiçada, depois se senta morrendo de vergonha, balançando a cabeça como um cachorro no banco traseiro de um carro enquanto dão uma resposta de vinte minutos, na qual você não tem o menor interesse. Para encurtar a história: quando percebemos, já eram cinco e meia e Perpetua chegou com o pessoal da editora.

"Ah, Bridget, que espetáculos você viu?", perguntou bem alto. Fez-se um grande silêncio.

"Eu estou indo agora...", comecei, muito segura, "... pegar o trem."

"Nenhum, não é?", ela sugeriu, ameaçadora. "Bom, você me deve setenta e cinco libras pelo quarto."

"Como?", gaguejei.

"Isso mesmo! Seriam cinquenta, mas acrescentei cinquenta por cento pela outra pessoa no quarto."

"Mas no meu quarto não tinha..."

"Ah, Bridget, não venha com essa, todo mundo sabe que você estava com um cara", disse ela. "Mas não se preocupe. Não é amor, é apenas Edimburgo. Vou dar um jeito de fazer com que Daniel fique sabendo e aprenda a lição."

SEGUNDA-FEIRA, 28 DE AGOSTO

59,8 kg (muita cerveja e batata recheada), 6 unidades alcoólicas, 20 cigarros, 2846 calorias.

Recebi um recado de mamãe na secretária eletrônica perguntando o que eu achava de ganhar um batedor elétrico no Natal e me lembrando de que este ano cai numa segunda-feira. Por isso, ela gostaria de saber se eu ia para casa na sexta à noite ou no sábado.
Um fato menos irritante: recebi um bilhete de Richard Finch, editor do *Boa Tarde!* me oferecendo um emprego, acho. Dizia assim:

Muito bem, querida. Você está no ar.

TERÇA-FEIRA, 29 DE AGOSTO

58 quilos, 0 unidades alcoólicas (m. b.), 3 cigarros (b.), 1456 calorias (alimentação saudável pré-emprego novo).

10h30 Trabalho Acabo de ligar para Patchouli, a assistente de Richard Finch, e soube que só devo começar a trabalhar na próxima semana. Não entendo nada de televisão, mas dane-se, estou num beco sem saída aqui na editora e é muito humilhante trabalhar com Daniel. É melhor eu ir contar a ele.

11h15 Não acredito. Daniel ficou me olhando, branco como um fantasma. "Você não pode fazer isso. Não imagina como as últimas semanas foram difíceis para mim." Então Perpetua entrou de repente (devia estar ouvindo do outro lado da porta).
"Daniel!", explodiu ela. "Seu egoísta, manipulador, chantagista emocional. Pelo amor de Deus, foi você que terminou com ela. Chega dessa merda."
Nesse momento percebi que até seria capaz de amar Perpetua — mas não de um jeito lésbico.

SETEMBRO

No poste dos Bombeiros

SEGUNDA-FEIRA, 4 DE SETEMBRO

57 kg, 0 unidades alcoólicas, 27 cigarros, 15 calorias, 145 minutos dizendo o que penso de Daniel em conversas imaginárias com ele (bom, melhorando).

8h Primeiro dia no novo emprego. Devo começar demonstrando muito interesse, calma e transmitindo confiança. E sem fumar. É sinal de fraqueza e destrói a autoridade da pessoa.

8h30 Mamãe acaba de ligar. Provavelmente para me desejar boa sorte no novo trabalho.
"Adivinha o que aconteceu, querida", começou ela.
"O quê?"
"Elaine convidou você para as bodas de rubi dela!", anunciou, fazendo uma pausa ofegante e ansiosa.
Deu um branco na minha cabeça. Elaine? Brian-e-Elaine? Colin-e-Elaine? Elaine-mulher-de-Gordon-que-foi-chefe-da--Tarmacadam-em-Kettering?
"Ela achou que seria ótimo ter alguns jovens para fazer companhia a Mark."
Ah, *Malcolm*-e-Elaine. Progenitores do superperfeito Mark Darcy.
"Parece que ele disse a Elaine que acha você muito interessante."
"Ah, não minta para mim!", reclamei. Mas gostei de saber.
"Bom, pelo menos acho que foi isso que Mark quis dizer, querida."
"Mas o que ele disse?", perguntei, desconfiada.
"Disse que você era muito..."
"Mãe..."
"Bom, a palavra exata que ele usou, querida, foi 'bizarra'. Mas é uma graça, não? Bizarra. Você pode perguntar direito para ele nas bodas."

"Não vou até Huntingdon para comemorar as bodas de rubi de um casal com quem falei uma vez na vida, durante oito segundos, quando tinha três anos, só para me jogar em um divorciado rico que me acha bizarra."

"Ah, não seja boba, querida."

"Tenho que ir agora", eu disse, inutilmente, porque como sempre mamãe começou a falar sem parar como se eu estivesse no corredor da morte e aquele fosse nosso último contato antes de me aplicarem uma injeção letal.

"Ele estava ganhando milhares de libras por hora. Tinha um relógio sobre a mesa, tique-taque, tique-taque, tique-taque. E já contei que vi Mavis Enderby na agência do correio?"

"Mamãe, hoje é meu primeiro dia de trabalho. Estou nervosa. Não quero ficar falando de Mavis Enderby."

"Ah, meu Deus do Céu, querida! Que roupa você vai usar?"

"A minissaia preta e uma camiseta."

"Ah, desse jeito você vai parecer uma mendiga maltrapilha. Use alguma coisa elegante, com cores vivas. Que tal aquele lindo conjuntinho cereja? Aliás, contei que Una está num cruzeiro pelo Nilo?"

Grrrrr. Fiquei me sentindo tão mal depois que ela desligou que fumei cinco cigarros, um atrás do outro. Não foi um bom começo de dia.

21h Estou na cama, exausta. Tinha esquecido como é horrível começar num emprego novo: ninguém conhece você, então sua personalidade passa a ser definida por qualquer comentário ou qualquer coisa um pouco diferente que diz. Não dá nem para retocar a maquiagem sem ter de perguntar onde fica o banheiro.

Cheguei atrasada, mas não por culpa minha. Foi impossível entrar no estúdio, porque eu não tinha crachá e quem tomava conta da portaria era aquele tipo de segurança que acha que o trabalho dele consiste em evitar que os funcionários entrem no prédio. Quando finalmente consegui chegar à recepção, não podia subir sem que alguém descesse para me buscar. A essa altura já eram nove e vinte e cinco, e a reunião era às nove e meia. Patchouli acabou aparecendo com dois enormes cães latindo. Um deles pulou em cima de mim e ficou lambendo minha cara, enquanto o outro enfiava a cabeça dentro da minha saia.

"São de Richard. Não são o máximo?", perguntou ela. "Vou levar os dois para o carro."

"Não vou me atrasar para a reunião?", perguntei, desesperada, tentando afastar a cabeça do cachorro do meio das minhas pernas. Ela me olhou de alto a baixo, como se dissesse "E daí?", e sumiu, levando os cachorros.

Quando entrei na redação, a reunião já tinha começado e todo mundo ficou me olhando, menos Richard, cujo corpo avantajado estava apertado num estranho paletó verde de lã.

"Entre, entre", disse, agitado, mostrando a mesa com as duas mãos. "Estou pensando na edição noturna. Estou pensando em padres corruptos. Estou pensando em atos sexuais dentro da igreja. Estou pensando em por que as mulheres se apaixonam por padres. Vamos lá, você não está sendo paga para ficar quieta. Tenha uma ideia."

"Por que você não entrevista Joanna Trollope?", perguntei.

Ele ficou me olhando sem entender. "É prostituta?", ele chutou.

"Joanna Trollope", completei. "A autora do livro *A mulher do pároco*, que apareceu na tevê. Ela deve entender do assunto."

Richard deu um sorriso satisfeito.

"Ótimo", disse, encarando os meus peitos. "Grande ideia. Alguém tem o telefone dela?"

Houve um longo silêncio.

"Bom, eu tenho", acabei dizendo, sentindo vibrações de ódio vindas dos jovens grunges.

Quando a reunião terminou, corri para me ajeitar no banheiro e lá encontrei Patchouli com uma amiga que usava um vestido que parecia pintado no corpo, com boa parte das costelas *e* a calcinha à mostra.

"Não é muito exagerado, é?", perguntou a amiga para Patchouli. "Você tinha de ver aquelas peruas de trinta e poucos anos quando entrei. Levaram um susto!"

Elas perceberam que eu estava ali e me olharam, surpresas, tapando a boca com as mãos.

"Não estávamos nos referindo a você", disseram.

Não sei se vou conseguir aguentar isso.

SÁBADO, 9 DE SETEMBRO

56,2 kg (a grande vantagem de um emprego novo é emagrecer, graças à tensão), 4 unidades alcoólicas, 10 cigarros, 1876 calorias, 24 minutos em conversas imaginárias com Daniel (excelente), 94 minutos em conversas imaginárias com mamãe nas quais meus argumentos têm efeito.

11h30 Por que, ai, por que fui dar a chave do meu apartamento para mamãe? Pela primeira vez em cinco semanas eu estava começando um fim de semana sem ter vontade de olhar para as paredes e chorar. Tinha trabalhado a semana inteira. Estava começando a achar que tudo ia dar certo, que eu não seria mais *necessariamente* devorada por um pastor-alemão. Foi nesse instante que ela entrou, carregando uma máquina de costura.

"O que você está fazendo, bobinha?", perguntou ela, com uma voz que parecia um trinado. Eu estava pesando cem gramas de cereal para o café da manhã, usando como contrapeso um tablete de chocolate (a balança é em onças, só que a tabela de calorias é em quilos). "Adivinha o que aconteceu, querida", disse ela, enquanto abria e fechava todos os armários.

"O quê?", eu disse, de meias e camisola, tentando tirar o rímel dos olhos.

"Malcolm e Elaine decidiram comemorar as bodas de rubi em Londres, no dia 23. Agora você pode ir e fazer companhia a Mark."

"Não quero fazer companhia a Mark", eu disse entredentes.

"Ah, mas ele é tão inteligente. Estudou em Cambridge. Parece que fez uma fortuna nos Estados Unidos..."

"Não vou."

"Escuta, querida, não vamos começar com isso", ela falou, como se eu tivesse treze anos. "Olha, Mark acabou de decorar a casa em Holland Park e vai fazer a festa para eles, com jantar e tudo mais. Que roupa você vai usar?"

"Você vai com Julio ou com papai?", perguntei, mudando de assunto.

"Ah, querida, não sei. Talvez com os dois", disse, com aquela vozinha sussurrante que guardava para os momentos em que achava que era Diana Doors.

"Você não pode fazer uma coisa dessas."

"Mas seu pai e eu continuamos amigos, querida. E sou apenas amiga de Julio também."

Não, não. Nããããoo. Odeio quando ela fica assim.

"Então vou dizer para Elaine que você gostaria muito de ir, tudo bem?", ela disse, pegando a inexplicável máquina de costura e saindo. "Preciso ir. Tchau!"

Não vou passar mais uma tarde borboleteando em volta de Mark Darcy como uma colher de purê de batata na frente de um bebê. Vou ter que sair do país ou alguma coisa assim.

20h Vou a um jantar. Todos os bem-casados voltaram a me convidar nos sábados à noite porque estou sozinha outra vez e me colocam sentada na mesa de frente para uma horrenda seleção de solteiros. Meus amigos são muito gentis e sou grata a eles, mas isso só enfatiza meu fracasso emocional e minha solidão — embora Magda continue dizendo que ser solteira é melhor do que ter um marido adúltero que sofre de incontinência sexual.

Meia-noite Ai, Deus. Todo mundo estava querendo confortar o homem disponível da vez (trinta e sete anos, mulher pediu o divórcio há pouco tempo, amostra: "Para ser sincero, acho que o ministro britânico Michael Howard está sendo injustiçado").

"Não sei do que você está reclamando", disse Jeremy, resistindo. "Os homens ficam mais atraentes quando envelhecem, o que não ocorre com as mulheres. Então, todas as garotas de vinte e dois anos que não olhariam para você quando tinha vinte e cinco vão cair matando agora."

Sentei e abaixei a cabeça, pensando furiosa na opinião deles sobre os prazos de validade das mulheres e sua visão da vida como uma dança das cadeiras em que as garotas de pé — isto é, sem homem — caem fora do jogo quando a música para — isto é, quando passam dos trinta. Argh. Até parece.

"Isso mesmo, eu concordo que é muito melhor namorar alguém mais jovem", comentei, distraída. "Homens de mais de trinta anos são *tão* chatos, com seus porres e sua paranoia de que toda mulher quer casar. Só me interesso *mesmo* por homens de vinte e poucos anos. Eles são tão melhores no... sabe?"

"É *mesmo*? Mas como você...?", perguntou Magda, curiosa.

"*Você* se interessa por eles?", interrompeu Jeremy, olhando para Magda. "O problema é saber se *eles* se interessam por você."

"Você vai me desculpar, mas meu atual namorado tem vinte e três anos", declarei, meiga.

Fez-se um silêncio pasmo.

"Bom, nesse caso, ele pode vir com você no próximo sábado", disse Alex, com um sorriso irônico.

Idiota. Onde é que vou achar um rapaz de vinte e três anos que queira jantar com bem-casados num sábado à noite, em vez de usar ecstasy?

SEXTA-FEIRA, 15 DE SETEMBRO

57 kg, 0 unidades alcoólicas, 4 cigarros (m. b.), 3222 calorias (graças aos fedorentos salgados de rodoviária); 210 minutos imaginando o que vou dizer quando pedir demissão do emprego novo.

Argh. Uma horrível reunião com o chefão tirano Richard Finch. "Muito bem. Banheiros da loja Harrods cobrando uma libra para os clientes fazerem xixi. Estou pensando em banheiros luxuosos. Estou pensando em um estúdio: Frank Skinner e Sir Richard Rogers sentados em cadeiras forradas de pele, com pequenos televisores acoplados no braço e papel higiênico plissado. Bridget, você fica com a reportagem sobre a Associação de Ajuda aos Jovens Desempregados de Clampdown. Estou pensando no Norte. Estou pensando na Associação e nos jovens sem nada para fazer aparecendo no programa ao vivo."

"Mas, mas...", interrompi.

"Patchouli!", berrou ele, então os cachorros que estavam embaixo da mesa acordaram e começaram a pular e latir.

"O que foi?", gritou Patchouli por cima da confusão. Ela estava de vestidinho de crochê com uma jaqueta de náilon laranja por cima e chapéu de palha. Era como se as coisas que eu usava quando adolescente fossem piada.

"Onde fica a sede da Associação de Jovens Desempregados?"

"Em Liverpool."

"Liverpool. Então, Bridget: ponha os jovens na frente da loja Boots no shopping e transmita ao vivo, às cinco e meia. Quero seis deles."

Quando eu estava saindo para tomar o trem rumo a Liverpool, Patchouli disse, distraída: "Ah, Bridget, tipo assim, não é Liverpool, o.k.? É Manchester".

16h15. Manchester 44 contatos com jovens da Associação, 0 jovens da Associação concordaram em ser entrevistados.

Trem das 19h. Manchester-Londres Argh. Às quinze para as cinco eu estava correndo histérica no meio de jardineiras de concreto perguntando: "Desculpe, você tem emprego? Esquece, valeu!".

"O que a gente faz, então?", perguntou o câmera, sem demonstrar qualquer preocupação. "Peraí", eu disse. Tive uma ideia e fui correndo até a esquina. Comecei a ouvir Richard falando no ponto na minha orelha: "Bridget, que diabo, já fez a Associação de Jovens?". Aí vi um caixa eletrônico na minha frente.

Às cinco e vinte, seis jovens que garantiam ser desempregados estavam enfileirados na frente da câmera, cada um com uma nota de vinte libras novinha no bolso, enquanto eu dava uns retoques para eles parecerem de classe média. Às cinco e meia, ouvi a música de abertura do programa e Richard berrando: "Desculpe, Manchester, mas sua entrevista não vai entrar".

"Hã...", comecei, olhando para aqueles seis rostos ansiosos. Claro que eles acharam que eu era uma maluca que fingia trabalhar na televisão. Pior ainda, como trabalhei sem parar a semana inteira e fui para Manchester, não pude tomar qualquer providência em relação ao jantar que tinha de ir com meu "namorado" no dia seguinte. De repente, bati o olho naqueles lindos pirralhos com o caixa eletrônico ao fundo e comecei a pensar em algo muito interessante.

Humm. Foi ótimo ter deixado de lado a ideia de levar algum deles para o jantar na casa de Cosmo. Seria desonesto, errado. Mas isso não resolve o problema. Acho que vou fumar um cigarro no vagão de fumantes.

19h30 Argh. O vagão de fumantes virou um horrível chiqueiro onde as pessoas se amontoam, humilhadas e ofendidas. Cheguei à conclusão de que hoje os fumantes não podem mais ter uma vida digna, são obrigados a ficar marginalizados. Não me surpreenderia se o vagão fosse discretamente desviado da linha e sumisse para sempre. Talvez as empresas ferroviárias privatizadas também criem seus vagões de fumantes e, quando o trem passar por uma cidade, os habitantes vão mostrar os punhos ou jogar pedras, contando histórias aterrorizantes para seus filhos sobre passageiros que soltam fumaça pelas ventas. Consegui ligar para Tom de um telefone que é um milagre-sobre-rodas (como funciona? Como? Não tem fio. Estranho. Talvez haja uma conexão elétrica através das rodas e dos trilhos) para reclamar da crise por causa do jantar com o rapaz inexistente de vinte e três anos.

"O que acha de Gav?", perguntou Tom.

"Gav?"

"É, aquele cara que você conheceu na Galeria Saatchi."

"Você acha que ele toparia?"

"Acho. Ele estava bem interessado em você."

"Estava nada. Para com isso."

"Estava sim. Para de ser complexada. Deixa comigo, eu resolvo."

Às vezes acho que, se não fosse Tom, eu sumiria sem deixar qualquer vestígio.

TERÇA-FEIRA, 19 DE SETEMBRO

56,2 kg (m. b.), 3 unidades alcoólicas (m. b.), 0 cigarros (fico com vergonha de fumar na frente de pirralhos saudáveis).

Droga, estou atrasada. Vou ter um encontro com um pirralho geração coca diet. Acabei descobrindo que Gav é uma pessoa ótima. Ele se comportou muito bem no jantar de Alex, no sábado, flertando com todas as mulheres casadas, me dando atenção e neutralizando as perguntas traiçoeiras sobre nosso "relacionamento" com a desenvoltura intelectual de um professor de Oxford. Fiquei tão grata* que, no táxi de volta para casa, não pude resistir aos ataques dele.** Mas consegui manter um pouco de compostura*** e não aceitei o convite para entrar no apartamento dele e tomar um café. Fiquei me sentindo culpada, achando que sou uma chata,**** então, quando Gav ligou e perguntou se eu gostaria de jantar na casa dele, aceitei, gentil.*****

   * com tesão
   ** apoiei minha mão no seu joelho
   *** entrei em pânico
   **** não parei de pensar: "Droga! Droga! Droga!"
   ***** mal pude esconder a empolgação

Meia-noite Sinto-me como a Abominável Mulher das Neves. Fazia tanto tempo que não saía com um homem que fiquei toda prosa, não resisti e contei para o motorista do táxi sobre meu "namorado": estava indo para a casa do meu "namorado", que tinha preparado um jantar para mim.

Mas, infelizmente, quando cheguei ao endereço que ele me deu — Malden Road, 4 —, tinha uma mercearia no lugar.

"Quer usar meu telefone, moça?", perguntou o motorista, com uma voz cansada.

Claro que eu não sabia o telefone do Gav, então tive de fingir que estava ligando e dizer que estava ocupado, depois liguei para Tom e tentei descobrir o endereço de Gav de forma que o motorista não ficasse pensando que a história do namorado era mentira. Acabou que o endereço era Malden Villas, 44. Eu não estava prestando atenção quando anotei. Fomos para lá, mas o papo entre mim e o motorista acabou. Ele devia estar achando que eu era uma prostituta ou coisa parecida.

Cheguei lá me sentindo bem menos segura. No começo,

foi tudo muito simpático e comportado — parecido com lanchar na casa de uma melhor amiga em potencial na época da escola. Gav tinha feito espaguete à bolonhesa. O problema foi quando acabou a agitação de preparar e servir o jantar e tudo se concentrou na conversa. Acabamos, não sei por quê, falando da princesa Diana.

"O casamento parecia um conto de fadas. Lembro que fiquei sentada no muro do lado de fora da catedral de Saint Paul. E você, onde estava?", perguntei.

Gav ficou meio sem graça. "Bom, eu só tinha seis anos na época."

De todo jeito, continuamos a conversa até que Gav, na maior excitação (essa é, aliás, uma das melhores coisas de sair com rapazes de vinte e dois anos), começou a me beijar ao mesmo tempo que tentava tirar minha roupa. Ele acabou conseguindo enfiar a mão na minha barriga, e aí constatou algo muito humilhante para mim: "Humm. Você é toda fofa".

Depois dessa, não consegui continuar. Ai, Deus. Não é fácil. Estou muito velha e vou ter que desistir, dar aula de religião numa escola de moças e ir morar com a professora de hóquei.

SÁBADO, 23 DE SETEMBRO

57 kg, 0 unidades alcoólicas, 0 cigarros (m. m. b.), 14 rascunhos de respostas ao convite de Mark Darcy (pelo menos parei com as conversas imaginárias com Daniel).

10h Certo. Vou responder ao convite de Mark Darcy e dizer com todas as letras que não posso comparecer. Não tenho obrigação de ir. Não sou amiga próxima nem parente, e perderia dois programas na tevê: *Blind Date* e *Casualty*.

Ai, Deus. É um daqueles convites esquisitos, escritos na terceira pessoa, como se o anfitrião fosse fino demais para dizer diretamente que vai dar uma festa. Achei que tinha de responder no mesmo estilo vago, como se eu fosse uma pessoa imaginária contratada por mim mesma para responder aos convites de pessoas imaginárias contratadas por amigos para escrever convites. O que escrever?

Bridget Jones lastima não poder comparecer...

A srta. Bridget Jones lamenta não poder comparecer...

A srta. Bridget Jones lamenta profundamente comunicar que...

Lastimamos muito informar que a srta. Bridget Jones está com muitos compromissos e não pode aceitar o gentil convite do sr. Mark Darcy e, portanto, com toda a certeza, não tem condições de atender ao amável convite do sr. Mark Darcy...

Ah! Telefone.

Era papai.

"Bridget, meu bem, você vai àquela terrível comemoração do próximo sábado, não?"

"Você está se referindo às bodas de rubi dos Darcy?"

"O que mais poderia ser? É a única coisa que consegue fazer sua mãe mudar de assunto e parar de falar sobre quem vai ficar com o armário e a mesa de café de mogno depois que ela conseguiu a entrevista com Lisa Leeson no começo de agosto."

"Eu gostaria muito de não ir", comentei.

Houve um silêncio.

"Papai?"

Ouvi um soluço abafado. Ele estava chorando. Acho que está à beira de um ataque de nervos. Pensei: se eu fosse casada

com mamãe há trinta e nove anos, teria um ataque de nervos mesmo que ela não fugisse com um guia turístico português.
"O que houve?"
"Ah, é só que... Desculpe. É que... eu também gostaria de não ir."
"Então por que vai? Vamos ao cinema!"
"É que..." Ele começou a chorar de novo. "Só de pensar em sua mãe acompanhada daquele cafajeste engomadinho e perfumado, com todos os meus amigos e colegas que há quarenta anos nos veem como casal, mas que agora me consideram carta fora do baralho..."
"Eles não vão..."
"Ah, vão sim. Por isso resolvi ir, Bridget. Faço uma cara alegre, levanto a cabeça e... mas..."
Soluços.
"O que foi?"
"Preciso de apoio moral."

11h30

A srta. Bridget Jones tem a grata satisfação de...

Bridget Jones agradece a Mark Darcy por...

É com grande prazer que a srta. Bridget Jones aceita...

Ah, pelo amor de Deus.

Caro Mark,
Obrigada pelo convite para as bodas de rubi de Malcolm e Elaine. Terei prazer em comparecer.
Cordialmente,
Bridget Jones

Humm.

Cordialmente,
Bridget

ou apenas

Bridget

Bridget (Jones)

Certo. Vou revisar, passar a limpo e mandar.

TERÇA-FEIRA, 26 DE SETEMBRO

56,7 kg, 0 unidades alcoólicas, 0 cigarros, 1256 calorias, 0 bilhetes de loteria instantânea, 0 pensamentos obsessivos sobre Daniel, 0 pensamentos negativos. Virei uma santa.

É ótimo quando você só fica pensando na carreira em vez de se preocupar com coisas sem importância como homens e relacionamentos. O *Boa Tarde!* vai muito bem. Acho que levo jeito para programas populares de televisão. E a melhor novidade é que vou fazer um teste de vídeo.

Richard Finch teve essa ideia no fim da semana passada: queria um especial ao vivo com os repórteres em serviços de emergência na cidade inteira. Ele não teve muita sorte a princípio. Circulava na redação o boato de que todo pronto-socorro e toda delegacia da região tinha desligado na cara de Richard. Quando cheguei hoje de manhã, ele me agarrou pelos ombros e berrou: "Bridget! Chegou à hora! Incêndio. Quero você ao vivo. Estou pensando numa minissaia. Estou pensando num capacete de bombeiro. Estou pensando em você segurando a mangueira".

A partir daí foi um caos: as notícias do dia foram deixadas de lado e todo mundo foi para os telefones verificar como seriam feitos os links, quais as torres de transmissão etc. A reportagem só vai ao ar amanhã e tenho de estar no Corpo de Bombeiros de Lewisham às onze. Vou ligar para todo mundo hoje à noite pedindo para me ver. Estou louca para avisar mamãe.

QUARTA-FEIRA, 27 DE SETEMBRO

55,8 kg (encolhi de vergonha), 3 unidades alcoólicas, 0 cigarros (é proibido fumar no Corpo de Bombeiros), depois 12 em uma hora, 1584 calorias (m. b.).

9h Nunca me senti tão humilhada. Passei o dia ensaiando e preparando tudo. O plano era: quando a câmera mostrasse o Corpo de Bombeiros de Lewisham, eu deveria escorregar pelo poste e começar a entrevistar um bombeiro. À tarde, quando entramos no ar, eu estava empoleirada no alto do poste, pronta para descer. Richard gritou no meu ponto: "Vai, vai!". Comecei a escorregar, e ele continuou: "Vai, vai, Newcastle! Bridget, continue aguardando em Lewisham. Você entra em trinta segundos!".

Eu já tinha escorregado um pouco e pensei em descer tudo e depois subir pela escada. Em vez disso, tentei voltar pelo próprio poste. De repente ouvi um grito no meu ouvido. "Bridget! Estamos no ar. O que você está fazendo? Era para descer pelo poste, e não subir. Vai, vai, vai."

Apavorada, dei um sorriso sem graça para a câmera e desci, aterrissando, como combinado, ao lado do bombeiro que deveria entrevistar.

"Lewisham, o tempo está esgotado. Anda, anda, Bridget", gritou Richard no meu ouvido.

"E agora voltamos aos nossos estúdios", informei. E fim.

QUINTA-FEIRA, 28 DE SETEMBRO

56,2 kg, 2 unidades alcoólicas (m. b.), 11 cigarros (b.), 1850 calorias, 0 convites para trabalhar no Corpo de Bombeiros ou em qualquer tevê concorrente (não é de surpreender).

🙉 Caí em desgraça e virei motivo de piada. Richard Finch me humilhou na frente de toda a equipe, usando termos como "incompetente" e "grande idiota" a torto e a direito.

Mas a frase "E agora voltamos aos nossos estúdios" virou uma espécie de piada interna. Quando uma pessoa pergunta alguma coisa que a outra não sabe responder, ela diz "Hã... E agora voltamos aos nossos estúdios" e cai na gargalhada. É engraçado, mas depois do que aconteceu os jovens grunges ficaram mais simpáticos comigo. (Até) Patchouli se aproximou de mim e aconselhou: "Olha, não liga muito para o Richard, tá? Ele gosta de mostrar poder, sabe como é? Aquele poste foi uma coisa diferente e interessante. Mas, sabe, agora voltamos aos nossos estúdios, tá?".

Sempre que passa por mim, Richard Finch me ignora ou então balança a cabeça, incrédulo. Não me deram nada para fazer o dia inteiro.

Ai, Deus, estou tão deprimida. Achei que tivesse encontrado uma coisa que gostava de fazer, mas está tudo acabado. Para completar ainda tem a terrível festa no sábado e não tenho roupa. Não sirvo para nada. Nem para arrumar um homem. Nem para a vida social. Nem profissional. Nada.

OUTUBRO

Encontro com Darcy

DOMINGO, 1º DE OUTUBRO

55,8 kg, 17 cigarros, 0 unidades alcoólicas (m. b., ainda mais porque estava numa festa).

4h Incrível. Esta foi uma das noites mais incríveis da minha vida.

Na sexta-feira, Jude veio me visitar porque eu estava deprimida. Disse para eu ser mais positiva e me emprestou um maravilhoso vestido preto para a festa. Fiquei preocupada porque podia sujar, mas Jude disse que tinha muito dinheiro e muitas roupas, porque tinha um bom emprego, e que não se importava com o que pudesse acontecer com o vestido — portanto, eu podia ficar tranquila. Adoro Jude. As garotas são muito mais legais que os homens (com exceção de Tom, mas ele é gay, então não conta). Resolvi comprar um acessório para o maravilhoso vestido (uma meia-calça de lycra que custou 6,95 libras) e usar o sapato de camurça (limpei os restos de purê grudados nele).

Levei um susto quando cheguei à casa de Mark Darcy: não era uma simples casa branca com terraço na Portland Road ou similar, como eu imaginava, mas uma enorme casa estilo bolo de noiva, do outro lado do Holland Park (onde dizem que mora o teatrólogo Harold Pinter), cercada de jardins.

Sem dúvida, ele caprichou na festa para os pais. Todas as árvores estavam iluminadas com lâmpadas vermelhas e guirlandas de corações vermelhos (lindo, lindo), e havia um caminho coberto com toldo vermelho e branco até a entrada da casa.

Quando chegamos à porta, as coisas ficaram ainda mais requintadas: uma equipe de recepção nos serviu champanhe e guardou os presentes (comprei um CD com as músicas românticas de Perry Como do ano em que Malcolm e Elaine se casaram, mais um difusor de aromas elétrico da Body Shop para ela, que durante o jantar de Ano-Novo perguntou onde eu tinha comprado o meu). Depois os convidados eram conduzidos até uma escadaria de madeira curva com degraus iluminados por velas em forma de coração. No andar de baixo havia um amplo salão de tacos de madeira escura e uma estufa que abria para o jardim. Tudo era iluminado por velas. Papai e eu ficamos parados olhando, sem conseguir falar.

Em vez dos mesmos aperitivos de sempre que costumam ser servidos nos coquetéis da geração dos meus pais — pratos de vidro com diversos tipos de pepino em conserva, ou palitinhos de queijo, abacaxi e uvas —, havia enormes bandejas de prata com camarões gigantes, tortinhas de tomate, mozarela e frango. Os convidados pareciam não acreditar que estavam ali, felicíssimos. Mas Una Alconbury estava com cara de quem acabou de chupar um limão. Quando papai a viu, concluiu:

"Ah, querida, não tenho certeza se mamãe e Una vão gostar desta festa."

"Um pouco exagerado, não?", perguntou Una, ajeitando a estola nos ombros, meio mal-humorada. "Acaba ficando vulgar."

"Isso não é verdade, Una. A festa está maravilhosa", disse meu pai, se servindo do décimo nono canapé.

"Humm, concordo", eu disse, com a boca cheia de torta e com minha taça de champanhe sendo completada pelo garçom sem eu nem perceber. "Está ótima." Eu estava eufórica. Ninguém nem tinha perguntado por que eu ainda não havia me casado.

"Humpf", gemeu Una.

Mamãe estava olhando para nós.

"Bridget, já falou com Mark?", ela perguntou, bem alto.

De repente lembrei que as duas deviam estar perto de fazer bodas de rubi. Conheço mamãe, por isso é pouco provável que um pequeno detalhe como largar o marido para ficar com um guia turístico vá atrapalhar as comemorações. Ela também não vai deixar que Elaine Darcy faça uma festa melhor — mesmo que o custo seja um casamento de conveniência para a filha indefesa.

"Aguente firme, meu bem", disse papai, apertando meu braço.

"Que casa linda. Você não tem uma estola bonita para colocar sobre os ombros, Bridget? Seu pai está com caspa?", constatou mamãe, batendo nas costas dele. "Escute, querida: *por que* ainda não falou com Mark?"

"Bom, eu...", resmunguei.

"O que você acha da decoração, Pam?", sussurrou Una.

"Exagerada", respondeu mamãe, baixinho, fazendo um movimento com os lábios que mostrava certo desprezo.

"Exatamente o que achei", concordou Una, feliz. "Não foi, Colin? Exagerada."

Dei uma olhada em volta e quase morri de susto. Mark Darcy estava a dez passos, olhando para nós. Devia ter ouvido tudo. Abri a boca para dizer alguma coisa — não sei bem o quê — e melhorar a situação, mas ele se afastou.

O jantar foi servido na sala de estar do térreo. Encontrei Mark Darcy enquanto subíamos as escadas.

"Olá", cumprimentei, tentando amenizar a grosseria de mamãe. Ele deu uma olhada em volta, sem me notar.

"Olá", repeti, dando uma leve cutucada nele.

"Ah, olá. Desculpe, não tinha visto você", explicou.

"A festa está ótima. Obrigada por me convidar", agradeci.

Ele ficou me olhando. "Ah, não fui eu, foi minha mãe que convidou", disse. "Agora preciso, hum, cuidar de colocar as pessoas nas mesas. Gostei muito da sua reportagem sobre o Corpo de Bombeiros de Lewisham", completou, subindo as escadas, passando entre os convidados e se desculpando enquanto eu ficava ali, sem saber o que fazer. Argh.

Quando Mark chegou ao alto da escada, Natasha surgiu num incrível vestido de cetim dourado, se dependurou no braço dele e, sem querer, bateu numa das velas, que espirrou cera vermelha na barra de sua roupa.

"Merda", reclamou. "Merda."

Os dois sumiram, mas dava para ouvir a voz dela reclamando.

"Eu avisei. Foi ridículo passar a tarde inteira colocando velas em lugares onde as pessoas podiam tropeçar. Teria sido melhor usar seu tempo verificando o lugar dos convidados nas mesas."

Por incrível que pareça, as pessoas estavam muito bem colocadas. O lugar de mamãe não era perto de papai nem de Julio, mas de Brian Enderby, para quem ela sempre gostou de jogar charme. Julio estava ao lado da elegante tia cinquentona de Mark, que exultou de felicidade. Papai ficou azul de alegria por ter sido colocado ao lado de uma linda oriental. Eu estava toda animada. Quem sabe ficava sentada entre dois belos amigos de Mark Darcy, grandes advogados, ou mesmo americanos nascidos na tradicional Boston? Mas, quando fui procurar meu nome no mapinha, ouvi uma voz conhecida dizendo à minha direita:

"Então, como vai minha Bridgetzinha? Sou um homem de sorte: me colocaram ao seu lado na mesa. Una me contou que você terminou o namoro. Nossa! Quando é que vamos conseguir casar você?"

"Espero que, quando conseguirem, eu celebre a cerimônia religiosa", disse uma voz à minha esquerda. "Eu poderia usar um paramento novo. De seda creme, hum... Ou talvez uma linda batina fechada com trinta e nove botõezinhos da Gamirellis."

Mark teve o cuidado de me colocar entre Geoffrey Alconbury e o padre gay.

Mas, depois de bebermos um pouco, a conversa ficou bem animada. Perguntei ao padre o que ele achava do milagre das imagens indianas do deus-elefante Ganesh que bebiam leite.

Ele respondeu que as autoridades eclesiásticas achavam que o milagre na imagem de barro era causado pelo calor de um verão muito quente alternado com dias frios.

Quando o jantar terminou e as pessoas começaram a descer para dançar no andar de baixo, fiquei pensando no que o padre disse. Curiosa, e temendo ser obrigada a dançar twist com Geoffrey Alconbury, pedi licença e discretamente peguei uma colher de chá e um potinho de leite da mesa e entrei no quarto onde os presentes estavam expostos, comprovando o que Una tinha dito sobre tudo ser meio exagerado.

Levei algum tempo para conseguir achar meu difusor de aromas elétrico, que tinha sido colocado num canto, então derramei um pouco de leite na colher e pus no lugar onde fica a essência. Incrível. O queimador estava bebendo o leite. Dava para vê-lo sumindo.

"Meu Deus, é um milagre!", gritei, sem imaginar que, exatamente nessa hora, Mark Darcy estava passando.

"O que está fazendo?", perguntou ele, da porta.

Eu não sabia o que dizer. Claro que tinha achado que eu estava querendo roubar algum presente.

"Hein?", ele insistiu.

"O difusor que dei para sua mãe está bebendo o leite", murmurei, incrédula.

"Ah, não seja boba", disse, rindo.

"*Está*", respondi, indignada. "Olhe."

Coloquei mais um pouco de leite na colher, derramei no difusor e ele foi sumindo.

"Está vendo? É um milagre", constatei, orgulhosa.

Ele ficou muito intrigado, tenho certeza. "Você tem razão, é um milagre", Mark disse, devagar.

Nesse instante, Natasha apareceu na porta e, ao me ver, cumprimentou: "Olá. Hoje não está de coelhinha?". Ela deu uma risadinha para fazer de conta que seu comentário venenoso era uma piada divertida.

"É que nós, coelhinhas, usamos isso no inverno para nos aquecer", expliquei.

"John Rocha?", ela perguntou, olhando para o vestido de Jude que eu estava usando. "Da coleção do outono passado, não? Reconheci a bainha."

Fiquei pensando em alguma coisa bem esperta e sarcástica para dizer, mas infelizmente não consegui achar nada. Depois de uma pequena pausa, comentei: "Bom, vocês devem estar loucos para circular pela festa. Gostei de rever vocês. Tchau!".

Eu precisava ir para o jardim tomar um pouco de ar fresco e fumar um cigarro. Estava uma noite linda, quente e estrelada, com a lua iluminando todos os canteiros de azaleias. Na verdade, não gosto muito dessa flor, ela me lembra das casas de campo vitorianas do norte da Inglaterra dos livros de D. H. Lawrence, onde as pessoas se afogam em lagos. Desci a escada para a parte inferior do jardim. Dentro da casa, tocavam valsas vienenses com tanto entusiasmo que parecia que o mundo ia acabar. De repente ouvi um barulho ali perto e vi a silhueta de um corpo nas janelas envidraçadas. Era um rapaz jovem e atraente do tipo que estuda em colégio particular.

"Oi", ele disse. Acendeu um cigarro, meio desajeitado, e desceu a escada até onde eu estava. "Quer dançar? Ah, desculpe, não me apresentei." O rapaz estendeu a mão como se estivéssemos no primeiro dia de aula da Universidade de Eton e ele fosse um ex-reitor que tinha esquecido as boas maneiras. "Meu nome é Simon Dalrymple."

"Bridget Jones", retribuí, estendendo a mão e me sentindo um membro do Ministério da Guerra.

"Oi. Legal te conhecer. Então, vamos dançar?", disse, parecendo o rapaz de colégio particular outra vez.

"Bom, não sei", eu disse, querendo escapar e dando sem querer uma risada que parecia de uma prostituta barata.

"Pode ser aqui mesmo. Só um pouquinho."

Hesitei. A ideia me agradava, para dizer a verdade. O convite, depois de eu ter realizado um milagre diante de Mark Darcy — aquilo estava começando a me subir à cabeça.

"Por favor", insistiu Simon. "Nunca dancei com uma mulher mais velha. Ah, desculpe, não quis...", ele tentou explicar, ao ver minha cara. "Quero dizer com alguém que já saiu do colégio", Simon completou, olhando para minha mão com olhos apaixonados. "Você se incomoda? Eu ficaria muito, muito grato."

Claro que Simon Dalrymple sabia dança de salão desde que nascera, por isso me guiava com perfeição. O problema era que ele parecia estar... Bem, para ir direto ao assunto, com a maior ereção que já tive a sorte de ver na vida, e dançávamos tão juntos que não dava para confundir aquilo com um estojo.

"Agora é minha vez, Simon", disse uma voz.

Era Mark Darcy.

"Ande, volte para dentro. A essa hora você devia estar na cama."

Simon ficou completamente arrasado. Enrubesceu e foi embora, correndo.

"Dançamos?", perguntou Mark, estendendo a mão.

"Não", respondi, furiosa.

"O que houve?"

"Humm", eu disse, tentando achar uma desculpa para estar tão irritada. "Foi horrível você fazer isso com o garoto, se impondo e o humilhando numa idade em que os meninos são tão vulneráveis." Quando percebi a cara surpresa dele, recuei. "Mas gostei de ter sido convidada para a festa. Obrigada, está maravilhosa."

"É, acho que você já disse isso", disse, piscando muito. Ele parecia agitado e magoado. "Eu..." Mark parou e começou a andar pelo pátio, suspirando e passando a mão pela cabeça. "Você... tem lido algum livro bom?"

Inacreditável.

"Se você me fizer essa pergunta mais uma vez, corto minha cabeça. Por que não pergunta outra coisa? Mude de assunto. Pergunte se tenho algum hobby, o que acho da moeda única europeia, ou se tive alguma experiência estranha com camisinhas."

"Eu...", começou ele outra vez.

"Ou pergunte com qual desses eu preferia transar: Douglas Hurd, Michael Howard ou Jim Davidson. Na verdade, não teria a menor dúvida: Douglas Hurd."

"Douglas Hurd?", repetiu Mark.

"Hummm. Isso mesmo, faz um tipo bem certinho, mas é interessante."

"Hã", disse Mark, como se estivesse refletindo sobre o que eu disse. "Ele tem uma mulher muito atraente e inteligente. Deve ter algum charme oculto."

"Qual, por exemplo?", perguntei, ingênua, esperando que ele dissesse algo a respeito de sexo.

"Bom..."

"Ele deve ser bom de cama", completei.

"Ou um ceramista muito talentoso."

"Ou um ótimo aromaterapeuta."

"Você aceita jantar comigo, Bridget?", perguntou de repente, bravo, como se fosse me sentar numa mesa em algum lugar e me passar um sermão.

Parei e fiquei olhando para Mark. "Foi minha mãe quem sugeriu?", perguntei, desconfiada.

"Não, eu..."

"Foi Una Alconbury?"

"Não, não..."

De repente, entendi quem podia ser. "Foi a *sua* mãe, não?"

"Bom, minha mãe..."

"Não quero ser convidada para jantar só porque sua mãe pediu. E sobre o que conversaríamos? Você ia ficar me pergun-

tando se eu tenho lido algum livro bom e eu teria de dar alguma desculpa esfarrapada e..."
Ele me olhou, sem graça. "É que Una Alconbury me disse que você era uma leitora voraz."
"Ah, foi?", perguntei, satisfeita. "O que mais ela disse?"
"Bom, que você é uma feminista radical e tem uma vida muito interessante..."
"Aaah", concordei.
"... sai com milhares de homens."
"Hum."
"Soube do caso com Daniel. Sinto muito."
"Acho que você até tentou me prevenir. O que tem contra ele?"
"Ele dormiu com minha mulher", disse Mark. "Duas semanas depois que nos casamos."
Fiquei olhando para ele, completamente sem graça, até que uma voz lá em cima gritou: "Maaark!".
Era Natasha, com o corpo contra a luz, debruçada na janela para ver o que estava acontecendo.
"Maaark!", gritou ela outra vez. "O que está fazendo aí?"
"No Natal, cheguei a achar que, se minha mãe me falasse mais uma vez em Bridget Jones", disse ele, apressado, "eu iria à redação do *Sunday People* acusá-la de ter me molestado com uma bomba de bicicleta quando eu era criança. Mas depois que conheci você... eu estava com aquele suéter de losangos ridículo que Una tinha me dado de presente de Natal. Bridget, as outras garotas que conheço são tão superficiais. Não conheço nenhuma que tenha coragem de usar um rabinho ou..."
"Mark!", berrou Natasha, descendo a escada na nossa direção.
"Mas você tem namorada", rebati, dizendo o óbvio.
"Para dizer a verdade, não tenho mais", contou ele. "Só jantar? Um dia desses?"

"Tá", sussurrei. "Tá."

Depois achei que era melhor ir embora: e se Natasha ficasse me observando como um crocodilo fêmea enquanto eu me aproximava dos seus ovos, dando meu endereço e telefone para Mark Darcy e marcando encontro para a próxima terça-feira? Quando passei pelo salão de festas, vi mamãe, Una e Elaine Darcy numa animada conversa com Mark. Não pude evitar imaginar a cara que elas fariam se soubessem o que tinha acabado de acontecer. De repente imaginei como seria o próximo jantar de Ano-Novo, com Brian Enderby levantando a calça e dizendo "Nossa, é ótimo ver que os jovens estão se divertindo, não?", e Mark Darcy e eu sendo obrigados a fazer gracinhas tipo dar beijinhos ou fazer sexo na frente deles, como um casal de focas amestradas.

TERÇA-FEIRA, 3 DE OUTUBRO

56,2 kg, 3 unidades alcoólicas (m. b.), 21 cigarros (ruim), número de vezes que pronunciei a palavra "cretino" nas últimas 24 horas: 369 (aprox.).

19h30 Estou em pânico. Daqui a meia hora Mark Darcy passa para me pegar. Acabo de chegar do trabalho, meu cabelo está horrível e infelizmente o caos continua imperando no que se refere a roupas para lavar. Socorro, ai, socorro. Estava pensando em usar meu jeans branco, mas lembrei que Mark deve ser do tipo que vai me levar num restaurante muito fino. Ai, Deus, não tenho nada fino para vestir. Será que ele acha que eu vou aparecer de rabinho de coelha? Não que eu esteja interessada nele nem nada.

19h50 Ai, Deus; ai, Deus. Ainda não lavei a cabeça. Vou tomar um banho rápido.

20h Secando o cabelo. Espero que Mark Darcy se atrase, porque não quero que me encontre de roupão e cabelo molhado.

20h05 O cabelo já está mais ou menos seco. Agora só falta me maquiar, vestir e enfiar atrás do sofá tudo o que está espalhado pela casa. Vou por etapas. Acho que o mais importante é a maquiagem, depois arrumar a sala.

20h15 Ele ainda não chegou. Ainda bem. Acho ótimo homem que se atrasa para um compromisso, é melhor do que aqueles que chegam antes da hora e provocam pânico por causa de todas as coisas que ainda estão esparramadas pela casa.

20h20 Bom, agora estou pronta. Acho que vou mudar de roupa.

20h30 Estranho. Como é que ele pode estar atrasado mais de meia hora?

21h Não dá para acreditar. Mark Darcy me deu um bolo. Cretino!

QUINTA-FEIRA, 5 DE OUTUBRO

56,7 kg (ruim), 4 barras de chocolate (ruim), número de vezes que assisti ao vídeo: 17 (ruim).

11h Estou no banheiro do trabalho. Ai, não, ai, não. Para completar minha derrota, hoje fui o centro das atenções na reunião da manhã.

"Certo, Bridget, vou dar mais uma oportunidade para você", disse Richard Finch. "O julgamento de Isabella Rossellini. A decisão do júri sai hoje e ela deve ser absolvida. Vá até o tribunal. Não quero ver você na tela trepada em nenhum mastro ou poste. Quero uma boa entrevista. Pergunte a ela se acha certo a gente sair matando todo mundo com quem não está a fim de transar. Então, Bridget, o que está esperando? Pode ir."

Eu não tinha a mais remota ideia do que ele estava falando.

"Você sabe do processo da Isabella Rossellini, certo? Você às vezes lê jornal, não lê?", perguntou Richard.

O problema nesse tipo de trabalho é que as pessoas ficam citando nomes e casos e você tem apenas um segundo para resolver se deve ou não confessar que não sabe do que estão falando. Se perder essa oportunidade, vai passar a próxima meia hora tentando descobrir uma pista, mas sempre mantendo uma expressão confiante, de quem sabe exatamente o que aconteceu com Isabella Rossellini.

Daqui a cinco minutos tenho de encontrar uma assustadora equipe de filmagem no tribunal para cobrir o julgamento e mostrar tudo na tevê, sem ter a menor ideia do que se trata.

11h05 Graças a Deus, Patchouli existe. Saí do banheiro e ela estava no corredor, tentando conter os cachorros de Richard.

"Está tudo bem?", disse ela. "Você parece meio assustada."

"Não, não, estou ótima", garanti.

"É mesmo?" Ela ficou me olhando. "Escuta, você sabe que não é mesmo a Isabella Rossellini, não? Ele quis dizer Elena Rossini."

Ah, graças a Deus e a todos os anjos do céu. Elena Rossini é a babá acusada de matar o patrão depois que ele a violentou várias vezes e a prendeu em casa durante dezoito meses. Peguei dois jornais para ler os detalhes e chamei um táxi.

15h Não posso acreditar no que aconteceu. Eu estava no tribunal fazia horas, com a equipe e um monte de repórteres, aguardando o fim do julgamento. Aliás, foi muito divertido. Comecei até a achar graça do fato de ter levado um bolo do sr. Mark Calças Engomadas Darcy. Então meus cigarros acabaram. Perguntei para o câmera, que era um amor, se tinha problema eu ir rápido até uma tabacaria e ele disse que não, porque quando avisassem que o julgamento tinha terminado alguém iria me chamar.

Como os colegas ouviram que eu ia até a tabacaria, encomendaram cigarros e balas. Levei um bom tempo para conseguir comprar tudo. Estava tentando separar os trocos quando um cara chegou apressado e pediu ao vendedor:
"Me dê uma caixa de balas Quality Street, por favor?", como se eu não estivesse na frente. O pobre vendedor ficou me olhando sem saber o que fazer.

"Desculpe, mas o senhor sabe o significado da palavra 'fila'?", perguntei numa voz bem irritada, virando para ele. Emiti um ruído estranho. Era Mark Darcy todo paramentado, de toga. Ele ficou me olhando daquele jeito dele.

"Onde você se meteu ontem à noite?", perguntei.

"Devolvo a pergunta", disse ele, ríspido.

Foi nesse instante que o assistente de câmera entrou na tabacaria. "Bridget!", ele gritou. "Perdemos a entrevista. Elena Rossini saiu e foi embora. Comprou as balas?"

Pasma, me segurei na beira do balcão para não cair.

"Perdemos a entrevista?", repeti, quando consegui recobrar o fôlego. "Perdemos? Ai, Deus. Era minha última oportunidade depois do poste dos Bombeiros e eu fui comprar balas. Vou ser demitida. Os outros repórteres conseguiram?"

"Ela não deu nenhuma entrevista", avisou Mark Darcy.

"Não? Como você sabe?", perguntei, olhando para ele desesperada.

"Porque sou o advogado dela e recomendei que não desse entrevistas. Olhe lá fora, ela está no meu carro", disse, tranquilamente.

Olhei para o carro. Elena Rossini colocou a cabeça na janela e gritou com um sotaque estrangeiro: "Mark, desculpe:

223

pode trazer chocolate Dairy Box em vez de balas?". Só então nosso carro apareceu, com o câmera.

"Derek!", gritou o câmera pela janela. "Quero um Twix e uma barra de Lion."

"Então, onde você estava ontem à noite?", perguntou Mark.

"Esperando por você", respondi entredentes.

"Como? Às oito e cinco eu toquei sua campainha vinte vezes."

"Ah, é que eu estava...", expliquei, começando a entender, "... secando o cabelo."

"Seu secador é potente?"

"Ele tem mil e seiscentos volts, é profissional", expliquei orgulhosa.

"Talvez fosse bom comprar um mais silencioso ou começar a se arrumar um pouco mais cedo. Bom, tudo bem, então", disse, rindo. "Chame seu câmera, acho que posso ajudar você."

Ai, Deus. Que constrangedor. Sou uma idiota completa.

21h Não consigo acreditar: as coisas deram muito certo. Acabo de assistir à chamada do *Boa Tarde!* pela quinta vez. Diz assim:

"Este é o único programa de tevê a mostrar uma entrevista com Elena Rossini, minutos após ela ter sido inocentada. Nossa enviada, Bridget Jones, tem notícias exclusivas para você."

Adoro este trecho: "Nossa enviada, Bridget Jones, tem notícias exclusivas para você."

Vou ver só mais uma vez, depois desligo.

SEXTA-FEIRA, 6 DE OUTUBRO

57 kg (comer reconforta), 6 unidades alcoólicas (alcoolismo), 6 bilhetes de loteria instantânea (jogar dá segurança), 21 ligações para o 1471 para ver se Mark Darcy tinha telefonado (apenas por curiosidade, claro), número de vezes que assisti ao vídeo: 9 (melhorou).

21h Argh. Deixei um recado na secretária eletrônica da mamãe ontem para contar do furo jornalístico que dei e, quando ela me ligou à noite, achei que fosse me parabenizar. Não, era para comentar sobre a festa. Una e Geoffrey disseram isso, Brian e Mavis fizeram tal coisa, Mark estava tão simpático e eu não falava com ele etc. etc. Tive uma vontade enorme de contar para ela o que tinha acontecido, mas me contive ao imaginar as consequências: um grito de alegria ao saber do convite para sair e o brutal assassinato da filha única depois de saber o que houve.

Continuo com a esperança de que ele me ligue e marque outro encontro depois do fiasco do secador. Talvez fosse bom mandar um cartão agradecendo a entrevista e lamentando que meu secador seja tão barulhento. Não é que eu esteja interessada nele nem nada. Seria apenas uma questão de educação.

QUINTA-FEIRA, 12 DE OUTUBRO

57,6 kg (ruim), 3 unidades alcoólicas (saudável e normal), 13 cigarros, 17 unidades de gordura (fiquei pensando se é possível calcular a quantidade de unidades de gordura do corpo inteiro; espero que não), 3 bilhetes de loteria instantânea (ótimo), 12 ligações para o 1471 para ver se Mark Darcy tinha telefonado (melhor).

Humpf. Revoltada com o artigo escrito por uma jornalista do grupo dos bem-casados. O título tinha uma ironia sutil, estilo Frankie Howard: "As alegrias de ser solteiro".

"Eles são jovens, ambiciosos e ricos, mas sua vida esconde uma dolorosa solidão. [...] Quando saem do trabalho, enfrentam uma enorme carência emocional. [...] Pessoas que têm uma vida solitária procuram consolo em comida enlatada, desejando que seja igual àquela que a mãe fazia."

Argh. Droga. Pode me informar como é que a sra. Bem-Casada aos vinte e dois anos pode saber disso?

Vou escrever um artigo com base nas "dezenas de conversas" que tive com as bem-casadas: "Quando saem do trabalho, elas caem em prantos, porque, apesar de exaustas, precisam descascar batatas e lavar toda a roupa enquanto o marido barrigudo e bêbado assiste ao jogo de futebol na tevê, dá um arroto e pede mais batatas. Há noites em que elas, na cozinha com seu aventalzinho chinfrim, ficam muito deprimidas porque o marido ligou avisando que está de plantão outra vez, mas escutaram ao fundo o farfalhar de um vestido de seda e a voz sensual de uma típica solteira".

Depois do trabalho, fui me encontrar com Sharon, Jude e Tom. Ele também estava pensando em escrever um artigo irritado sobre as carências emocionais dos bem-casados.

Seu texto diria, inflamado: "Os casados influenciam tudo, desde o tipo de moradia que se constrói ao tipo de comida que enche as prateleiras dos supermercados. Vemos por todo lado lojas Anne Summers oferecendo artigos para donas de casa tentando de forma patética simular o sexo excitante praticado pelos solteiros, e as lojas Mark & Spencer têm comidas cada vez mais exóticas para casais exaustos fingirem que estão em um maravilhoso restaurante como os solteiros, que depois não precisam lavar a louça".

"Não aguento mais essa queda de braço!", rosnou Sharon.

"Eu também não, eu também não!", concordei.

"Você se esqueceu de falar da babaquice emocional", acrescentou Jude. "Sempre há babaquice emocional."

"Não estamos sós. Temos uma extensa família formada pela rede de amigos com quem falamos ao telefone", disse Tom.

"Isso mesmo, viva! Os solteiros não deveriam ser obrigados a se explicar o tempo todo, e sim ter um status adquirido, como as gueixas", eu disse, muito satisfeita, dando mais um gole no meu chardonnay chileno.

"Gueixas?", perguntou Sharon, fazendo um olhar gélido.

"Fique quieta, Bridget", mandou Tom. "Você está bêbada. Está tentando afogar sua carência emocional na bebida."
"Bom, a Sharon também", retruquei.
"Não estou", disse Sharon.
"Está, sim", insisti.
"Escutaqui", apartou Jude. "Vampdimasum charrrdonnay?"

SEXTA-FEIRA, 13 DE OUTUBRO

58,5 kg (me transformei num barrilzinho de vinho), 0 unidades alcoólicas (me alimento do barrilzinho), 0 calorias (m. b.).*
*Devo ser honesta quanto a esse detalhe. O conceito m. b. está errado: 5876 calorias foram vomitadas pouco depois de ingeridas.

Ai, Deus, estou tão sozinha. Passei o fim de semana inteiro sem ter ninguém para amar nem com quem me divertir. Não tem importância. Comprei um delicioso pudim de gengibre na M&S e vou colocar no micro-ondas.

DOMINGO, 15 DE OUTUBRO

57 kg (melhor), 5 unidades alcoólicas (mas numa ocasião especial), 16 cigarros, 2456 calorias, 245 minutos pensando no Mr. Darcy.

8h55 Dei uma saidinha para comprar cigarros antes de me preparar para assistir à adaptação de *Orgulho e preconceito* na BBC. É incrível como as ruas estão cheias de carros. Essas pessoas não deveriam estar em casa se preparando para ver o programa? Acho ótimo que o país seja tão viciado em tevê. A razão do meu vício, eu sei, é uma necessidade humana de que Darcy fique com Elizabeth. Tom contou que Nick Hornby diz em seu livro que não é por acaso que os homens têm mania por futebol. Ele afirma que os fãs cheios de testosterona não querem jogar, mas consideraram o time seu representante, como os membros do Parlamento. Elizabeth e Darcy são meus representantes na área do amasso, ou melhor, do galanteio. Nem por isso faço questão de ver os dois marcando gols: detestaria ver Darcy e Elizabeth na cama, fumando um cigarro depois de transar. Seria errado e pouco natural, e eu logo perderia o interesse pela história.

10h30 Jude acaba de ligar e passamos vinte minutos falando "Uau, aquele Mr. Darcy". Adoro seu jeito de falar, como se não pudesse ser interrompido. Nossa! Depois ficamos horas comparando Mr. Darcy com Mark Darcy, e concordamos que Mr. Darcy é mais atraente porque é mais rude, mas que o fato de se tratar de um personagem era uma desvantagem intransponível.

SEGUNDA-FEIRA, 23 DE OUTUBRO

58 kg, 0 unidades alcoólicas (m. b. Descobri um ótimo substituto: smoothies — m. gostosos, sabor de fruta), 0 cigarros (smoothies tiram a vontade de fumar), 22 smoothies, 4265 calorias (4135 dos smoothies).

Argh. Vou assistir agora ao programa *Panorama* sobre "mulheres de ótimo nível, independentes, que conseguem os melhores empregos" (peço ao Senhor que está no céu e a todos os anjos que eu logo vire uma delas). A pergunta a ser discutida é: "Reformar o currículo educacional é a solução?". Então bati o olho numa foto de Darcy e Elizabeth abraçadinhos no jornal: horrorosos, vestidos como namorados modernos juntos num gramado — ela, loira, num conjunto de linho; ele, de camisa polo, jaqueta de couro e com um bigode fininho. Pelo jeito, já estão dormindo juntos. Que coisa mais desagradável. Fico me sentindo perdida e preocupada, pois certamente o Mr. Darcy do livro jamais seria um ator, coisa tão inútil e frívola, mas o fato é que ele *é* um ator. Humm. Tudo muito confuso.

TERÇA-FEIRA, 24 DE OUTUBRO

58,5 kg (malditos smoothies), 0 unidades alcoólicas, 0 cigarros, 32 smoothies.

Estou numa fase ótima no trabalho. Desde a entrevista com Elena Qualquercoisa, acho que não dei mais nenhum fora. Quando entrei na redação, Richard Finch estava de punhos fechados, dizendo: "Vamos! Vamos! Rosemary West!". Cheguei um pouco atrasada, é verdade, mas isso é o tipo da coisa que pode acontecer com qualquer um. "Estou pensando em vítimas de estupro que são lésbicas. Estou pensando na escritora Jeanette Winterson. Estou pensando no nosso programa. Estou pensando em como é que as lésbicas transam. Isso mesmo! *O que* as lésbicas fazem na cama?" De repente, ele me olhou.

"*Você* sabe?" Todo mundo olhou também. "Vamos, Bridget-atrasada-outra-vez", ele gritou, nervoso. "O que as lésbicas fazem na cama?"

Tomei fôlego e disse: "Acho que devíamos fazer uma reportagem sobre o romance na vida real de Darcy e Elizabeth".

Ele me olhou de cima a baixo, devagar. "Excelente ideia, excelente. Quem são os atores que interpretam Darcy e Elizabeth? Vamos, vamos", disse, encerrando a reunião.

"Colin Firth e Jennifer Ehle", acrescentei.

"Você, minha querida", disse ele, olhando para um dos meus seios, "é simplesmente um gênio."

Sempre quis ser um gênio, mas nunca pensei que fosse acontecer comigo — nem com meu seio esquerdo.

NOVEMBRO

Uma criminosa na família

QUARTA-FEIRA, 1º DE NOVEMBRO

56,9 kg (consegui, consegui!), 2 unidades alcoólicas (m. b.), 4 cigarros (não pude fumar na casa de Tom para não botar fogo na roupa que ele ia usar no concurso Miss Mundo Alternativo), 1848 calorias (b.), 12 smoothies (grande progresso).

Dei uma passada na casa de Tom para uma reunião do alto-comando sobre Mark Darcy. Mas ele estava preocupado com o concurso Miss Mundo Alternativo. Há muito tempo resolveu concorrer fantasiado de Miss Aquecimento Global, mas entrou numa crise de insegurança.

"Não tenho a menor esperança de ganhar", disse, se olhando no espelho e caminhando até a janela. Sua fantasia era uma esfera de isopor imitando o globo terrestre com as calotas polares derretendo e uma grande mancha de queimado em cima do Brasil. Numa das mãos, Tom segurava um pedaço de madeira tropical e um aerossol Lynx, e na outra uma pele que garantia ser de jaguatirica. "Você acha que eu devo pintar um melanoma na pele?", perguntou ele.

"É um concurso de beleza ou de fantasia?"

"Esse é o problema, eu não sei de que é o concurso. Ninguém sabe", disse, tirando seu adereço de cabeça (uma miniatura de árvore que ficaria iluminada durante o desfile). "São as duas coisas; é tudo. Beleza. Originalidade. Arte. É ridiculamente confuso."

"É preciso ser gay para participar?", perguntei, tocando no isopor.

"Não, qualquer um pode entrar: mulher, animal, o que for. Esse é o problema", explicou, voltando a se olhar no espelho. "Às vezes acho que teria mais chance se desfilasse com um cachorro bem confiante."

Acabamos chegando à conclusão de que, embora o tema aquecimento global fosse correto, o globo de isopor não tinha um design muito insinuante para um traje de luxo. Achamos melhor colocar uma tira de seda chinesa azul estilo Yves Klein flutuando em meio a fumaça e sombras para simbolizar as calotas polares derretendo.

Como percebi que não ia conseguir falar com Tom sobre Mark Darcy, fui embora antes que ficasse muito tarde, prometendo pensar em algum traje de praia ou esporte para sua fantasia.

Cheguei em casa e liguei para conversar com Jude, mas ela só falava numa nova e maravilhosa invenção oriental chamada Feng Shui, divulgada na *Cosmopolitan* deste mês. Parece que ajuda as pessoas a conseguir tudo na vida: basta desbloquear os caminhos tirando todos os armários do apartamento e dividindo o espaço em nove partes (o que se chama "fazer o ba-guá"). Cada uma das partes representa uma área da vida: profissão, família, relacionamentos, dinheiro ou filhos, por exemplo. Essas coisas vão depender da disposição de móveis e objetos pela casa. Por exemplo: se você está sempre sem dinheiro, pode ser por causa de um cesto de papel colocado no seu Canto da Prosperidade.

Fiquei bem interessada nessa teoria, já que pode explicar muitas coisas. Vou já comprar a revista. Jude disse para eu não contar para Sharon, que obviamente vai achar uma besteira. Depois de toda essa conversa, consegui levar o assunto para o tema Mark Darcy.

"*Claro* que você não acha graça nele, Bridget, sempre tive certeza disso", garantiu Jude, acrescentando que só havia uma solução: eu devia fazer um jantar e convidá-lo. "É a melhor coisa, não tem nada a ver com um encontro. Não há tensão, você fica à vontade e pode se exibir loucamente, fazendo com que seus amigos finjam que acham você maravilhosa."

"Jude, você disse 'finjam'?", perguntei, magoada.

SEXTA-FEIRA, 3 DE NOVEMBRO

58 kg (argh), 2 unidades alcoólicas, 8 cigarros, 13 smoothies, 5245 calorias.

11h Estou muito animada com o jantar. Comprei o novo e maravilhoso livro de receitas de Marco Pierre White. Enfim consegui entender a simples diferença entre comida caseira e de restaurante. Como diz Marco, o segredo está na *concentração* de sabor. E o segredo dos molhos, além da concentração de sabor, está nos bons caldos. É preciso cozinhar muitos ossos de peixe, carcaças de frangos etc. e congelar tudo em formas de gelo. Depois, fica tão fácil merecer uma estrela no Guia Michelin como fazer uma torta de carneiro. Aliás, muito mais fácil, já que não é preciso descascar as batatas, basta deixá-las marinando no azeite. Incrível eu não ter percebido isso antes.

Vou preparar o seguinte cardápio:

- Velouté de aipo (muito simples e barato, basta preparar o caldo).
- Atum grelhado no carvão sobre velouté de tomate-cereja acompanhado de confit de alho e batatas fondant.
- Confit de laranja.
- Creme inglês ao Grand Marnier.

Vai ficar uma delícia. Vou ser reconhecida como uma chef brilhante, sem muito esforço.

As pessoas vão invadir meus jantares, dizendo em coro: "É ótimo comer na casa de Bridget, lá tem pratos com qualidade Michelin num ambiente descontraído". Mark Darcy vai ficar muito impressionado e perceber que sou uma pessoa diferente e muito prendada.

DOMINGO, 5 DE NOVEMBRO

57 kg (péssimo), 32 cigarros, 6 unidades alcoólicas (acabaram os smoothies no supermercado – esses comerciantes são uns desleixados), 2266 calorias, 4 bilhetes de loteria instantânea.

19h Hum. Hoje é a Noite de Guy Fawkes e não fui convidada para nenhuma fogueira. Ouço fogos estourando por todo lado. Vou dar uma passada na casa de Tom.

23h Foi ótimo. Tom estava tentando se acostumar com o fato de o título de Miss Mundo Alternativo ter sido concedido à maldita Joana d'Arc.

"O que me deixa mais chateado é eles dizerem que não é um concurso de beleza, mas no fundo é. Tenho certeza de que se não fosse meu nariz...", ele concluiu, se olhando no espelho, furioso.

"O quê?"

"Meu nariz."

"O que ele tem de errado?"

"O que tem de errado? Basta *olhar*."

O nariz tinha uma pequena marca no lugar onde alguém tinha jogado um copo quando Tom tinha dezessete anos.

"Entendeu o que estou dizendo?", perguntou.

Expliquei que não tinha sido por causa daquela marca que Joana d'Arc ganhara o prêmio, a menos que os jurados estivessem usando um telescópio Hubble para examinar os candidatos, mas aí Tom começou a reclamar que estava muito gordo e ia começar uma dieta.

"Quantas calorias se deve ingerir por dia numa dieta?", perguntou.

"Umas mil. Bom, eu geralmente pretendo comer mil e acabo em mil e quinhentas", afirmei, sabendo muito bem que a última parte não era bem verdade.

"Mil? Mas eu achava que a gente precisasse de duas mil só para continuar vivo", confessou Tom, incrédulo.
Olhei para ele, confusa. Percebi que fazia dieta há tantos anos que nem passava pela minha cabeça que o corpo precisa de calorias para sobreviver. Cheguei a um ponto em que o ideal de nutrição é não comer absolutamente nada, e a única razão para as pessoas comerem é o fato de serem tão gulosas que não conseguem parar e acabam furando a dieta.
"Quantas calorias tem um ovo cozido?", perguntou Tom.
"Setenta e cinco."
"Uma banana?"
"Pequena ou grande?"
"Pequena."
"Sem casca?"
"É."
"Oitenta", garanti.
"Uma azeitona?"
"Preta ou verde?"
"Preta."
"Nove."
"Uma bolacha?"
"Oitenta e uma."
"Uma caixa de bombons"?
"Dez mil, oitocentas e noventa e seis."
"Como você sabe tudo isso?"
Pensei um pouco. "Da mesma forma que sei o alfabeto ou ver as horas."
"Certo. E quanto é nove vezes oito?"
"Sessenta e quatro. Não, cinquenta e seis. Aliás, setenta e dois."
"Responda rápido: qual é a letra antes do J?"
"P. Quer dizer, L."
Tom disse que estou doente, mas sei que sou igual a todo mundo — ou seja, Sharon e Jude. Honestamente, estou preocu-

pada com ele. Acho que não deveria ter participado do concurso de beleza, porque não suporta a pressão que nós, mulheres, há muito suportamos, e agora está ficando inseguro, obcecado pela aparência e quase anoréxico.

A noite terminou com Tom se divertindo na cobertura do prédio, soltando rojões no jardim dos vizinhos de baixo, que, segundo ele, têm horror a gays.

QUINTA-FEIRA, 9 DE NOVEMBRO

56,7 kg (melhor sem os smoothies), 5 unidades alcoólicas (melhor do que ficar com um estômago dilatado, cheio de frutas), 12 cigarros, 1456 calorias (excelente).

Estou muito animada com o jantar. Marquei para a próxima terça-feira. Eis a lista de convidados:

Jude	Richard, o Vil
Sharon	
Tom	Jerome, o Pretensioso (a não ser que eu tenha muita sorte e até terça eles tenham terminado)
Magda	Jeremy
Eu	Mark Darcy

Mark Darcy gostou muito quando liguei para convidá-lo. "O que vai preparar?", ele perguntou. "Você cozinha bem?"

"Bom, na verdade, vou seguir o livro de Marco Pierre White. É incrível como fica simples cozinhar quando a pessoa sabe concentrar o sabor."

Ele riu e recomendou: "Bom, não faça nada muito complicado. As pessoas vão ao jantar para ver você, e não para comer doces em forminhas feitas de açúcar".

Daniel jamais diria algo tão gentil assim. Estou louca para que chegue o jantar.

SÁBADO, 11 DE NOVEMBRO

56,2 kg, 4 unidades alcoólicas, 35 cigarros (crise), 456 calorias (só estou tomando líquidos).

Tom sumiu. Fiquei preocupada porque Sharon ligou de manhã dizendo que não tinha certeza, mas achava que, na quinta-feira, quando estava num táxi na Ladbroke Grove, ela o tinha visto com um olho roxo e escondendo a boca com a mão. Quando conseguiu que o táxi voltasse, ele tinha desaparecido. Ontem deixou dois recados na secretária de Tom pedindo notícias, mas não teve resposta.

Enquanto ouvia, lembrei que tinha deixado um recado para ele na quarta-feira perguntando se estaria em casa no fim de semana e não tive resposta, o que nunca acontece. Liguei na hora. Tocou várias vezes e ninguém atendeu, então liguei para Jude, que também não tinha notícias dele. Tentei falar com Jerome, o Pretensioso, e nada. Jude disse que ligaria para Simon, que mora perto de Tom, e pediria para que fosse à casa dele. Ela ligou vinte minutos depois dizendo que Simon tocou a campainha e bateu na porta durante horas, mas ninguém atendeu. Sharon me ligou de novo. Tinha falado com Rebecca, que achava que Tom ia almoçar na casa de Michael. Liguei para Michael: ele disse que Tom tinha deixado um recado estranho na secretária, com uma voz enrolada, dizendo que não poderia ir, sem explicar por quê.

15h Estou entrando em pânico e, ao mesmo tempo, adorando o fato de ser o centro do drama. Sou a melhor amiga de Tom, então todo mundo fica ligando para mim, e passei a fazer uma voz calma e mostrar grande preocupação. Talvez ele tenha encontrado um novo amor e está em uma espécie de lua de mel, escondido em algum lugar. Talvez não tenha sido ele que Sharon viu, ou o olho roxo fosse consequência de sexo selvagem ou de uma maquiagem pós-moderna no estilo *Rocky Horror Show*. Preciso dar mais uns telefonemas para confirmar minhas teses.

15h30 Todos discordam da primeira tese, acham que é impossível Tom ter encontrado um novo homem, quanto mais se relacionar com ele sem ter ligado para todo mundo contando. Não sei o que dizer. Pensamentos muito loucos passam pela minha cabeça. É verdade que Tom andava meio perturbado. Comecei a pensar se sou mesmo uma boa amiga. Em Londres, somos todos tão egoístas e ocupados. Será que um dos meus amigos poderia ficar tão infeliz a ponto de... ah, olha só onde meti a *Marie Claire* desse mês: em cima da geladeira!

Fiquei folheando a revista, imaginando o enterro de Tom e que roupa eu usaria. Aaargh, de repente me lembrei daquele membro do Parlamento que se sufocou com um saco plástico na cabeça, um laço de corda no pescoço e um chocolate na boca, ou alguma coisa assim. Será que Tom pratica atos sexuais esquisitos e não conta para a gente?

17h Acabo de ligar para Jude de novo.

"Você acha que devemos chamar a polícia e pedir para arrombar o apartamento?", perguntei.

"Eu já chamei", disse Jude.

"E o que eles disseram?", perguntei sem conseguir disfarçar minha chateação por ela ter feito isso sem me consultar. A melhor amiga de Tom sou eu, e não Jude.

"Os policiais não pareceram muito preocupados. Disseram para ligar se ele não aparecer até segunda-feira. É compreensível. Não é de assustar que um solteiro de vinte e nove anos não estivesse em casa no sábado de manhã e não tenha comparecido a um almoço ao qual disse que não iria."

"Mas tem alguma coisa errada, eu sinto", anunciei com uma voz misteriosa e soturna, percebendo pela primeira vez como sou uma pessoa sensitiva e intuitiva.

"Sei o que você está querendo dizer", pressentiu Jude. "Também sinto. Tem alguma coisa muito errada."

19h Extraordinário. Depois que falei com Jude, não consegui fazer compras nem nada assim fútil. Achei que era a melhor hora para fazer o Feng Shui, então saí e comprei a *Cosmopolitan*. Com cuidado, seguindo o desenho publicado na revista, fiz o *ba-guá* do apartamento. Levei um susto. Tinha um cesto de papel no meu Canto dos Amigos. Claro que era por isso que o Tom tinha sumido.

Liguei correndo e contei para Jude. Ela disse para eu tirá--lo daquele lugar.

"Mas onde ponho? Não vou colocar no Canto dos Relacionamentos ou dos Filhos."

Jude disse para eu aguardar um instante enquanto ela dava uma olhada na revista. Na volta, perguntou: "Que tal colocar no Canto da Prosperidade?".

"Hum, não sei, logo agora que o Natal está chegando", respondi, me sentindo muito sovina.

"Bom, se você pensa assim, talvez tenha até um presente a menos para comprar...", acusou Jude.

Coloquei o cesto no meu Canto do Conhecimento e fui a uma floricultura comprar plantas de *folhas arredondadas* para colocar no Canto da Família e dos Amigos (plantas com espinhos, principalmente cactos, não são indicadas). Estava tirando o cachepô do armário embaixo da pia quando ouvi um barulho de chaves. Dei um tapa na própria testa: como não lembrei antes? Eram cópias das chaves de Tom, que ele tinha deixado comigo quando foi para Ibiza.

Pensei em ir até a casa dele *sem Jude*: ela não telefonou para a polícia sem me avisar? Mas achei que seria muito mesquinho, então liguei para ela e resolvemos chamar Sharon também, porque foi quem deu o alarme.

Quando entramos na rua de Tom, imaginei o jeito digno, trágico e composto que eu teria ao ser entrevistada pelos jornais, ao mesmo tempo que sentia um medo paranoico de a polícia achar que eu tinha matado Tom. De repente, aquilo deixou de ser uma brincadeira. Talvez tivesse mesmo acontecido alguma coisa terrível e trágica.

Subimos a escada do prédio sem nos olharmos nem dizer uma palavra.

Quando coloquei a chave na fechadura, Sharon perguntou: "Será que não é melhor tocar a campainha primeiro?".

"Eu toco", disse Jude, dando uma olhada para nós antes.

Ficamos quietas. Nada. Ela tocou de novo. Eu já ia virar a chave quando ouvimos uma voz no interfone. "Alô?"

"Quem é?", perguntei, com a voz trêmula.

"Quem você acha que pode ser, sua boba?"

"Tom!", gritei de alegria. "Deixa a gente subir."

"A gente quem?", perguntou, desconfiado.

"Eu, Jude e Sharon."

"Querida, preferia que vocês não subissem, para dizer a verdade."

"Ai, droga", disse Sharon, me empurrando. "Tom, sua bicha idiota, você simplesmente deixou metade de Londres desesperada ligando para a polícia e vasculhando a cidade inteira atrás de você porque ninguém sabia onde estava. Droga, deixa a gente entrar."

"Não quero ninguém, só Bridget", disse Tom, arrogante.

Passei gloriosa entre as duas.

"Não faça drama", disse Sharon.

Silêncio.

"Anda, seu idiota, deixa a gente entrar."

Houve um silêncio e ouvimos o som da trava abrindo.

Chegamos no último andar e ele abriu a porta do apartamento, perguntando:

"Vocês aguentam ver isso?"

Gritamos. Tom estava com o rosto todo desfigurado, com marcas amarelas e escuras e um gesso no nariz.

"Tom, o que houve?!", perguntei, tentando dar um abraço desajeitado nele e acabando por beijar sua orelha. Jude começou a chorar, Sharon deu um soco na parede.

"Não se preocupe, Tom. Vamos descobrir os bárbaros que fizeram isso", ameaçou ela.

"O que houve?", repeti, com lágrimas escorrendo pelo rosto.

"Bom, é... É que eu fiz uma plástica no nariz", ele disse, se soltando do meu abraço.

Sem ninguém saber, Tom tinha sido operado na quarta-feira. Ele ficou com vergonha de contar porque achávamos a marca no nariz insignificante. Jerome devia ter cuidado dele — e a partir de então passou a ser chamado de Jerome, o Canalha (devia ser Jerome, Sem Coração, mas concordamos que o outro apelido soava melhor). Mas quando Jerome, o Canalha, viu Tom depois da cirurgia, ficou tão assustado que avisou que ia embora por uns dias e sumiu. O coitadinho do Tom estava tão deprimido e traumatizado, tão esquisito por causa da anestesia, que simplesmente desligou o telefone, se enfiou debaixo dos lençóis e dormiu.

"Então era você que estava na Ladbroke Grove quinta-feira à noite?", perguntou Sharon.

Era. Ele esperou ficar bem escuro para ir comprar comida. Apesar da nossa alegria por ele estar vivo, Tom estava muito triste por causa de Jerome.

"Ninguém me ama", disse ele.

Eu disse para Tom ligar para minha secretária eletrônica e ouvir os vinte e dois recados desesperados dos amigos dele, preocupados porque estava sumido havia vinte e quatro horas, o que afastou nosso medo de morrermos sozinhos e sermos comidos por um pastor-alemão.

"Ou de o corpo só ser encontrado três meses depois, em decomposição, sobre o tapete", completou Tom.

Perguntamos então como um lunático com um nome daquele podia fazer Tom achar que ninguém o amava.

Dois bloody mary depois ele estava rindo da mania que Jerome tinha de usar o termo "autoconfiante" e de suas cuecas samba-canção da Calvin Klein. Enquanto isso, Simon, Michael, Rebecca, Magda, Jeremy e um rapaz chamado Elsie ligaram para saber dele.

"Sei que todos somos neuróticos, solteiros, completamente malucos e que nossa vida gira em torno do telefone", disse Tom, enrolando as palavras, emocionado. "Mas é meio parecido com uma família, não é?"

Eu *sabia* que o Feng Shui ia funcionar. Agora que deu certo, vou rapidamente mudar a planta de folhas arredondadas para o Canto dos Relacionamentos. Gostaria que existisse um Canto da Culinária também. Faltam só nove dias para o jantar.

SEGUNDA-FEIRA, 20 DE NOVEMBRO

56,2 kg (m. b.), 0 cigarros (é horrível fumar quando se está realizando milagres gastronômicos), 3 unidades alcoólicas, 200 calorias (o esforço de ir ao supermercado deve ter queimado mais calorias do que as que comprei, sem falar nas que comi).

19h Acabo de voltar da odiosa experiência de solteira de classe média no supermercado, que fica na fila do caixa ao lado de adultos com filhos comprando feijão, nuggets, sopa de letrinhas etc., trazendo os seguintes mantimentos:

- 20 cabeças de alho
- 1 lata de gordura de ganso
- 1 garrafa de Grand Marnier
- 8 filés de atum

- 3 dúzias de laranjas
- 4 latas de creme de leite
- 4 favas de baunilha de 1,39 cada

Tenho de começar os preparativos hoje à noite, já que trabalho amanhã.

20h Argh, não estou com a menor vontade de cozinhar. Muito menos de mexer nesse horrendo saco de ossos de galinha. Que nojo.

22h Já coloquei os ossos na panela. O problema é que Marco manda amarrar dois ingredientes que acentuam o sabor — alho-poró e aipo — com um barbante, mas o único que tenho é azul. Bom, espero que funcione.

23h Meu Deus, o caldo leva séculos para cozinhar, mas vale a pena porque rende quase dez litros, que vou congelar em formas de gelo — e tudo por apenas 1,70. Humm, o confit vai ficar uma delícia. Agora, é só descascar trinta e seis laranjas. Faço isso em dois tempos.

1h Estou morrendo de sono, mas faltam umas duas horas para o caldo e mais uma hora para as laranjas no forno. Já sei o que vou fazer. Deixo o caldo em fogo brando durante a noite e as laranjas na temperatura mínima do forno, assim ficarão bem macias, como um ensopado.

TERÇA-FEIRA, 21 DE NOVEMBRO

55,8 kg (o nervosismo queima as gorduras), 9 unidades alcoólicas (m. ruim mesmo), 37 cigarros (m. m. ruim), 3479 calorias (e tudo porcaria).

9h30 Acabo de destampar a panela. Os dez litros de caldo esperados viraram um monte de ossos de galinha queimados e cobertos por uma geleia. Mas o confit de laranja parece delicioso, igualzinho ao da foto do livro de receitas, só um pouco mais escuro. Agora vou trabalhar. Saio da redação às quatro, na volta penso numa solução para a sopa.

17h Ai, Deus. O dia virou um pesadelo. Richard Finch me deu uma bronca na frente de todo mundo na reunião da manhã: "Bridget, pelo amor de Deus, esqueça esse livro de receitas. Estou pensando em crianças queimadas por fogos de artifícios. Estou pensando em mutilações. Estou pensando em alegres comemorações familiares que se transformaram em pesadelo. Estou pensando em vinte anos depois. O que aconteceu com aquele menino dos anos 60 que queimou o pinto com bombinhas de São João guardadas no bolso da calça? Onde está ele? Bridget, descubra o menino das bombinhas que ficou sem pinto. Ache o John Bobbitt dos anos 60".

Argh. Eu estava no quadragésimo oitavo telefonema para saber se existia um grupo de apoio às vítimas de pinto queimado quando o telefone tocou.

"Alô, querida, é a mamãe."

Ela parecia mais animada e histérica do que nunca.

"Oi, mãe."

"Liguei só para me despedir, espero que fique tudo bem."

"Despedir? Aonde você vai?"

"Ops. Hahaha. Eu contei, Julio e eu vamos passar duas semanas em Portugal para ver a família dele e tomar um pouco de sol antes do Natal."

"Você não tinha contado."

"Não seja boba, querida. Claro que contei. Você tem que aprender a prestar atenção. Comporte-se, sim?"

"Tá."

"Ah, querida, só mais uma coisa."

"O quê?"

"Estive tão ocupada que me esqueci de trocar dinheiro."

"Ah, não se preocupe, você pode fazer isso no aeroporto."

"O problema, querida, é que estou indo para o aeroporto e esqueci meu cartão do banco."

Incrível, pensei, encarando o telefone.

"Uma chatice. Então achei que você talvez pudesse me emprestar algum dinheiro. Não muito, só umas duzentas libras."

Ela falou de um jeito que lembrava mendigos pedindo esmola para tomar uma xícara de chá.

"Estou trabalhando, mãe. Julio não pode emprestar?"

Ela ficou cheia de melindres. "Não posso acreditar que você seja tão sovina, querida. Depois de tudo o que fiz. Dei o dom da *vida* a você e não pode me emprestar algumas libras?"

"Mas como vou entregar o dinheiro a você? Vou ter que ir ao caixa eletrônico e mandar por um motoboy. Aí o dinheiro vai ser roubado e teremos outro problema. Onde você está?"

"Ah. Bom, por sorte eu não podia estar mais perto: se você atravessar a rua em frente ao NatWest nos encontramos daqui a cinco minutos. Obrigada, querida. Tchauzinho!"

"Bridget, *aonde* você está indo?", berrou Richard quando tentei sair de fininho. "Já achou o menino do pinto queimado?"

"Estou com uma pista ótima", respondi, e saí correndo.

Minha mãe chegou enquanto eu esperava o dinheiro sair do caixa, novinho em folha, e pensava como ela ia passar duas semanas em Portugal com duzentas libras. Surgiu esbaforida e escondida atrás de óculos escuros, embora estivesse chovendo muito.

"Ah, querida. Você é um amor. Muito obrigada. Tenho de correr senão perco o avião. Tchauzinho!", disse ela, arrancando as notas da minha mão.

"O que está acontecendo?", perguntei. "Por que você estava por aqui, tão distante do aeroporto? Como vai se virar sem o cartão do banco? Por que Julio não pode emprestar? Como você vai fazer? Hein?"

Ela pareceu assustada, como se estivesse prestes a chorar, mas logo fez um olhar distante e uma cara magoada de princesa Diana.

"Vou ficar bem, querida." Ela deu seu sorriso corajoso. "Cuide-se", acrescentou com uma voz trêmula, então me deu um abraço rápido, fez sinal para os carros pararem e atravessou a rua.

19h Acabo de chegar em casa. Certo. Calma, calma. Equilíbrio interior. A sopa vai ficar uma delícia. É só cozinhar e amassar os legumes como está na receita e depois — para concentrar o sabor — cozinhar com aquela geleia azul da carcaça de galinha e pronto.

20h30 Tudo indo muito bem. Os convidados estão na sala. Mark Darcy, muito gentil, trouxe uma garrafa de champanhe e uma caixa de chocolates belgas. Ainda não fiz o prato principal, só cozinhei as batatas, mas logo termino isso. De todo jeito, a sopa vem antes.

20h35 Ai, Deus. Destampei a panela para retirar os ossos. A sopa está azul.

21h Adoro meus amigos. Mostraram muito espírito esportivo em relação à sopa azul. Mark Darcy e Tom chegaram até a discutir preconceito contra comidas coloridas. Mark argumentou: por que não pode haver sopa azul, só porque não existe legume azul? Afinal de contas, nuggets de peixe são dourados, embora os peixes não sejam. (A verdade é que, apesar de todo o meu esforço, a sopa ficou com gosto de creme cozido, como Richard, o Vil, teve a gentileza de observar. Nesse momento, Mark Darcy perguntou qual era a profissão dele e foi ótimo, porque Richard, o Vil, acabou de ser demitido na semana passada por fraude.) Mas tudo certo. O prato principal vai ficar bem gostoso. Bom, vamos começar cuidando do velouté de tomate-cereja.

21h15 Ai, Deus. Algo de estranho aconteceu: o purê de tomate-cereja está espumoso e com uma consistência inesperada. E as batatas deviam estar cozidas há dez minutos, mas estão duras como pedra. Talvez seja melhor colocar no micro-ondas. Aargh, aargh. Dei uma olhada na geladeira e não achei o atum. Que fim levou o atum? Onde foi parar?

21h30 Graças a Deus. Jude e Mark Darcy vieram para a cozinha, me ajudaram a preparar uma grande omelete, amassaram as batatas meio cozidas e fizeram batatas coradas. Colocamos o livro de receitas aberto em cima da mesa para ver pelas fotos como seriam as fases de preparo do atum grelhado. Pelo menos o confit de laranja deve ter ficado bom, está com uma cara ótima. Tom disse que era melhor a gente não se preocupar com o creme inglês ao Grand Marnier e beber o licor puro.

22h Estou bem triste. Fiquei na maior expectativa enquanto as pessoas davam a primeira garfada na sobremesa. Então houve um silêncio embaraçoso.
"O que é isso, meu bem?", Tom acabou perguntando. "Geleia?"
Apavorada, provei. Era, como ele disse, pura geleia. Concluí que, depois de gastar tanto dinheiro, acabei servindo aos meus amigos:

- Sopa azul
- Omelete
- Geleia

Sou um completo fracasso. Estrela do Guia Michelin de gastronomia? Pareço mais uma marmiteira.

Pensei que as coisas não pudessem ficar piores do que estavam, mas assim que terminamos aquela horrenda refeição, o telefone tocou. Felizmente atendi no quarto: era papai.

"Você está sozinha?", ele perguntou.

"Não, está todo mundo aqui, Jude e o pessoal. Por quê?"

"É que gostaria que você estivesse com alguém... Desculpe, Bridget. As notícias não são muito boas."

"O que houve? O quê?"

"Sua mãe e Julio estão sendo procurados pela polícia."

2h. Northamptonshire, cama de solteiro num quartinho da casa dos Alconbury Argh. Tive de me sentar e tomar fôlego enquanto papai repetia "Bridget? Bridget? Bridget?" como um papagaio.

"O que aconteceu?", consegui perguntar.

"Os dois pegaram, sem o conhecimento de sua mãe, acredito e espero, muito dinheiro de uma porção de gente, inclusive meu e de alguns amigos nossos. Ainda não sabemos quanto foi, mas, pelo que a polícia disse, podem ser condenados a muitos anos de prisão."

"Ai, meu Deus. Foi por isso que ela viajou para Portugal com minhas duzentas libras."

"Ela agora deve estar bem longe."

Vi o futuro surgindo como um horrível pesadelo: Richard Finch me chamando de filha da detenta e ex-apresentadora do *De Repente Solteira* e me obrigando a fazer uma entrevista ao vivo da sala de visitas do presídio antes de ser "de repente demitida" ao vivo.

"O que eles fizeram?"

"Parece que Julio usou sua mãe como testa de ferro, digamos assim, para pegar muito dinheiro de Una e Geoffrey, Nigel e Elizabeth, Malcolm e Elaine" (Ai, Deus, os pais de Mark

Darcy.) "Muito, mas muito dinheiro, para dar como entrada em alguns apartamentos."

"Você não sabia que seus amigos estavam metidos nisso?"

"Não. Acho que não me disseram nada porque ficaram sem graça de fazer negócio com aquele cafajeste engomadinho que corneou um dos mais antigos amigos deles."

"E o que aconteceu?"

"Os apartamentos não existiam. A poupança da sua mãe acabou, assim como a minha aposentaria. Foi bobagem minha colocar a casa no nome dela, sua mãe penhorou tudo. Bridget, estamos falidos, sem recursos, sem casa e com sua mãe prestes a ser presa."

Depois de dizer isso, ele não aguentou. Una pegou o telefone e disse que ia fazer um chocolate quente para papai. Falei que chegaria lá dentro de duas horas, mas ela disse para eu só dirigir depois de me recuperar do choque, pois não havia nada a fazer, então era melhor ir na manhã seguinte.

Desliguei o telefone e bati com a cabeça na parede, me xingando por ter largado os cigarros na sala. Jude apareceu com um copo de Grand Marnier.

"O que foi?", perguntou ela.

Contei tudo, bebendo o Grand Marnier num gole. Ela não disse uma palavra e foi procurar Mark Darcy.

"Eu me sinto culpado", ele confessou, passando a mão no cabelo. "Deveria ter sido mais claro naquela festa dos Vigários e Vigaristas. Eu sabia que Julio estava envolvido em alguma coisa."

"Como assim?"

"Ouvi quando ele falou ao celular perto dos canteiros, sem ele saber. Não imaginava que meus pais também estavam envolvidos, eu..." Ele balançou a cabeça. "Agora me lembro de minha mãe dizendo alguma coisa, mas fiquei tão distraído com a simples menção da palavra 'apartamento' que devo ter ignorado. Onde sua mãe está agora?"

"Não sei. Em Portugal? No Rio de Janeiro? No cabeleireiro?" Ele começou a andar de um lado para o outro na sala, fazendo perguntas como um grande advogado. "O que está sendo feito para encontrá-la? Qual é a quantia envolvida? Como descobriram a fraude? O que a polícia sabe? Quem mais tem conhecimento do caso? Onde está seu pai? Você gostaria de falar com ele? Posso ir junto?" Foi supersexy, juro.

Jude apareceu trazendo café. Mark resolveu que era melhor chamar o motorista dele para nos levar até Grafton Underwood e, por um segundo, fiquei inesperadamente grata a mamãe.

Foi tudo muito dramático quando chegamos à casa de Una e Geoffrey: os Enderby e os Alconbury choravam por todo canto e Mark Darcy telefonava sem parar. Fiquei me sentindo culpada, pois uma parte de mim estava — apesar do medo — adorando não ter de ir trabalhar e viver uma situação totalmente diferente, com todo mundo podendo beber vários copos de xerez e comer sanduíches de salmão como se fosse Natal. Foi a mesma sensação que tive quando vovó ficou maluca e, depois de tirar toda a roupa, correu para o pomar de Penny Husbands--Bosworth, precisando ser contida pela polícia.

QUARTA-FEIRA, 22 DE NOVEMBRO

55,6 kg (viva!), 3 unidades alcoólicas, 27 cigarros (muito compreensível, já que minha mãe está sendo procurada como uma criminosa), 5671 calorias (ai, Deus, parece que meu apetite voltou), 7 bilhetes de loteria instantânea (estava tentando recuperar o dinheiro de todo mundo, mas cheguei à conclusão de que, se ganhasse, não ia dar tudo para eles), 10 libras ganhas, 3 libras de lucro (preciso me apoiar em alguma coisa).

10h Cheguei em casa exausta por não ter dormido. Para completar, tenho de ir trabalhar e ainda vou levar bronca por me atrasar. Quando fui embora, papai parecia estar melhor: uma hora se mostrava muito satisfeito porque Julio tinha provado que era um salafrário e assim mamãe voltaria para casa e começaria vida nova. Depois caía em profunda depressão, achando que a dita vida nova consistiria em visitas à prisão, à qual chegaria de ônibus. Mark Darcy voltou para Londres de madrugada. Deixei um recado na secretária eletrônica agradecendo a ajuda e tal, mas ele não ligou de volta. Não posso culpá-lo. Aposto que Natasha e todas as outras mulheres que conhece não servem sopa azulada nem são filhas de criminosas.

Una e Geoffrey disseram para não me preocupar com papai, pois Brian e Mavis vão ficar e ajudar a cuidar dele. Fiquei pensando porque sempre falam Una e Geoffrey e não Geoffrey e Una, mas dizem Malcolm e Elaine e Brian e Mavis. Por outro lado, dizem Nigel e Audrey Coles. Do mesmo jeito que nunca se diz Geoffrey e Una, jamais se diria Elaine e Malcolm. Por quê? Por quê? Fico pensando em Sharon e Jude daqui a muitos anos, chateando as filhas, dizendo: "Você conhece Bridget e *Mark*, querida, que moram naquela casa enorme em Holland Park e sempre passam as férias no Caribe". Isso mesmo. Seria Bridget e Mark. Bridget e Mark Darcy. Os Darcy. E não Mark e Bridget Darcy, pelo amor de Deus. Horrível. De repente, me sinto mal por estar pensando em Mark Darcy nesse contexto, como se fôssemos a governanta Maria e o capitão Von Trapp em *A noviça rebelde* e eu precisasse fugir para conversar com a madre superiora, que vai cantar "Climb Every Mountain" para mim.

SEXTA-FEIRA, 24 DE NOVEMBRO

56,7 kg, 4 unidades alcoólicas (tomadas na presença da polícia, por isso, nada a declarar), 0 cigarros, 1760 calorias, 11 ligações para o 1471 para saber se Mark tinha telefonado.

22h30 As coisas estão indo de mal a pior. Estava achando que o único lado positivo do processo contra mamãe tinha sido fazer com que Mark Darcy e eu nos aproximássemos, mas não soube dele desde que saiu da casa dos Alconbury. A polícia acaba de vir ao apartamento colher meu depoimento. Comecei a me comportar como as pessoas que são entrevistadas na televisão quando um avião cai no jardim delas, usando aqueles chavões de telejornais, filmes de tribunal e coisas do tipo. Acabei descrevendo minha mãe como tendo "estatura mediana" e "caucasiana".
Os policiais eram muito interessantes e tranquilizadores. Ficaram até tarde, e um dos detetives disse que ia aparecer de novo no meu apartamento para ver como estavam as coisas. Simpático mesmo, adorei.

SÁBADO, 25 DE NOVEMBRO

57 kg, 2 unidades alcoólicas (xerez, argh), 3 cigarros (fumados na janela da casa dos Alconbury), 4567 calorias (só de biscoitos recheados e sanduíches de salmão), 9 ligações para o 1471 para saber se Mark Darcy tinha telefonado.

Graças a Deus. Mamãe ligou para papai. Parece que disse para ninguém se preocupar, ela estava bem, tudo ia bem, então desligou de repente. Os policiais estavam na casa de Una e Geoffrey interceptando a linha, como em *Thelma & Louise*, e disseram que ela estava mesmo em Portugal, mas não conseguiram localizar a cidade. Gostaria tanto que Mark Darcy ligasse. Claro que ele estava assustado com meus desastres culinários e minha família criminosa, e era muito educado para demonstrar isso. Claro também que o fato de termos compartilhado uma piscininha de plástico na infância não significa nada depois que a mãe da malcriada da Bridget roubou todas as economias dos pais dele. Vou encontrar papai hoje à tarde como uma solteirona desprezada por todos os homens e não do jeito que já tinha me acostumado: ao lado de um grande advogado, dentro de um carro com motorista.

13h Viva! Viva! Quando ia sair de casa, o telefone tocou, mas eu só conseguia ouvir um ruído. Depois, tocou de novo. Era Mark, falando de Portugal. Que gentileza e que sagacidade. Ele passou a semana inteira em contato com a polícia, além de continuar com seu trabalho de grande advogado e ter ido para Albufeira ontem. A polícia local encontrou mamãe; Mark acha que ela vai ser inocentada porque está bem evidente que ignorava o que Julio estava fazendo. A polícia conseguiu recuperar parte do dinheiro, mas ainda não encontrou Julio. Mamãe volta hoje à noite e terá de ir direto para a delegacia ser interrogada. Mark disse para eu não me preocupar, que tudo vai acabar bem e que ele já está vendo se vai ser preciso pagar fiança. Desligamos, e nem tive tempo de agradecer. Fiquei louca para falar com Tom e contar as maravilhosas notícias, mas lembrei que não era para ninguém saber do problema de mamãe e, infelizmente, na última vez que falei de Mark Darcy para Tom, acho que disse que ele é um filhinho de papai detestável.

DOMINGO, 26 DE NOVEMBRO

57,6 kg, 0 unidades alcoólicas, ½ cigarro (não fumo mais), só Deus sabe quantas calorias, 188 minutos desejando matar minha mãe (aprox.).

Dia horrível. Fiquei aguardando a chegada de mamãe ontem à noite, hoje de manhã e à tarde; quase fui três vezes para o aeroporto de Gatwick. Acabou que ela chegou à tarde no aeroporto de Luton, escoltada pela polícia. Papai e eu estávamos nos preparando para consolar uma pessoa bem diferente da-

quela que encontramos. Ingênuos, achávamos que, depois de tudo por que tinha passado, ela teria se redimido.
"Me larga, seu *pateta*", ouvimos no saguão de chegada do aeroporto. "Agora estamos em território britânico, tenho certeza de que me conhecem e não quero que todo mundo me veja sendo *escoltada* por um policial. Ih, acho que deixei meu chapéu de palha embaixo da poltrona do avião."
Os dois policiais fizeram uma cara de espanto enquanto mamãe — de casaco xadrez preto e branco estilo anos 60 (que ela provavelmente escolheu para combinar com o uniforme dos policiais), lenço na cabeça e óculos escuros — entrava na ala de bagagens seguida pelos agentes da lei. Quarenta e cinco minutos depois, saíram. Um dos policiais trazia o chapéu dela.
Colocar minha mãe no carro da polícia foi uma luta. Papai ficou chorando ao volante do seu Sierra enquanto eu tentava explicar para mamãe que ela precisava ir à delegacia, mas só o que ouvi sem parar foi: "Não seja boba, querida. O que você passou no rosto? Não tem um lenço para eu limpar?".
"Mãe", eu disse, enquanto ela tirava um lenço da bolsa e dava uma cuspidela nele. "Você pode ser condenada", avisei, enquanto ela esfregava o lenço no meu rosto. "Acho melhor ir para a delegacia com os policiais."
"Veremos, querida. Talvez amanhã, depois que eu limpar a cesta de legumes. Deixei um quilo de batatas lá e devem estar apodrecendo. Ninguém cuidou das plantas enquanto estive fora e aposto o quanto quiser que Una deixou o aquecedor ligado."
Só quando papai se aproximou e comentou que a casa ia ser penhorada, incluindo a cesta de legumes, ela ficou quieta e, muito mal-humorada, entrou no banco de trás do carro, ao lado dos policiais.

SEGUNDA-FEIRA, 27 DE NOVEMBRO

57,6 kg, 0 unidades alcoólicas, 50 cigarros (isso mesmo!), 12 ligações para o 1471 para saber se Mark Darcy tinha telefonado, 0 horas de sono.

9h Acabo de fumar o último cigarro antes de ir para a redação. Estou arrasada. Na noite passada, papai e eu tivemos de esperar duas horas sentados num banco na delegacia. Até que ouvimos uma voz no corredor. "É, sou eu mesma. Apresento o *De Repente Solteira* todas as manhãs! Claro. Tem uma caneta? Autografo aqui? Para quem? Ah, seu danado. Sabe que eu morro de vontade de experimentar um desses..."
"Ah, você está aí", constatou minha mãe, surgindo no corredor com um capacete da polícia na cabeça. "O carro está lá fora? Estou morrendo de vontade de chegar em casa e tomar um chá. Será que Una se lembrou de ligar o aquecedor?"
Papai parecia abatido, assustado e confuso. Eu, idem.
"Você foi libertada?", perguntei.
"Ah, não seja boba, querida. Libertada! Não sei!", disse ela, revirando os olhos para o detetive-chefe e me empurrando rumo à porta. Do jeito que ele estava corado e agitado, eu não me surpreenderia se ela tivesse conseguido se livrar concedendo alguns favores sexuais na sala de interrogatório.
"O que houve?", perguntei, enquanto papai colocava todas as malas, chapéus e um burro de palha ("Não é uma graça?") no bagageiro do Sierra. A seguir, ele ligou o carro. Eu tinha decidido que não ia deixar minha mãe fugir dos problemas, varrer tudo para baixo do tapete e começar a mandar em nós dois.
"Está tudo esclarecido, querida, foi apenas um mal-entendido. Alguém fumou dentro do carro?"
"O que houve, mãe? Onde está o dinheiro dos seus amigos?", perguntei. "Onde estão minhas duzentas libras?"
"Foi só um probleminha com o projeto dos prédios. Você

sabe que esses portugueses às vezes são bem corruptos. Só querem saber de propina e gorjeta, igualzinho a Winnie Mandela. Julio devolveu todos os depósitos e acabamos tendo umas férias ótimas! Estava um pouco nublado, mas..."

"Onde está Julio?", perguntei, desconfiada.

"Ah, ficou em Portugal para resolver o problema com o projeto."

"E como fica a minha casa? E a poupança?", indagou papai.

"Não sei do que você está falando. Não há nenhum problema com a casa."

Mas, infelizmente, mamãe estava enganada. Quando chegamos, todas as fechaduras tinham sido trocadas e tivemos de voltar para a casa de Una e Geoffrey.

"Ai, Una. Estou exausta, acho que vou direto para a cama", disse mamãe depois de ver as caras desapontadas, o lanche frio sobre a mesa e as fatias murchas de beterraba.

Papai foi atender o telefone e voltou dizendo: "Era Mark Darcy". Tentei não demonstrar que meu coração tinha pulado para a boca. "Ele está em Albufeira. Parece que conseguiram pegar o... o cafajeste engomadinho... e recuperar parte do dinheiro. Pode ser que a gente consiga a casa de volta."

Quando ele disse isso, todos gritaram de alegria e Geoffrey começou a cantar "Ele é um bom companheiro". Esperei que Una comentasse alguma coisa a meu respeito, mas ela não disse nada. Era sempre assim. Exatamente na hora que resolvo gostar de Mark Darcy todos param de querer me arranjar para ele.

"Aceita um pouco de chá no leite, Colin?", ofereceu ela, passando para papai um bule de chá decorado com um friso de flores de damasco.

"Não sei... não entendo por quê... não sei o que pensar", disse papai, preocupado.

"Escuta, não precisa mais se preocupar", interrompeu

Una, com um ar calmo e controlado que não era comum nela. De repente a vi como a mãe que jamais tive. "Coloquei muito leite na sua xícara. Vou tirar um pouco e completar com água quente."

Quando finalmente saí da confusão, peguei a estrada para Londres a mil por hora, fumando sem parar, num ato insensato de rebeldia.

DEZEMBRO

Ai, Deus

SEGUNDA-FEIRA, 4 DE DEZEMBRO

58 kg (humm, tenho de emagrecer antes que chegue a comilança natalina), 3 modestas unidades alcoólicas, 7 beatíficos cigarros, 3876 calorias (ai), 6 ligações para o 1471 para saber se Mark Darcy tinha telefonado (b.).

Fui ao supermercado e, não sei por quê, fiquei pensando sem parar em pinheiros, lareiras, músicas de Natal, pasteizinhos de carne etc. Depois entendi. Os respiradouros do supermercado costumam soltar um cheiro de pão assando, mas hoje o cheiro era de pasteizinhos de carne. É incrível como os comerciantes são descarados. Me lembrei do meu poema preferido de Wendy Cope, que diz:

No Natal, as crianças cantam, os sinos tocam.
O ar frio do inverno faz nossas mãos e nossos rostos ficarem gelados.
Felizes, as famílias vão para a igreja, se envolvem na alegria.
E a coisa toda vira um horror se você está sozinha.

Até agora, nada de Mark Darcy.

TERÇA-FEIRA, 5 DE DEZEMBRO

58 kg (certo, vou começar hoje mesmo uma dieta), 4 unidades alcoólicas (início da estação festiva), 10 cigarros (excelente), 3245 calorias (melhor), 6 ligações para o 1471 (franco progresso).

É uma distração olhar os catálogos de roupas e acessórios que vêm encartados nos jornais. Gostei principalmente do apoiador de metal prateado para óculos, justificado com a seguinte legenda: "Os óculos costumam ser colocados de qualquer jeito sobre a mesa, o que é um convite para acidentes". Concordo plenamente. Outro acessório é o interessante chaveiro Gato Preto, com um mecanismo simples que, "ao acender uma luzinha vermelha, ilumina a fechadura de toda pessoa que adora gatos". E os kits de bonsai! São uma graça. "Pratique a antiga arte bonsai com esta caixinha de mudas de acácia da Pérsia." Lindo, lindo.

Fico triste porque meu romance com Mark Darcy, que brotava como uma muda de acácia, foi arrancado pela raiz por Marco Pierre White e minha mãe. Mas estou tentando encarar tudo sob uma ótica filosófica. Talvez Mark Darcy seja perfeito demais para mim, com sua competência e inteligência. Além de não fumar, não beber e ter carros com motorista à disposição. Pode ser um desígnio de Deus: vou acabar achando um homem mais extravagante, mais mundano e mais light. Como Marco Pierre White, por exemplo, ou, só para citar um nome completamente ao acaso, Daniel. Humm. É. Preciso seguir em frente, sem essa de autopiedade.

Liguei para Sharon, que disse que não é desígnio nenhum que eu tenha de ficar com Marco Pierre White e muito menos com Daniel. A única coisa de que uma mulher moderna e atual precisa é dela mesma. Viva!

2h Por que Mark Darcy não me ligou? Por quê? Por quê? Vou acabar sendo devorada por um pastor-alemão, apesar de todos os esforços para evitar que isso aconteça. Deus, por que eu?

SEXTA-FEIRA, 8 DE DEZEMBRO

59,4 kg (desastre), 4 unidades alcoólicas (b.), 12 cigarros (excelente), 0 presentes de Natal comprados (ruim), 0 cartões enviados, 7 ligações para o 1471.

16h Humm. Jude acaba de telefonar. Quando nos despedimos, disse: "Vejo você domingo, na casa da Rebecca".

"Rebecca? Domingo? Que Rebecca? Onde?"
"Ah, você não foi...? Ela está só reunindo alguns... Acho que é uma espécie de jantar pré-Natal."
"De todo jeito, já tenho compromisso no domingo", menti. Finalmente, uma boa oportunidade para espanar todos os cantinhos de casa. Eu *achava* que Jude e eu tivéssemos o mesmo nível de amizade com Rebecca, mas então por que ela convidou só Jude?

21h Fui ao 192 tomar um vinho com Sharon, e ela perguntou: "O que você vai usar na festa da Rebecca?".
Festa? Então é uma *festa* mesmo.

Meia-noite Deixa para lá. Melhor não me chatear com isso. É o tipo da coisa que não tem mais importância na vida. As pessoas devem convidar quem elas querem e os outros não precisam ficar putos da vida por causa disso.

5h30 Por que Rebecca não me convidou para a festa dela? Por quê? Por quê? Para quantas outras festas todo mundo foi convidado menos eu? Aposto que neste exato momento estão todos numa festa, rindo e bebendo champanhe caro. Ninguém gosta de mim. O Natal vai ser um deserto de festas, exceto as três que tenho no mesmo dia, 20 de dezembro, quando vou passar a noite inteira na sala de edição.

SÁBADO, 9 DE DEZEMBRO

0 convites para festas de Natal.

7h45 Mamãe me acordou.
"Alô, querida. Estou ligando rápido porque Una e Geoffrey perguntaram o que você quer de presente de Natal, e eu sugeri uma sauna facial."

Como é que minha mãe pode — depois de cair em desgraça e por pouco não ser condenada a muitos anos de prisão — continuar exatamente como era antes, flertando com policiais e me torturando?

"Por falar nisso, você vai..." Tive um sobressalto só de pensar que ela ia dizer "ao jantar de Ano-Novo da Una" e com isso trazer à tona o nome de Mark Darcy. Mas não: ela queria saber da festa da Vibrant TV na terça-feira.

"Você vai?", ela quis saber, entusiasmada.

Fiquei morta de humilhação. Meu Deus, eu *trabalho* na Vibrant TV.

"Não fui convidada", murmurei. Não há nada pior do que ter de admitir para sua mãe que você não é popular.

"Ah, querida, claro que você foi convidada. *Todo mundo* foi."

"Eu não fui."

"Bom, vai ver que é porque você trabalha lá há pouco tempo."

"Mãe, você nem trabalha lá."

"Meu caso é diferente, querida. Bom, estou com pressa. Tchauzinho!"

9h Breve oásis emocional ao receber um envelope pelo correio, mas era uma miragem: um panfleto de liquidação de óculos.

11h30 Numa crise paranoica, liguei para Tom para ver se ele queria sair à noite.

"Sinto muito, Jerome e eu vamos numa festa no Groucho Club", ele se desculpou, cantarolando.

Ai, Deus, detesto quando Tom está feliz, seguro e de bem com Jerome. Prefiro quando está péssimo, inseguro e deprimido. Como ele sempre diz: "É tão bom quando tudo vai mal com os outros".

"Vejo você amanhã, então", ele tentou me compensar, "na casa da Rebecca."
Tom só viu Rebecca duas vezes na vida, ambas na minha casa, e eu a conheço há nove anos. Resolvi fazer compras para parar de pensar nisso.

14h Dei de cara com Rebecca na Graham Greene, comprando uma echarpe por cento e sessenta e nove libras. (O que está acontecendo com as echarpes? Uma hora elas são vendidas por quilo e custam 9,99; outra, são de um veludo divino e têm o mesmo preço de um aparelho de televisão. No ano que vem isso com certeza vai acontecer com meias ou lingerie e vamos nos sentir por fora se não estivermos usando calcinhas de veludo negro que custaram centro e quarenta e cinco libras na loja English Eccentrics.)

"Olá", cumprimentei, animada, achando que finalmente ia acabar com o problema da festa quando ela também dissesse: "Vejo você no domingo".

"Ah, oi", ela respondeu friamente, sem me olhar nos olhos. "Não posso conversar, estou com muita pressa."

Rebecca saiu da loja, onde estava tocando a música "Chestnuts Roasting on an Open Fire", e fiquei olhando para um fantástico coador do famoso designer Phillipe Starck que custava cento e oitenta e cinco libras, mal contendo as lágrimas. Detesto Natal. Tudo é programado para a família, o afeto, o aconchego, o espírito natalino e os presentes, e se você não tem namorado nem dinheiro, se sua mãe está saindo com um português ladrão e foragido e seus amigos não querem mais ser seus amigos, dá vontade de emigrar para um desses horríveis países muçulmanos onde pelo menos *todas* as mulheres são consideradas párias. Não tem problema. Vou passar o fim de semana lendo um livro tranquilamente e ouvindo música clássica. Talvez leia *The Famished Road*.

20h30 *Blind Date* estava ótimo. Vou abrir mais uma garrafa de vinho.

SEGUNDA-FEIRA, 11 DE DEZEMBRO

Cheguei do trabalho e encontrei um recado ríspido na secretária.

"Bridget. Aqui é Rebecca. Sei que você está trabalhando na tevê. Sei que agora tem grandes festas para ir todas as noites. Mesmo assim, acho que poderia ter a gentileza de responder ao convite de uma amiga, apesar de você ser importante demais para se dignar a ir à festa dela."

Liguei para Rebecca na mesma hora, mas nem a secretária eletrônica atendia. Resolvi ir até a casa dela deixar um bilhete e, descendo a escada do prédio, encontrei Dan, o australiano que mora no andar de baixo e do qual escapei em abril.

"Feliz Natal!", desejou, animado. "Você pegou sua correspondência?" Eu o olhei sem entender o que estava dizendo. "Tenho colocado na sua porta para você não ter de descer de camisola para pegar de manhã, morrendo de frio."

Subi a escada correndo, levantei o capacho e embaixo dele, como um milagre natalino, havia uma pilha de cartões, cartas e convites, todos endereçados a mim. A mim, a mim, a mim.

QUINTA-FEIRA, 14 DE DEZEMBRO

58,5 kg, 2 unidades alcoólicas (ruim, pois não bebi nada ontem — amanhã tenho de compensar, para evitar um ataque cardíaco), 14 cigarros (será ruim, ou bom? Dizem que uma pequena quantidade de nicotina no sangue pode fazer bem, desde que a pessoa não fume sem parar), 1500 calorias (excelente), 4 bilhetes de loteria instantânea (ruim, mas seria bom se o dono da Virgin Store, Richard Branson, tivesse ganhado sua fortuna numa loteria sem fins lucra-

tivos), 0 cartões enviados, 0 presentes comprados, 5 ligações para o 1471 (excelente).

Festas, festas, festas! E Matt, colega da redação, acaba de ligar perguntando se vou ao almoço de Natal na terça-feira. Acho que não está interessado em mim (tenho idade para ser tia-avó dele), mas então por que ligou à noite para saber? E por que perguntou com que roupa eu estava? Não devo ficar muito animada nem deixar que a festa e o telefonema do rapaz me subam à cabeça. É melhor lembrar os velhos ditados, que dizem que gato escaldado tem medo de água fria e que onde se ganha o pão não se come a carne. E recordar o que aconteceu na última vez que me meti com um frangote: passei pela humilhação de ouvir Gav dizer: "Ah, você é toda fofa". Humm. O sexualmente emocionante almoço de Natal será seguido de uma noite numa casa noturna (para o editor, é esse o ideal da diversão). O evento exige uma criteriosa escolha de roupa. Acho melhor ligar para Jude.

TERÇA-FEIRA, 19 DE DEZEMBRO

60,3 kg (tenho quase uma semana para perder 3 kg antes do Natal), 9 unidades alcoólicas (sofrível), 30 cigarros, 4240 calorias, 1 bilhete de loteria instantânea (excelente), 0 cartões enviados, 11 cartões recebidos, incluindo 1 do jornaleiro, 1 do gari, 1 da Peugeot e 1 do hotel onde passei uma noite, quatro anos atrás, em uma viagem de trabalho. Ou não sou muito popular ou este ano todo mundo está enviando seus cartões mais tarde.

9h Ai, Deus, estou me sentindo horrível, com o estômago revirando por causa da ressaca, e hoje é o almoço. Não posso ficar assim. Vou explodir por causa de tantas obrigações que deixei de cumprir, parece até revisão para provas de final de ano. Não consegui mandar os cartões nem fazer as compras de Natal, exceto as coisas que peguei ontem correndo na hora do almoço, quando vi que a noite na casa de Magda e Jeremy seria a última vez que eu encontraria as garotas antes do Natal. Detesto troca de presentes entre amigos porque, ao contrário da família, não há como saber quem vai ou não dar presentes e se serão lembrancinhas ou coisas maiores, então tudo se transforma num terrível jogo de cartas marcadas. Há dois anos comprei para Magda uns brincos lindos na Dinny Hall e ela ficou sem graça porque não tinha comprado nada para mim. No ano passado, não comprei nada para ela, que me deu um vidro caríssimo de Coco Chanel. Este ano comprei para ela um vidro grande de óleo de açafrão com champanhe e uma saboneteira de arame trançado, e ela ficou gaguejando aquelas mentiras de sempre, de ainda não ter feito as compras de Natal. No ano passado, Sharon me deu uma espuma de banho numa embalagem em forma de Papai Noel, então na noite passada dei para ela um vidro de hidratante da Body Shop e um creme para passar no banho, e ela me deu uma bolsa. Eu tinha levado um embrulho extra com um vidro de azeite fino como presente neutro de emergência, mas ele caiu do meu casaco e quebrou em cima do tapete caro de Magda.

Argh. Seria ótimo se o Natal apenas *acontecesse*, sem trocas de presentes. É uma coisa tão idiota, todo mundo se estressando, gastando rios de dinheiro em coisas inúteis que as pessoas jamais usarão: os presentes deixaram de ser provas de afeto para virar uma angustiada solução para problemas. (Humm. Mas tenho de admitir que adorei ganhar uma bolsa nova.) O que adianta o país inteiro ficar correndo durante seis semanas, de mau humor, se preparando para um inútil teste sobre qual será o gosto dos outros, no qual todos são reprovados e acabam com pilhas de coisas horrendas e indesejadas? Se extinguissem os presentes e os cartões, então o Natal passaria a ser como um animado festival pagão para distrair as pessoas do inverno deprimente. Mas se o governo, as instituições religiosas, a família tradicional etc. insistem que se não houver recolhimento do imposto sobre presentes de Natal o país será arruinado, por que não obrigar cada pessoa a sair e a gastar quinhentas libras em presentes para si mesma, depois distribuir para os parentes e amigos embrulharem e devolverem para elas, em vez desse tormento psicológico?

9h45 Mamãe ligou. "Querida, estou telefonando para dizer que este ano resolvi não dar presentes para ninguém. Você e Jamie já sabem que Papai Noel não existe e estamos muito ocupados. Este ano vamos apenas ter o prazer de nos reunir."
Mas a vida toda ganhamos presentes do Papai Noel em sacos colocados na beira da cama! O mundo ficou sem graça e cinzento. Não vai parecer o mesmo Natal de sempre.

Ai, Deus, melhor eu ir trabalhar — mas não vou beber nada no almoço nem na casa noturna, só vou ser simpática e profissional com Matt, ficar lá até às três e meia, depois sair e voltar para escrever meus cartões de Natal em casa.

2h Tudo bem — todo mundo bebe nas festas de Natal do trabalho. Bem divertido. Queru dormi — nuvonem tirarrop.

QUARTA-FEIRA, 20 DE DEZEMBRO

5h30 Ai, meu Deus. Ai, meu Deus. Onde estou?

QUINTA-FEIRA, 21 DE DEZEMBRO

58,5 kg (na verdade, acho que vou acabar perdendo peso no Natal, de tão empanturrada que já estou — vou acabar recusando comida. Aliás, todo mundo fica cheio e faz isso, então acho que é a única época do ano em que não comer não é problema).

Passei os últimos dez dias num estado de permanente ressaca e apenas subsistindo, sem fazer as refeições direito nem comer pratos quentes.

O Natal é uma espécie de guerra. Fazer compras na Oxford Street é ameaçador. Será que a Cruz Vermelha ou os alemães vão chegar e me descobrir? Argh. São dez horas. Não fiz as compras de Natal. Não mandei os cartões. Tenho de ir trabalhar. Certo, nunca, mas nunca mais na vida vou beber. Argh, telefone.

Humpf. Era mamãe, mas podia muito bem ser Goebbels tentando me convencer a invadir a Polônia.

"Querida, estou ligando só para saber a que horas você vai chegar na sexta à noite."

Com incrível competência, mamãe planejou um Natal familiar cheio de afeto: ela e papai estão fazendo de conta que nada aconteceu o ano inteiro, uma atitude "para o bem das crianças", isto é, eu e Jamie, que tem trinta e sete anos.

"Mãe, *acho* que já falamos sobre isso: não vou para sua casa na sexta-feira, vou na noite de Natal. Lembra que combinamos tudo? Naquela primeira vez que você ligou, em agosto..."

"Ah, não seja *boba*, querida. Você não vai ficar sozinha no seu apartamento o fim de semana inteiro. O que vai comer?"

Grrrr. Detesto essas coisas. Como se, pelo simples fato de ser solteira, você não tivesse um lar, amigos nem compromissos, e ainda por cima é considerada egoísta por se recusar a ficar à disposição de todos o Natal inteiro. As pessoas acham que você deveria ficar feliz porque vai dormir torta num saco de dormir no quarto dos adolescentes, descascar batatas o dia inteiro para cinquenta pessoas e *ser gentil* com tarados a quem chama de "tios", enquanto eles ficam olhando seus peitos.

Já meu irmão pode ir e vir quando bem entende, todo mundo acha ótimo e compreensível só porque ele consegue viver com uma ecochata praticante de tai chi chuan. Honestamente, prefiro botar fogo no meu apartamento a ficar nele com Becca, a namorada de Jamie.

É espantoso minha mãe não demonstrar gratidão a Mark Darcy por ele ter resolvido tudo. Pelo contrário: ele passou a fazer parte daquele assunto que não deve ser comentado, isto é, o grande drama dos apartamentos, e ela se comporta como se Mark Darcy jamais tivesse existido. Tenho certeza de que ele teve um bocado de trabalho para conseguir recuperar o dinheiro de todo mundo. Mark Darcy é uma pessoa ótima. Boa demais para mim, claro.

Ai, Deus. Tenho de colocar um lençol na cama. É horrível dormir num colchão todo cheio de botões. Mas onde estão os lençóis? Queria ter algo para comer.

SEXTA-FEIRA, 22 DE DEZEMBRO

Agora que o Natal está chegando, sinto uma espécie de ternura em relação a Daniel. É inacreditável eu não ter recebido um cartão de Natal dele (embora também não tenha conseguido mandar nenhum até agora). Parece estranho ter estado tão próxima dele o ano inteiro e não ter mais nenhum contato. Isso é muito triste. Talvez Daniel tenha virado um judeu ortodoxo. Talvez amanhã Mark Darcy telefone para me desejar feliz Natal.

SÁBADO, 23 DE DEZEMBRO

58,9 kg, 12 unidades alcoólicas, 38 cigarros, 2976 calorias, 0 amigos ou qualquer pessoa que ligue para mim nessa época festiva.

18h Resolvi assumir que sou uma solteirona sozinha em casa, igualzinha à princesa Diana depois do divórcio.

18h05 Onde estão as pessoas? Imagino que estejam todas por aí com seus pares ou em casa, confraternizando com a família... ou eles têm suas próprias famílias. Bebês. Criancinhas de pijamas, rechonchudas, bochechas rosadas, olhando animadas para a árvore de Natal. Vai ver que estão todos numa grande festa, menos eu. Nem ligo, tenho um monte de coisas para fazer em casa.

18h15 Nem ligo. Falta só uma hora para começar *Blind Date*.

18h45 *Ai, Deus, estou tão sozinha.* Até Jude me esqueceu. Ela ligou a semana inteira, apavorada porque não sabia o que comprar para Richard, o Vil. Não quer nada muito caro porque dá a impressão de que está ficando sério ou que ela está tentando humilhar o cara (boa ideia, se ela quer saber). Também não pode ser nada de vestir, já que essa área é confusão na certa, porque pode fazer Richard, o Vil, se lembrar da última namorada, Jilly, a Vil (para quem ele não quer voltar, mas de quem finge que ainda gosta para não ter de se comprometer com Jude — verme). A última ideia dela era dar uma garrafa de uísque com outros presentinhos para não parecer pão-dura nem neutra — talvez com moedas de chocolate e tangerinas. Tudo depende da forma como Jude encara a cena "meias penduradas na lareira": uma coisa tão exageradamente chata que chega a dar náusea ou algo muito elegante em sua pós-modernidade.

19h Crise: Jude telefonou chorando. Está vindo para cá. Richard, o Vil, voltou para Jilly, a Vil. Jude culpa os presentes. Ainda bem que fiquei em casa. Devo ser uma emissária do Menino Jesus para ajudar os perseguidos no Natal por essa espécie de Herodes, isto é, Richard, o Vil. Jude vai chegar às sete e meia.

19h15 Droga. Tom telefonou e com isso perdi o começo de *Blind Date*. Está a caminho. Jerome terminou com ele e reatou com o ex-namorado, que faz parte do coro de *Cats*.

19h17 Simon vem para cá. A namorada dele voltou para o marido. Graças a Deus fiquei em casa, assim posso receber os amigos chutados por seus respectivos pares como se eu fosse a Rainha de Copas ou a Deusa da Bondade. Mas sou uma pessoa assim mesmo: gosto de gostar dos outros.

20h Viva! Um milagre natalino. Daniel acaba de ligar dizendo com a voz enrolada: "Jonesh. Eu te amo, Jonesh. Cometi um erro terrível. A idiota da Suki é de pláxxtico. Peitos sempre apontando para o norte. Eu te amo, Jonesh. Vou aparecer na sua casa para dar uma olhada na sua saia". Daniel, o maravilhoso, confuso, sexy, sedutor e engraçado Daniel.

Meia-noite Argh. Nenhum deles apareceu. Richard, o Vil, mudou de ideia e voltou para Jude. O mesmo em relação a Jerome e à namorada de Simon. Tudo não passou de uma exasperação emocional do espírito natalino que fez todo mundo ficar inseguro a respeito de um ex. Melhor nem falar em Daniel, que ligou às dez para dizer:

"Escute, Bridget. Você sabe que todo sábado à noite eu assisto ao jogo na tevê. Posso ir amanhã?" Incrível? Fantástico? Extraordinário?

1h Estou completamente só. O ano foi um fracasso total.

5h Não tem importância. Talvez o Natal não seja uma chatice. Talvez meus pais apareçam na manhã seguinte, de mãos dadas, meio sem graça, dizendo: "Crianças, precisamos conversar uma coisa com vocês", e eu seja a dama de honra na cerimônia de confirmação dos votos conjugais deles.

DOMINGO, 24 DE DEZEMBRO: NOITE DE NATAL

58,9 quilos, 1 mísera taça de xerez, 2 cigarros (sem a menor graça, fumados escondido, na janela), cerca de um milhão de calorias, 0 pensamentos festivos.

Meia-noite Estou meio confusa sobre o que é real e o que não é. Tem uma fronha na beira da minha cama, que mamãe colocou antes de ir dormir, dizendo: "Vamos ver se Papai Noel vem". Ela agora está cheia de presentes. Mamãe e papai estão separados e pensando em se divorciar, mas dormindo na mesma cama. Por outro lado, meu irmão e a namorada, que moram juntos há quatro anos, estão em quartos separados. Não sei direito por que tudo isso, a não ser que seja para não preocupar a vovó que a) está maluca e b) ainda não chegou. A única coisa que me mantém ligada ao mundo real é que, mais uma vez, estou passando o Natal de um jeito humilhante: dormindo sozinha numa cama de solteiro na casa dos meus pais. Talvez papai esteja neste instante tentando transar com mamãe. Argh, argh. Não, não. Por que o cérebro da gente pensa essas coisas?

SEGUNDA-FEIRA, 25 DE DEZEMBRO

59,4 kg (ai, Deus, virei um Papai Noel, um pudim de Natal ou coisa parecida), 2 unidades alcoólicas (vitória absoluta), 3 cigarros (idem), 2657 calorias (quase só molhos); 12 presentes de Natal que nada têm a ver comigo, 0 presentes a ver comigo, 0 reflexões filosóficas a respeito de uma virgem dar à luz, número de anos desde que não sou mais virgem: hummm...

Desci para a sala, esperando que meu cabelo não estivesse com cheiro de cigarro. Mamãe e Una trocavam opiniões políticas e colocavam enfeites nas couves-de-bruxelas.

"Ah, sim, eu acho aquele homem — como é que ele se chama? — *muito* bom."

"É, quer dizer, mas ele se meteu naquela — como é que se diz? — maracutaia que ninguém esperava."

"Ah, mas então é melhor você tomar cuidado, porque pode acabar tendo um problema como aquele — como é mesmo o nome dele? — que costumava perseguir os mineiros. Mas sabe de uma coisa? Salmão defumado não me faz bem, estou com azia, principalmente depois que comi toda aquela castanha com chocolate. Ah, olá, querida", disse mamãe, quando apareci. "Que roupa vai usar hoje?"

"Esta", murmurei, de mau humor.

"Ah, não seja boba, Bridget, você não pode usar isso no Natal. Não vai aparecer na sala para cumprimentar tia Una e tio Geoffrey antes de mudar de roupa?", ela perguntou, com aquela vozinha de não-está-tudo-ótimo?, que significa "Faça o que estou dizendo ou passo sua cara pelo processador".

"Olá, como vai Bridget? E os namorados?", brincou Geoffrey, dando um daqueles abraços especiais, ruborizando e puxando a calça para cima.

"Ótimos."

"Quer dizer que ainda não arrumou um? Nossa! Você não tem jeito."

"Isso é um biscoito de chocolate?", perguntou vovó, olhando para mim.

"Levante os ombros, querida", cochichou mamãe.

Meu Deus, por favor, me ajude. Quero ir para casa. Quero minha vida de volta. Não me sinto adulta, parece que sou uma adolescente que todo mundo fica irritando.

"Então como vai fazer para ter um bebê, Bridget?", quis saber Una.

"Ah, olha só, um pênis", disse vovó, segurando um tubo gigante de chocolate Smarties.

"Vou trocar de roupa", avisei, sorrindo sem graça para mamãe. Corri para o quarto, abri a janela e acendi um Silk Cut. Vi a cabeça de Jamie na janela do andar de baixo, também fumando. Dois minutos depois a janela do banheiro abriu e uma cabeça ruiva apareceu e acendeu um também. Era a mamãe.

0h30 A troca de presentes foi um pesadelo. Faço sempre uma festa com cada coisa horrível que recebo, dando gritinhos de alegria, por isso a cada ano recebo coisas mais horrendas. Quando eu trabalhava na editora, a namorada do meu irmão me deu uma série de escovas de roupa, calçadeiras e enfeites de cabelo em forma de livro. Este ano ela me deu ímã de claquete para geladeira. Una, para quem cada tarefa doméstica exige uma engenhoca útil e prática, me deu um conjunto de pequenas chaves de fenda que servem em diversos tipos de tampas de jarro ou garrafas na cozinha. E mamãe, que me dá presentes para tentar fazer com que minha vida fique mais parecida com a dela, me deu um fogareiro de uma boca. "Basta você refogar os temperos antes de ir para o trabalho e colocar alguns legumes na panela." (Será que ela tem ideia de que há certas manhãs em que é difícil tomar um copo de água sem vomitar?)

"Ah, olha só. Não é um pênis, é um biscoito comprido", constatou vovó.

"Pam, acho que vamos ter de peneirar esse molho", disse Una, saindo da cozinha com uma panela na mão.

Ai, não, por favor. Agora chega.

"Acho que não precisa", disse mamãe, cuspindo um pouco. "Você já tentou mexer com força?"

"Não me dê ordens, Pam", disse Una, sorrindo de um jeito ameaçador. Elas se posicionaram como se fossem dois lutadores. Essa história do molho se repete todo ano. Felizmente, algo interrompeu a luta iminente: um barulho e um grito quando uma pessoa entrou pela porta envidraçada. Era Julio.

Todo mundo se assustou. Una deu um grito.

Ele estava de barba e segurava uma garrafa de xerez. Foi cambaleando até papai e o levantou da poltrona.

"Você dormiu com minha mulher."

"Ah, Feliz Natal, hã... Posso lhe oferecer um xerez?", cumprimentou papai. "Ah, vejo que trouxe o seu. Muito bem. Aceita um pastelzinho de carne?"

"Você dormiu com minha mulher", repetiu Julio, ameaçador.

"Ele é tão latino, hahaha", comentou mamãe com tom vaidoso enquanto todo mundo ficava olhando apavorado. Sempre vi Julio limpo, bem penteado e com uma bolsa masculina. Agora estava desarrumado, bêbado e, para ser sincera, do jeito que eu gosto. Não era de estranhar que mamãe parecesse mais excitada do que constrangida.

"Julio, seu bobo", disse ela. Ai, Deus, ela ainda gostava dele.

"Você dormiu com ele", disse Julio, dando uma cuspida no tapete chinês e subindo para o primeiro andar. Mamãe foi atrás, soltando um gritinho para nós: "Querido, por favor, pode fatiar o peru e levar as pessoas para a mesa?".

Ninguém se mexeu.

"Muito bem, gente", disse papai, com uma voz tensa, séria e máscula. "Tem um criminoso perigoso lá em cima fazendo Pam de refém."

"Acho que ela não está ligando", opinou vovó, num raro e inadequado instante de lucidez. "Ah, olha só, tem um biscoito no meio das dálias."

Olhei pela janela e quase caí dura. Lá estava Mark Darcy, firme como um militar, atravessando o gramado e entrando pela porta envidraçada. Ele estava suado, sujo, com o cabelo desgrenhado e a camisa aberta. *Eba!*

"Fiquem todos calmos e quietos, como se estivesse tudo normal", disse, tranquilo. Estávamos todos tão apalermados e ele tão seguro que fizemos o que disse, feito zumbis hipnotizados.

"Mark", sussurrei, quando passei por ele com o molho. "O que está acontecendo? As coisas nunca voltam ao normal por aqui."

"Não sei se Julio é uma pessoa violenta. A polícia está lá fora. Se conseguirmos fazer com que sua mãe desça e ele fique lá, eles podem subir e pegar o cara."

"Está bem, deixa comigo", eu disse, e fui para o primeiro degrau da escada.

"Mamãe!", gritei. "Não consigo achar os guardanapos." Todo mundo ficou em suspense. Não houve resposta.

"Chame outra vez", disse Mark, baixinho, me olhando com admiração.

"Diga para Una levar o molho para a cozinha", murmurei. Ele fez um sinal positivo com a mão. Respondi com o mesmo sinal e tomei fôlego.

"Mamãe?", gritei outra vez. "Sabe onde está a peneira? Una está preocupada com o molho."

Dez segundos depois se ouviu um barulho e mamãe apareceu, afogueada.

"Os guardanapos no porta-guardanapos, sua boba. Mas o que Una aprontou com esse molho? Nossa! Vamos ter de usar o mixer!"

Quando ela falou, ouvimos passos lá em cima e um tumulto. "Julio!", gritou mamãe e foi correndo para a porta.

O detetive que eu tinha conhecido na delegacia estava na porta da sala. "Muito bem, fiquem calmos. Está tudo sob controle", garantiu.

Mamãe deu um grito quando Julio, algemado a um jovem policial, apareceu no corredor e foi levado pela porta da frente.

Fiquei olhando enquanto ela se recompunha e dava uma olhada em volta da sala, avaliando a situação.

"Bom, graças a Deus consegui acalmar Julio", concluiu, aliviada, depois de um silêncio. "Não foi fácil! Você está bem, querido?"

"Querida, sua blusa está do avesso", disse papai. Olhei aquela cena terrível, sentindo como se o mundo estivesse caindo à minha volta. Senti então uma mão forte segurando meu braço.

"Vamos", disse Mark Darcy.

"Quê?", perguntei.

"Bridget, não diga 'quê', diga 'desculpe, como disse?'", sussurrou mamãe.

"Sra. Jones", disse Mark, sério. "Vou levar Bridget comigo para comemorar o restante do aniversário do Menino Jesus."

Dei um grande suspiro e agarrei a mão de Mark Darcy.

"Feliz Natal para todos", exclamei, com um sorriso simpático. "Espero que a gente se veja no peru ao curry do dia primeiro."

Eis o que aconteceu a seguir:

Mark Darcy me levou para o Hintlesham Hall para tomar champanhe e um almoço de Natal atrasado muito bom. Gostei principalmente da liberdade de colocar molho no peru de Natal pela primeira vez na vida sem me preocupar. Natal sem mamãe e Una era uma coisa diferente e maravilhosa. Foi muito fácil conversar com Mark Darcy, principalmente porque podia comentar sobre o cerco festivo da polícia a Julio.

Mark tinha ficado quase o mês inteiro em Portugal, agindo como um eficiente detetive particular. Ele me contou que seguiu Julio até Funchal e descobriu onde estava o dinheiro, mas não conseguiu convencê-lo a devolver nada, nem sob ameaça.

"Acho que agora ele vai devolver", disse, rindo. Mark Darcy é mesmo uma pessoa maravilhosa, além de ser muito bonito.

"Como é que ele voltou para a Inglaterra?"

"Bom, desculpe usar um lugar-comum, mas descobri seu calcanhar de aquiles."

"Quê?"

"Bridget, não diga 'quê', diga, 'desculpe, como disse?'", ele corrigiu. Eu ri. "Percebi que, embora sua mãe seja a mulher mais impossível do mundo, Julio a ama. De verdade."

Maldita mamãe, pensei. Como é que ela consegue ser uma irresistível deusa do sexo? Talvez eu devesse mesmo pintar o cabelo.

"E aí, o que você fez?", perguntei, me contendo para não começar a gritar: "*E eu? E eu? Por que ninguém me ama?*".

"Apenas avisei a ele que sua mãe ia passar o Natal com seu pai e que eles iam dormir na mesma cama. Desconfiei que era maluco ou burro o suficiente para tentar, digamos, *impedir* isso."

"Como você sabia disso?"

"Imaginei. Faz parte do meu trabalho", explicou Mark.

Nossa, como ele é incrível.

"Você foi maravilhoso. Largou seu trabalho para fazer tudo isso. Por quê?"

"Bridget, acho que o motivo é bem óbvio, não é?"

Ai, meu Deus.

Ele tinha reservado uma suíte no hotel. Foi incrível, muito elegante e uma delícia, e mexemos em tudo e tomamos mais champanhe, e ele disse como gostava de mim: tipo da coisa, aliás, que Daniel jamais faria.

"Então, por que não me ligou antes do Natal?", perguntei, desconfiada. "Deixei dois recados na sua secretária eletrônica."

"Eu não queria falar com você antes de terminar meu trabalho. E não achava que você gostasse de mim."

"*Quê?*"

"Bem, você não saiu comigo porque estava *secando o cabelo*. E, quando nos conhecemos, eu estava com aquele suéter ridículo e as meias com estampas de abelhinha que minha tia tinha me dado, e me comportei como um completo idiota. Achei que você tivesse me achado um pateta."

"Bom, um pouco, mas..."

"Mas o quê?"
"Não está querendo dizer 'mas, desculpe, o que disse?.'"
Ele tirou a taça de champanhe da minha mão, me beijou e disse: "Certo, Bridget Jones, vou perdoar você por isso". Mark me levou em seus braços para o quarto (que tinha cama de dossel!) e fez todo tipo de coisas que farão com que, no futuro, sempre que vir um suéter de losangos com gola em V, eu entre em combustão espontânea de tanta vergonha.

TERÇA-FEIRA, 26 DE DEZEMBRO

4h Finalmente descobri o segredo da felicidade com os homens e, com grande pesar, raiva e enorme senso de derrota, eu o coloco nas palavras de uma adúltera, cúmplice de um criminoso e celebridade:

"Querida, não diga 'quê', diga 'desculpe, o que disse?' e faça o que sua mãe mandar."

JANEIRO-DEZEMBRO

Resumo

- *3836 doses de bebida (ruim)*
- *5277 cigarros*
- *11 090 265 calorias (repulsivo)*
- *3457 unidades de gordura (aprox., o que é horrível de qualquer maneira)*
- *32,6 quilos ganhos*
- *33 quilos perdidos (excelente)*
- *42 números certos na loteria (m. b.)*
- *387 números errados na loteria*
- *98 bilhetes de loteria instantânea comprados*
- *110 libras ganhas com bilhetes de loteria instantânea premiados*
- *12 libras de lucro na loteria instantânea (siiim! siiim! Venci o sistema e contribuí para boas causas, como grande benfeitora que sou)*
- *Muitas ligações para o 1471*
- *1 cartão de Dia dos Namorados (m. b.)*
- *33 cartões de Natal (m. b.)*
- *114 dias sem ressaca (m. b.)*
- *2 namorados (o atual só por seis dias, por enquanto)*
- *1 namorado legal*
- *1 resolução de Ano-Novo cumprida (m. b.)*

Foi um ano de **grande progresso**

Agradecimentos

Um agradecimento especial a Charlie Leadbeater por ter sugerido a coluna no *Independent*. Obrigada também a Gillon Aitken, Richard Coles, Scarlett Curtis, à família Fielding, Piers, Paula e Sam Fletcher, Emma Freud, Georgia Garrett, Sharon Maguire, Jon Turner e Daniel Woods pelas ideias e pelo apoio e, em especial, como sempre, a Richard Curtis.

ESTE LIVRO FOI COMPOSTO PELA VERBA EDITORIAL
NAS FONTES UTOPIA E HAND OF SEAN E IMPRESSO PELA GEOGRÁFICA
SOBRE PAPEL PÓLEN SOFT EM AGOSTO DE 2016

A marca FSC© é a garantia de que a madeira utilizada na fabricação do papel deste livro provém de florestas que foram gerenciadas de maneira ambientalmente correta, socialmente justa e economicamente viável, além de outras fontes de origem controlada.